洛离的眼泪

Los from tears

—金牛座的眼泪 珍藏版—

朱洙 作品

北京联合出版公司
Beijing United Publishing Co.,Ltd.

图书在版编目（CIP）数据

洛离的眼泪 / 朱洙著 . -- 北京 : 北京联合出版公司，2015.11

ISBN 978-7-5502-6478-6

Ⅰ . ①洛… Ⅱ . ①朱… Ⅲ . ①长篇小说－中国－当代 Ⅳ . ① I247.5

中国版本图书馆 CIP 数据核字（2015）第 250960 号

洛离的眼泪

作　　者：朱　洙

选题策划：北京宏泰恒信文化传播有限公司

责任编辑：丰雪飞

策划编辑：李　艳

封面设计：嫁衣工舍

版式设计：王玉双

责任校对：赵建华

北京联合出版公司出版

（北京市西城区德外大街 83 号楼 9 层　100088）

北京天宇万达印刷有限公司印刷　新华书店经销

字数 260 千字　880 毫米 ×1230 毫米　1/32　9.5 印张

2015 年 11 月第 1 版　2015 年 11 月第 1 次印刷

ISBN 978-7-5502-6478-6

定价：29.80 元

本书若有质量问题，请与本公司图书销售中心联系调换。电话：010-58572848

序

我和我的"我们"

2015 年 5 月 29 日，范冰冰的一条微博让"我们"火了。我的编辑姐姐对我说，妞儿，好多大 V 都在写"我们"，你也写个呗。

我说好啊，写呗，没问题！

真正下笔，却有些傻了。

首先，我是谁？

我是朱洙，真名，不改。和"猪猪"一个音，傻乎乎的，中二病患者。

是一个说一就是一，说二有点二的人。

我大学念会计，可是，我却写起了小说，又当了很多年的图书编辑，现在就职于金融公司（收集写作素材当卧底，嘿嘿）。

你是不是觉得很扯？

我也觉得！

但是，现实就是这样，没有助力，没有"不可替代"的能力，那么，很少有人能在大学毕业后，找到对口的工作。

在北京高校开《谢谢你曾经爱我如生命》的新书发布会时，我就跟台下的姑娘小伙儿们说了，我走上这条路，是因为我懒，睡过头了，错过了考试时间，老师不给补考机会，非要重修，重修费不好意思向家里人要，就想法子自己赚，知道写东西赚钱，就想试试，一试，就试到一条不归路上。

我实话实说，是因为我说了谎就不会圆啊，哈哈！

事实上呢，我第一次去投稿，是抱着一大摞手稿去的。

我觉得我特别聪明，聪明在……别人都不知道稿子投向哪里时，我直接跑到出版社，敲门入室找编辑。

那个时候的编辑部在一幢很旧的老楼房里，墙体的石灰都驳落了，露出红色方砖，枯萎的爬山虎爬满了整面墙。

门卫居然没拦我，我就抱着装书稿的包包跑进去了。大楼里的墙面儿是上白下绿，白是白得发黄的腻子粉，绿的是油漆。

我根本不知道找谁，也不知道应该敲开哪扇门。

傻乎乎地徘徊中，一个帅哥从一扇门里出来了，我问："你好，我想投稿，是书稿，想找位编辑，能告诉我吗？"

那帅小伙儿说："你去楼上，楼上都是图书部的编辑。"

于是，我就道了谢，上去了。上去后，好多门都是关着的，走到最里面，有扇门是开的！

我决定了，就是它了！

死就死了！

谁怕谁？

我……便进去了，认识了人生中第一位编辑，他姓何。

我不太记得他的样子了，也不太记得当时的对话了，只记得这位编辑老师说我很逗，跟我说话，就忍不住想笑。

我郁闷地回他，我啊，我有个外号叫朱古力豆，他问什么意思，我说："我每次认真地安慰别人，别人就会觉得逗，我又姓朱，所以，朱洙鼓励，逗！简称朱古力逗了！”

这位何编辑，可把我折腾死了！

说我写得很好玩，但缺点儿什么，不停地让我改，又不告诉我改哪里。我这一改，就改了两年，改了七稿，改得我都想吐了，可他还对我说，改。

写第一本书的时候，我没有电脑，那个时候，能买得起电脑的人真的不多。我到处求人，才求到一位表亲，才有了一台超老式的笔记本电脑，我就靠着那台电脑，将那些纸稿变成了电子稿，存进了磁盘。

那个时候，我特别特别感激表亲，现在想想，依然感谢。

就算现在更换了好几台电脑，我也对那台电脑记忆犹新，因为，那是我人生中的第一台电脑。

我再次去出版社交稿的时候，突然就改变主意了……

我不给何编辑了，他真的整死我了！

如果写得不好，给个痛快，退了算了，他又不退，也不告诉我哪里要改，好烦“银”啊！

索性，我再次去出版社的时候，又上了一层楼，这一次，我找到了一位尹编辑。

而后，将稿子交给他，加了他的 QQ 后回家，他很快回复我说，你的运气很好，我们决定出版你的书。

乐坏了，有木有？

怎么这一次运气这么好？要知道，是同一部稿子啊，只是投给不同的人，就有了不同的结果，为什么，为什么啊？

后来我才知道……

投稿和选老公是一样的，有的觉得你不过如此，有的觉得你值得珍惜。

“东西”是一样的，重要的是……所遇之人！

所以，当今天的我，成为星座小说兼情感分析书的作者时，将这样的经历告诉你，是想对你讲，宝贝，总有人不懂你、诋毁你，可也会有人欣赏你、珍惜你。他不喜欢你，不是你的错，挑剔你，也不全是你的问题，而是，他不适合你！

人累了，就休息。心累了……就换一换心情。

没事的，只要不触及道德底线，不伤害到别人，没人会笑话你。

我以为我很顺了……

可惜，第一本书出版，由于种种原因，没有畅销，甚至……

不是我写得烂，而是时运不济，不流行那种风格。

流行什么样的？

流行从韩国“进口”的小说。

老实说，韩国的电影拍得真是唯美，可文字根本比不上国内的作品。

但凡事，都逃不过一个“时运”，时运到了，就该他得意，没有办法！

有些书商为了卖书，找枪手冒充韩国人写书，被有关部门查处通报过。

那个时候，我无法理解：这种小说怎么卖得这么好啊？

那时我还年轻，根本不懂一本书能火，除了作者的能力，还跟作者背后的出版公司、渠道、市场及宣传能力有很大的关系。我当编辑后，发现了很多有能力的作者，也发现了很多好看的稿子，跟我上司感慨，这么好看的书不火，一般般的书却火了，真是太没天理了。我的上司特别风轻云淡地说：“好看的书太多了，但火不火有很多因素，我们也只能尽人事听天命。”

正如同样的女人，嫁给这个男人，会劳碌一生，嫁给另一个，却能生活无忧。

这些道理一说，我就懂了，可那个时候，我不懂啊！

出版第一本书后，我的书卖得……很糟糕，我想写畅销的东西，我得研究一下别人写的。

我必须研究一下！

就这么误打误撞来到了一个出版社的论坛。他们社出了一本很畅销的书，从韩国引进来的。

那个时候，论坛招版主，我跑去申请。我是第一个没看过人家的书，也不是人家的粉，却霸着人家论坛版主的位置不放的人。呵呵，因为我真的看不下去那本书，我知道内容，是因为我看过由书拍成的电影。文字不敢恭维，但电影拍得不错。

我喜欢当那里的版主，那里的人都好可爱！我喜欢！

管理员将一个版交给我管，在这个过程中，我认识了好多人，而认识的那些人，时至今日，很多都结婚生子了，好几个从 QQ 到微博再到微信，一直跟着我。

那个时候，她们是别人的读者，我只是“版主姐姐”。

混过贴吧还有论坛的人都清楚，发了贴，就想看别人回贴，回贴的人越多，越有成就感，那种感觉特别上瘾。有人老回复你的贴，就特别喜欢那个人，没有理由，就觉得她够意思，然后就莫名地喜欢。

所以，在这样一个特殊的环境下，我认识了他们。同时，也迎来了我最倒霉的时刻。

我被人骗稿了！

就像我在《金牛座的眼泪》里所提的骗稿，我有了电脑后，看到网上有编辑收稿，就直接将自己的稿子从 QQ 上传了过去。他接了我的稿子，给了一点点钱，书出版后，署的是别人的名字，我莫名地当了一次枪手。

当时觉得……心都灰了。

这也是后来，我当上编辑后，有人给我投稿，我一定让他从邮箱发过来的原因。我必须让他学会保护自己的稿子，否则万一遇到骗子，你连证据都没有！我吃过亏，我不会让我接触的人吃同样的亏，至少我得让他避免上当。

我吃亏的那个稿子出版了，不是我的名字，而我在投稿之前，在网上连载过一小段，那些人就污蔑我，说很难听的话中伤我。然后，一堆不明是非的人，跟着在网上骂我，很难听，难听到让人想死！当时我还小，好痛苦！真的好痛苦！

突然觉得这个世界太黑暗了，很肮脏，污水泼向你，让你百口莫辩！

你问我为什么不找当初给我出版书的编辑？

那是因为，图书出版有一个自然规律。

若是一个作者的第一本书没有火起来，那么，很难有人肯出版他的第二本书。

当时还没有兴起网络写手，网文网站的原创作者很少很少，还没有形成气候，出版社的编辑很少会去网上选稿。

我的第一本书，出版的过程说难也难，可说容易也特别容易，可是，卖得不好，是不争的事实。没有人肯给我第二次出版的机会！

每一次投稿，编辑都会去查我第一本书的销量，查完后，就没有了下文。

更重要的是，我写不来当时流行的“韩风”，我觉得中国文字很美，我不愿意跟风。编辑说我文笔不错，但是，能不能写时下人们喜欢的东西。我说，我觉得我的东西会有人喜欢，只是，你们不肯给机会。

跟风，跟风，永远是跟风！

我是真的被韩国小说刺激了，《蝎子的猎物》里才出现“拆字”的游戏。因为，我觉得中国文字很美。比如说“孝”，是“老”字的一半，加一个“子”，告诉你，孝敬是天经地义的事情。而“教”是“孝”加“文”，是告诉你，光教人文化，不教人做人的道理，那是白教！

所以，看到现在媒体上报道白眼狼，我一点都不奇怪，因为，从小到大，老师和家长都告诉我们，只要把学习搞上去了，其他的不用管，让我们根深蒂固地信“文”不信“孝”。等大多数人形成这样的人生观，稳固了这种人格时，又有人来指责他们的冷漠，可又有谁来告诉那些人，这些孩子是你们教成这样的呢？

孝与教！

古人将这些道理，由文字传递出来，可是，有多少人看出这些字造出来时的深义？

中国文字那么美，简化过的，或者繁体的，拆起来，都极有深意。

那个时候，我写这样的东西，没人觉得有意思，除了我少量的读者。

投稿不顺，才遇到骗子，被人污蔑，被人诋毁谩骂，加上当时家里出了一点事情……感觉整个人都要垮了。

轻生的念头分分秒秒地缠着我。

受够了！

不想活了！

滚！我先走一步，谁爱待这里谁待！

是论坛的姑娘们把我拉回来的。

她们说，喜欢我这个姐姐，特别喜欢，不要傻！告他们！支持我！

我手上有证据，但是我没有告那些人。

因为当时，我只是一个小作者，凭个人之力，干不过他们。

法律？

想过，可是被人笑了！

要打官司，必须去当地出版社，需要来回奔波，就算赢了，拿到手的赔偿，还不够我付来回的车费与食宿费。这就是为什么很多人明目张胆地侵权，可很多人选择不告，告不起，成本太高，赔偿太低，一些不明是非的人被煽动的话，会跟着骂人——很难听。

在创作黄金期的作者，也没有办法为这些事情耽误，因为，灵感是稍纵即逝的东西，错过了，就找不回来了。我很心疼我那本书，突然间特别明白孩子被人拐走后父母的心情，理解他们的痛苦，撕心裂肺，感觉一样一样的。

每一本书都是我的孩子，是我的心血、我的思想的延续，怎么会不懂?

一开始，是不想活了，觉得世界特别黑暗，想死后，变成鬼去找那些人，不吓死他们，也要把他们吓得半死!

要吓得他们上厕所都不敢开灯，蹲上马桶不敢"嗯嗯"!

哼!

后来想想，不行啊，万一人家请了道士来收我怎么办?

我要是不能投胎了怎么办?

没法投胎了，我就不能做人了，怎么办?

真被道士收进了法宝里，我倒不怕被火烧、被雷劈，我就怕无聊，没人陪我玩怎么办?

脑洞大开了!

我决定坚持。

我有读者支持，虽然很少很少，可是，论坛上的感情，特别单纯，很珍贵。不甘心，我就不信邪了，再试一次又不会死！试一次怎么样?

我受过伤害，我知道怎样去伤害别人，也懂得怎样避免伤害。我选修了心理学，将这些东西融入了小说里。所以，很多人看后，会发现有一种奇妙的治愈感。因为不走小说固定的套路，所以，喜欢的人会非常喜欢，不喜欢的人会非常不喜欢。

我理解!

不强求，但感谢遇见你们！也谢谢我的编辑姐姐，和宏泰恒信。

若不是他们，《谢谢你曾经爱我如生命》不会出版，因为出版社都愿意走常规路线，可是他们愿意为我这样的作者冒这个险尝试创新。

"你投给我的小说有点另类啊！"这是编辑姐姐接我稿子时说的第

一句话。

“这种写法，会有人喜欢吗？”第二句。

“或许有市场，我们试一下吧。”第三句。

这是双子座的姑娘，典型的双子座，喜欢创新，喜欢冒险。后来证明，她和这本书最终的策划决策是对的。

《谢谢你曾经爱我如生命》上市后，吸引了很多新的读者，他们对这本书非常喜爱，从而关注了我以前出版的书，就此，《金牛座的眼泪》在当当网上全面售罄。

而《金牛座的眼泪》在网上没有盗文，没有手打版，因为，我的读者们听到盗文和手打会有损我的利益，都不肯。将来会不会有我不敢肯定，但我敢肯定的是，手打的那些，一定一定，不是他们中的任何一个。

所以，现在没有网络盗文，大家没有办法看到全文，由此，这本书得到了再版的机会，化身成《洛离的眼泪》，穿上崭新漂亮的“衣服”，再次与大家见面。

谢谢你们的厚爱。

这些年……一直相信我，就是相信我。

我拼命地努力，受过那么多委屈和压力，还能扛到现在，就是为了证明自己，也为了证明你们没有看错我。

十年了！

这些年，我一直坚持自己的风格。

那些跟风的作者……到今时，大多不见了。

而我还在！

虽然我依然没有大红大紫，可是，那又怎么样？

好的差的，我都在做我自己啊。

“那个作者不太火，可是，好喜欢她的东东。”

这就是你们对我的肯定。在这个阶段与我相识的人，就像守着一粒萌芽的种子，无论它将来怎样，都抱以最真的希望和期待，还有爱护啊！

我离题了？

本文的主题是“我们”，可我乱扯了？

才没有！

怎么会？

当初，我走的每一步，都有“我们”，我出每一本书，你们都好像是自己出书一样高兴。

还记得我的小说封面第一次打上“星座小说掌门人”的字样时，某个小姑娘从书店里买到书，回来告诉我，她在路上抱着书，边走边哭，说，我姐姐终于等到这一天了，太不容易了。

弄得我在另一边，又哭又笑，最后哭得稀里哗啦。

“看！

“我的姐姐！”

她们都叫我“我的姐姐”。

别的作者预告新书出版的时候，喜欢说，我的新书上市了，请大家支持。

而我的预告，却喜欢用“我们的 ×× 座的书终于出来了”，用的是“我们”。

我叫朱洙，我用真名！

人只有用了真名，凡事才有顾忌和底线，就像《千与千寻》一样，人记住了自己的名字，就记住了自己。

我想当你们的姐姐，我想将“你们”变成“我们”。

我想……就算你们没有那么真切地支持我，也能在若干年后，想起我，不后悔认识我，想起有你，有我，“我们”一起走过的日子。

想起你与我第一次在线上说“Hi”，我回复你：“在，宝贝儿！”

想起你对我说“姐姐，不知道为什么，就是喜欢你，想一直支持你”

的那份心意。

想起你再对我说“我知道你忙，你不用回复我，我不吵你，会一直关注你”的情。

而你会想起，曾经认识一位作者，她很亲切，叫朱洙，我们管她叫姐姐，她管我们叫宝贝儿们。

也会想起，这么二的作者，还骂人，会粗口，烦了会不顾形象，但是，“我们”包容，理解，加迁就。

我们!

洛离的眼泪「目 录」

C O N T E N T S

chapter01　那年十八岁

他紧紧地拥着她，好像实现了年少时期最美好的心愿，睡着，笑着，窗外鹅毛大雪，而他的唇角却是抑不住地勾起。

如果……

真的有世界末日，上天给每个人许个愿望的机会，你最想做的事情是什么？

我想……

左手牵着妈妈，右手牵着你。

要死……

也要死在一起。

可是，你到底长得是什么样子？

太久不见了。

我……好像忘记了你的五官。

“想念”肆意弥漫，在每个细胞里弥散，又悄然消逝，就像皇宫酒店大厅里悠扬舒缓的钢琴独奏，轻轻脆脆的敲击声似令满身的细胞都轻快起来。

叮叮咚咚，清脆作响时，让我想起18岁的你我。

一个转身，我们错过了10年。

陈青远……

“陈青远！”老师大吼。

灰白色的走廊上静寂无人。教室里的门和窗子关得严严实实，窗子上的玻璃全都蒙上一层白色的雾气。

那少年“嗯”了一声就抬起头来！起身的同时，还打了一个呵欠，一脸没睡醒的样子。他抓了抓睡乱了的头发，再一脸茫然地看向老师。

“你叫我啊？”

“是啊，我叫你喝茶啊！”

老师气愤地把陈青远的本子从一摞本子里拿了出来，将它在半空中立起，问陈青远：“你能告诉我，上个星期布置的作文，是你自己写的吗？”

陈青远抓抓头发，想都没有想，脱口而出：“我抄的！”

“抄的？”

“是啊，作文书！”他说着，竟真的从桌肚子里拿出一本书来。

“《高中作文精选》？”老师惊讶。

“呐！就在这页！”

他干脆将书拎在手里，给老师看！

老师哭笑不得。

“陈青远你也太诚实了！但太没‘抄德’，‘老大娘’你抄成‘老大狼’，‘姑娘’你抄成‘姑狼’，‘狠狠地’……你可以抄成‘狼狼的’？你跟狼有仇啊？是不是要对着咬一口啊？”

一阵哄堂大笑在班级里蔓延开来。

“还有洛离！”老师看向洛离，“你们两个真是太有默契了，连作文都抄得一样。”

老师开始发脾气，将手里的本子摁在了讲台上！

不晓得是哪个在底下喊了一声：“这就叫夫唱妇随。”

轰的一声，大家哄笑起来。

老师拿起讲台上的钢化杯子，“啪”的一声，在桌子上狠狠一放。

“笑什么？笑什么啊？一个一个，跟二百五似的，都什么时候了，还跟我稀里糊涂。你们啊你们，高三了，还有几天就高考了啊？什么时候做什么事情，你们完全不知道啊？你们父母把你们放到学校里是为了让你们成龙，你们倒好，一个一个给我成虫，到底想怎样啊？拿这种作业来糊弄我啊？是为我学的啊？”

老师吐沫横飞，说得兴起，来了情绪，又狠狠拍了拍桌子，大喝一声：“洛离，你给我站起来！”

教室右边，第三排第四位女生低着脑袋站了起来。

老师恨铁不成钢地训道：“洛离啊洛离，看到陈青远的作文和你的一样时，我还以为是他抄你的，没想到你也抄袭啊！你是我很看好的学生啊，你到底想干什么啊你？你对得起送你来学校的父母吗？啊——”

“啪”的一响，老师拍向桌子，那动静把大家都吓了一大跳！谁也想不到好好学习天天向上的洛离，会做出抄袭的事情。

“喜欢抄是吧？！喜欢抄就把今天的课文抄一遍，放学后交到我办公室，不抄完不许走！”

放学后，他们留下来抄课文，洛离坐在只有两个人的教室里，竟吸着鼻子，低泣起来。

坐在后排的陈青远从位置上站起身，来到洛离边上坐下。

“哭什么啊？不就是罚抄两篇课文吗？又不会掉一块肉，有必要委屈成这样么？”

洛离狠狠地瞪了他一眼，眼圈红红的，眼底有泪珠翻滚。陈青远看到她充了血丝的眼睛，顿时慌乱起来。再看到洛离转首不理他，他更是郁闷地大嚷：“喂，你还不肯理我啊？”

这不是明摆的嘛，洛离连看都不想看陈青远，还在纠结昨天发生的事情。

这几天天气很不正常。

昨天下午，气温都升到22度了。晚自习前的那个时间段里，洛离照例帮陈青远还有那一大帮男生看管衣服。

那堆男生打着球就叫嚷着，喂，洛离，你来啊，一起来打啊！

盛情难却，加上这四月的天气，人一静下来就容易犯困，最近天气又热得不正常，所以，为了驱走自己的乏意，她就脱了外套，穿着白色纯棉T恤笑眯眯地上场了。

人一运动，就驱走了乏意，就算好像在蒸气里穿行，就算汗水浸湿了衣服，就算跑得气喘吁吁，还是让人有了淋漓尽致的痛快感。

球到了洛离手上时，洛离跑步运球，后卫陈青远在洛离运球的时候守得束手束脚。洛离跟他大眼瞪小眼对视的时候，他怔了怔。

借他发怔的空隙，洛离运球快攻，到篮下起脚跳投，进了！

她“哦耶”一声，笑着，竖起大拇指，跳了起来。

太痛快了！

同队的男生拢过来围住洛离，笑着赞：“不错哦，真看不出来啊！”

夸得洛离不好意思地摸着汗兮兮的额头笑。

陈青远那队的人急得骂陈青远臭球。陈青远挽起球衣的半截衣袖，边挽边莫名其妙地生气着大嚷：“我就是臭球，怎么了？”

说完，他攻入围住洛离的人墙，一把将洛离扯住，扯得洛离边鬼神哭狼嚎边拉着他的手大嚷：“输不起啊？干什么啊你，拉我去哪里啊你？”

身后的人起哄：“小两口吵架了，小两口吵架了！”

陈青远把洛离拉到操场一边，也不知道他对洛离说了什么，气得洛离抬起一脚就向他大腿上踹去，涨红着脸骂他下流，骂完后捡起打球前脱在号令台上的衣服，转身就跑。

球场上的男生见状起哄似的大嚷：“陈青远，你说了什么，把你老婆气跑了？”

陈青远大吼：“老你头的婆，再说这些，我爆你的头！”

他从地上拾起他的衣服、书包，往肩上一甩，单肩背着，怒气冲冲地走了。

大家都很好奇他说了什么！

他说了什么？

他居然怒气冲冲地对洛离说：“洛离，你的小熊猫太可爱了吧，下一次，能不能不要穿这么可爱的小内衣啊？都让我看到了，你让我怎么专心打球啊！看到就看到，但一马平川的，实在没有什么看头，你别在男人堆里炫耀你胸前国宝的尊容行不行！”

这话气得洛离一天没理他。今天抄袭事件又雪上加霜，洛离更是没给陈青远好脸色看。

放学后，陈青远一直送她到家门口，一路走来，老是在她耳边说不要生气不要生气。她被他缠烦了，推了他一把：“我又不是打气筒，我生什么气啊？”

“对啊对啊，女生只会生娃娃，哪里会生气啊，不过，一个人是生不出来的！唉，你愿意跟我配合么？”

“陈青远，你这个死流氓！”她捏着拳头扯声大嚷。

他却笑道：“我怎么流氓了？就算我承认我是流氓，你是‘too’！我们两个合称流氓兔！”

她举拳而嚷：“你成天油嘴滑舌的，我最讨厌你了！”

他顺口一接：“太好了，我就是想让你讨厌！”

她狠狠地跺了一下脚，转身就走。

他在后面大喊：“唉，你钱掉了！”

她转头一看，地上空空，才发现自己上了当。他扶着脚踏车的龙头，笑得直捂肚子。

她气得急走几步来到他面前，对着他的腿肚子就是一脚。

陈青远痛得直嚷嚷：“救命啊，杀人了，洛离谋杀亲夫了！”

刚抡起书包要打他，他跨上车子，骑着就跑，边跑边嚷，有人要借包杀人了。

洛离懊恼地回家，边进院子边犯嘀咕，这陈青远干吗老是不正不经的，每次总是把她惹生气他才开心。

就说刚才吧，他居然说她谋杀亲夫。

谁是她亲夫啊？

这人说话经不经大脑啊？

气死人了！

洛离脸带愠色，打开家里的大门的一瞬间，就看到大厅里父亲双膝落地。

他跪在了妈妈面前，泪流满面地拉着妈妈的胳膊，像拉一具木偶似的，摇晃着。

他仰起脸来，冲着妈妈苦苦哀求，他嘶哑着声音说：“青穗，我说做生意亏掉是骗你的，我其实在外面有女人了，那女人怀了我的孩子。我要是不离婚，她要找人把我打成残废，还有……她还说，我毁了她这辈子，她就要找人毁我家洛离，她那个妖精是什么事情都做得出来的。”

洛离不敢相信自己的耳朵。

她奔过去拉着他的衣服。

“爸爸，你在说什么呐？是不是喝醉了，所以在说胡话啊？”

他反手拉住洛离的手，在洛离的惊愕下，他陡然直起身子，伸手一拉，将一旁的洛离拉了过来。

他说：“青穗，你看清楚啊，这是我们的女儿洛离啊，我做错了事情，不能让报应落到她的头上啊！那女人的干哥哥是亡命之徒，他什么事情都做得出来的，他什么事情都做得出来的呀！”

他再将洛离拉得近了一些：“青穗，为了我们的洛离，求求你放我一条生路吧！”

他怎么说得出“生路”？

为了给他还债，妈妈连房子都卖了，在家里没有卖房子前，成天有人到家里来闹，他们摔凳子，砸椅子，成群成群地来到家里，吵着让洛卫国出来，让他还钱，不然，就放把火把屋子烧了。

后来，家里成天挤满了不三不四的人，连租房子给他们的房东都怕惹上麻烦，赶他们走。

说租给谁，也不想租给他们，不想无缘无故惹上麻烦，房东说她心脏不好，这些人没日没夜地闹，她再不赶他们走，她就活不久了。

房东是胆小怕事的人，不敢报警，怕报了警，她以后的日子得吃不完兜着走。

为了躲这些人，洛离一家都搬三次家了，可他们总能马上找到他们。

日以续夜地闹着，洛离快要崩溃了。

就在昨天，要债的人跑到家里来“要钱”，大吵大闹还砸了东西，家里被砸得一塌糊涂，报了警后才慢慢平息下来。警察叔叔到来后，那些人还拿着他打下的欠条大声地嚷嚷“欠债还钱，天经地义”。

等他们走了，她和妈妈收拾了残局，实在是写不出布置的作文《我快乐的一天》，于是，边落着眼泪，边抄了一篇。

老师骂她，她不怪她老人家，因为错在自己，因为她真的抄袭了。

而他们逼她，一个劲地逼他们，逼得他们即将走投无路。

当她莫名地承受着这些时，她从来没有想过，这是爸爸一手设计的。

洛离的心好像被鞭子抽了，血淋淋地往下淌着血。泪水夺眶而出时，她不信地看着自己的爸爸。

“你是我的……爸爸啊！”

她哭着说：“你是最疼我的爸爸啊。”

妈妈为了还钱，到处去借，还在外面打临工，做“挑土”的的士司机跑夜场，凌晨三点下班，睡三个小时后，又匆匆赶到厂里上班。为了省钱，她舍不得吃东西，晚上又睡不好，又累又饿，终于得了胃病，泛酸呕吐，还打嗝。可她死都不进医院，她说，离子啊，那钱能省就省吧，你爸还在外面躲债呢，想到他会睡在什么桥洞底下躲躲藏藏的，我这心啊，跟针扎似的，疼得慌啊。我快点赚些钱回来，你爸就少受一天罪！

她哭着将这些告诉爸爸时，那个男人只是说：“我对不起你们，我下辈子做牛做马来还你们，这辈子你就放过我吧，我也是被逼得没有办法！”

男人的心硬了，什么都感动不了他。

洛离哭着问他：“爸，即使你不爱妈妈了，即使你做了对不起她的事情，你也应该为我想想啊！我高三了，我高三了呀，我马上要高考了，你居然怂恿那些人追着我们闹，你有没有想过，你在毁我，你这是在毁我啊！”

家里为了给爸爸还钱，搭上了妈妈所有的积蓄。妈妈为了帮他“还债”，到处借钱，看尽别人的白眼，受尽别人的冷待，就差没给别人下跪了。实在没有办法，实在没有地儿借钱了，她才卖掉了房子。

家里没有了钱，也没有了房子，租着最便宜的地方住。那房子一室一厅，她连自己的房间都没有，只是在客厅拉了一道帘子，那客厅的沙发，在晚上拉开了帘子就是她的床。没有卫生间，想要方便，还要走出五十米远，去那臭得要死的公共厕所。

而同学们居然都不知道她家里发生的事情。很多年后别人问她，她说："我不想告诉别人，有什么好说的呢？只想着咬咬牙挺一挺就过去了，可谁知道不小心咬碎了牙齿，让人哭得眼泪都干了呢！"

她说："我节省着每一分钱，不去吃早点，每天第二节课开始，肚子就饿得难受。我们每天早自习前，都要围着操场跑两圈，今天我眼睛都花了，边跑，胃壁跟胃壁磨着似的难受，好像没东西消化了，在消化自己似的。酸水一波一波地往上涌，胸口像塞了棉花，跑的时候，上气接不了下气，眼睛一黑，整个人就晕倒过去了。在医务室醒过来后，边打着点滴边听老师训，因为她以为我是想减肥才不吃早餐的。可是有什么办法呢？我不想告诉她，就是不想告诉她。我情愿把这事烂在心里，也不想让别人知道。"

爸爸一脸苦求的时候，她问他："爸，你到底是要那个女人，还是要我和我妈？"

她爸想都没想，一口咬定，要那个女人。

她的脑袋"嗡"的一声大了。她从来没有感觉到心有那么痛过，痛得她连连后退，痛得说不出一言半语，像什么东西堵在了心口，堵得她无法顺利说话。

父亲跪在地上，痛哭流涕。她简直不敢相信自己的眼睛。

"青穗，我谢谢你到处为我筹钱，我谢谢你为我奔波，我真的不知道说什么，算我对不起你，可是，我真的不想再骗你了，你跟我离了吧，放我一条生路吧，我要不离，我要激怒了他们，我们家就没好日子过了！给我条活路吧！"

何青穗木木怔怔的，相濡以沫二十年的夫妻，她的夫……竟跪在她的面前，让她放了他。她胃痛得脸挤皱在了一起，疼得受不了，就用皮包骨的手紧紧地按住那里。

那个男人居然没有发觉她的异样，以为她皱着眉头，只是接受不了这个事实。于是他跪走过来，拉住她的胳膊，一个劲地摇晃着，不停地说："离吧，离了吧，我求你了！"

她的木愣无语明显是深受打击，纵使他再焦急，她也不作任何反应。

洛卫国腰间的 BP CALL 催命似的响起。他的手探入裤腰，将皮夹里的 CALL 机取了出来，按了下按钮，好像看到很可怕的信息。他突然不求了，突然暴怒起来，发狠地站起身来，对着何青穗吼道："这是我最后的机会，你要是不离，那我们死到一块儿。"

他说着，竟将腰间的皮带抽了下来，将洛离一把拉过来……

洛离惊呆了，吓坏了，惊慌失措地叫嚷着："爸，你干什么？你……"

洛离的双手扯住了脖子上紧缠的皮带。她呼吸困难，血液在脑袋里膨胀，眼前渐渐发黑，连听觉都渐渐与世隔觉，却奇迹般听到脖子肌肉"咔咔"作响。

她想哭都哭不出来，只感到脑袋要涨炸了。

她一手死扯着没有弹性的皮带，一手向妈妈伸去，涨红了脸，极其艰难地求救，妈……救我……妈，救……

何青穗疯了似的冲了上去，对着洛卫国又撕又打："你这个天杀的，她是你女儿，她是你女儿！"

男人扭头大吼："与其让洛离被那些人害了，还不如死在我手里，然后我再杀死你，我再自杀。这样你就不用跟我离婚了，你就满意了——"洛卫国面目狰狞，拉扯着皮带，双手使劲，他太阳穴边的青筋已骇人地暴起。

洛离开始翻白眼了，她"呃呃"地，舌头从嘴里吐了出来。

眼看她不行了……

“我离！”

尖锐的哭号似从破碎的嗓音里奔越而出，洛离的妈带着破碎的颤音，绝望而悲凉，她的丈夫停下了手里的力道。

她好似终于忍无可忍地放声大哭，哭得身体下滑，失重般滑坐到了地上。

洛卫国松了手，如释重负地松了一口气，好像了结一桩心事，脸上浮起一丝得逞的笑意，却完全不顾洛离解脱后，扑地捂喉，呛出眼泪，不停地咳嗽。

她淌着眼泪咳得猛烈，仿佛连内脏都要咳出来。可是……爸爸却不在乎她，他只是催促妈妈，在他拿出来的协议书上签字。

只听到他说：“快啊，快点，要签就快一点！”

她……哭不出来了，也发不出声了，嗓子像被人下药毒哑了。

男人得逞了，拿着协议，满意地离去。离去前，裤管与皮鞋在洛离眼前晃过。

他……连弯身扶她一把的心思都没有了……

心口有了皲裂细碎的裂隙感，“嗞嗞噌噌”延伸着皲裂的触角，刺生生地疼着，疼得连胸口似被高压挤压，内里的一切都被挤皱在了一起。

门砰然一声关上了，好像一把利刃，切断了他与她所有的关系。

她哇的一声，大哭起来。

哭声撕碎了人的心，好像是她心脏碎裂时被放大的回声。

第二天便是倒春寒了，仿若一夜入冬，昨天还是单衣薄裳，今日便厚衣围脖裹得严严实实。那少年已然守在拐角的一处，跨骑在单车上，一脚踏地，一脚踩在弓起的踏踩上面，他穿着面包似的深色羽绒服，戴着一顶线织的绞花帽子。

清晨时分，天色与亮了一晚的路灯浑然成一色，雪景下，有些灰蒙。

细细的雪粉飘落下来时，好像面包房的师傅向案板上的包面坯撒下细细白白的椰子屑。

陈青远似乎有些冷了，背着沉重的书包，微耸了肩，双手扶住车龙头，脸上的表情，似乎有些不耐烦。

“搞什么鬼啊，今天出来得这么晚！”

洛离的身影终于出现的时候，他支地的脚一滑，身体前倾时，车子向前行驶起来。

他追上了洛离，跟在后面不看脸色地喋喋不休。

“你说怪不怪，我昨儿夜里做了一个梦，梦见我进了一间道观，我进门的时候，接待我的不是道士竟然是个和尚，他递我一个功德簿，让我在上面写上愿望。那本子花花绿绿的，就像我们毕业时填写的同学纪念册。我拿着笔写下的第一个愿望是，爸爸妈妈身体健康、长命百岁，第二个愿望我居然写了你洛离的名字，再想写我自己的愿望时，我居然写一个字错一字。更好笑的是，我拿着白雪修正液涂改时，涂在本子上的白色液体就是干不了，还立体了起来，跟方方块块的豆腐似的，你说奇怪不奇怪？”

细雪纷扬，铺着细细雪屑的水泥地上，留下如蛇曲爬的车轮辗印，一节一节的，好像巨长无比的蜈蚣。

她的球鞋鞋印延绵在身后的路上，在灰蒙天空的场景下，他不停地说着他那个奇怪的梦。而她自始至终不去搭理。“嗞”的一响，他车后轮做了一个简单的漂移，后轮处，抛洒出了雪屑若干。

他骑车横在她的前面，对视了她惊然抬首的脸。

他一惊，随后大吼：“哪个混蛋欺负你了？”

眼泪又从她红肿如桃的眼里狂落下来，新的泪痕很快覆上旧的，被冰冷的风吹过，脸上刺痛无比。

他恼了，立好车子，一把牵过她的手，把她往来时的路上扯。

“你……你要带我去哪里？”

陈青远愤然叫道：“我知道是那些要债的人又到你们家闹了，你回去清理东西，跟你妈搬到我们家里去，我们家还空着一间屋，看谁敢进我家来闹事！”

她一把甩开他的手，向前方跑去。

她跑远了，跑开了，向车站跑去，奔上了一辆正要开的公交车。

陈青远来到学校，停好车，进了教学楼，刚走到教室门口，就看到洛离从教室里冲了出来，一头扎进了他的怀里。

“啊！”他惊得叫唤一声，他们两个的视线刚对上，他便看到她满脸泪光。

她向后退了一步，离开了他的怀抱，他还没反应过来，教室里面冲出来的两位女同学却拉住了洛离。

“洛离，你听我解释啊，我们不是故意说你的事情，只是……小佑家离你家近，昨晚上听到你家发生的事情，只是表示关心，问你的脖子有没有事，真的没有别的意思，你别放进心里啊！”

“关心？”洛离一把推开了她们，“关心是吧？”

她一进教室，就听他们兴奋至极地说起她家昨天发生的事情。那表情生动得像说评书，个个新奇地问着，当“说书人”说到一处刚刚停下，“听书人”马上意犹未尽、迫不及待地问：“然后咧？然后咧？”

她生死攸关，而那些人在门板后面看热闹。

这是关心么？

这就是他们所谓的关心么？

她已经够痛苦了，她的痛苦还得像评书一样被人讲来讲去，他们听得津津有味，完全没看到她就站在门边听着，听得淌眼泪，实在听不下去了，才冲了出来，被他们发现，追了上来。追上她后，那表情比翻书还快，刚刚明明兴奋得要死，这会儿，这两个女生像家里失火死人似的皱紧眉头来向她表示关心。这种关心像锥子一样，扎得人好疼，这种被扎疼的感觉，好难表达。

为什么大家都要以为她平时不喜欢发脾气，就可以任意打趣，连所谓的关心都会带着狗仔队似的小报消息。

没错，她是金牛座，她是以温顺著称，最不会发脾气的金牛座。但不发脾气不代表不会发脾气，牛儿温顺，不代表气愤至极时它具有攻击性的角是摆设。

她真的急了，她真的怒了，她真的受不了自家的隐私在大庭广众下如此“招摇过市”。

揭开心口伤疤，让污浊的皮肉暴露于空气之下的感觉，真的好难表达。更受不了这两个追上来的女生变脸变得如此之快。

你以为……你们是说评书吗？啊？她噙着眼泪推开了她们：“我谢谢你们带着好奇的关心，谢谢你们知道我家发生的事情，更谢谢你们知道我爸差一点勒死我，你们想看看我的伤口，你们想满足你们的好奇，你们想看是吧？我让你们看，我让你们看……”她一把扯了脖子上的围巾，一把拉下厚重大衣的竖领扣子，准备脱掉大衣……

“你发什么疯啊？今天零下七度，你在这里脱衣服？你要不要身体了？你病了你妈怎么办？”边上的陈青远突然冲她放声一吼，吼得她一怔，然后，哭得将手垂了下去。

那放声一吼，让她的心奇迹般注满了一股温暖。

陈青远紧抿着唇，拢近身来，他脸部的线条绷得紧紧的，他弯下身去将她扯下的围巾从地上捡起来，拿到手上，再将她大衣的拉链拉上，给她将围巾围上。

她自始至终地看着他的眼睛。他竟一把拉住了她的手，将她拉进了教室。

在男生和女生多说一句话都会被弄成闻虎色变的“早恋”的特殊年代，他竟毫不避嫌，毫不在乎地拉着她的手走进了教室。

她微微地挣扎，他却拉得更紧，好像这一辈子都不会放开，对视时的眼神，好像在对她承诺与保证：“不管什么时候，我都会在你身边。”

所谓的心有灵犀，就是对方一个微妙的眼神，就可以彼此会意。所谓的两小无猜，就是彼此一个微妙的小动作，就可以直达心底，暖彻人心。

那年……他与她手手相连，就像一道可以信赖的承诺，似烙印般牢牢地烙进了她的心底，也给了她可以坚强下去的勇气。

进了教室后，教室里的目光都聚在他们两个牵起来的手上，这是一件多么不可思议的事情，他居然敢牵着她的手，竟这样明目张胆地走了进来。这若是叫老师看到了，一定又会大惊失色嚷着请家长过来“谈谈”。

那“万众瞩目”似的目光激怒了陈青远。

“看什么看？”陈青远勃然大怒，一声大吼，“谁再提洛离家的事情，别怪我陈青远的拳头不客气！”

陈青远和洛离边上的女同学换了位子。

晨练的时间到了，同学们都去了操场。

“陈青远，洛离，老师让你们下去集合！”班长跑上来不合时宜地叫嚷。陈青远不悦，扭头就嚷：“我很不爽！我不想去！”

“那洛离……”

陈青远竟拍案而起，勃然大怒：“她更不爽！滚出去！”

洛离坐在位置上掉眼泪。他在她的边上坐下，拉开了书包，从里面掏出一个保温瓶。

“还没吃早点吧？昨天早上看你晕过去了，今天我给你带来豆奶，自家的豆奶机磨的，很好喝，你喝一口。”

洛离吸着鼻子，只哭得头昏脑涨。她轻摇了脑袋：“我喝不下。”

“那，你吃面包。”

“我也……吃不下啊。”

教室里有暖气，所以她已脱了大衣与围巾。她说“吃不下”的时候，整个人趴在了桌子上。

就是她趴下的时候，脖子从衣领里露了出来，他看到了她脖子上的红印。

他莫名地感到胸口喘不上气了。

他好像看到洛卫国正死命地勒住洛离的脖子。他突然觉得自己很没有用，洛离被人伤了，他什么都做不了，他什么忙也帮不上。心绪翻腾起来，一股抑不住的狂躁让他猛然起身，一脚踹了身边的桌子。她抬起眼睛，惊愕地看着他时，他立在那倒地的桌子面前，攥着拳头。她赫然发现，他的眼圈红了，他的眼泪在眼底无序地翻滚。

那天，细雪纷飞，放学的路上，他陪着她缓缓地向前步行。

她低着头，一直不说话，一路走来，那被人千踩万踏的雪地上，只剩下肮脏的冰渣。

“陈青远！”

她一直低垂的头扬了起来，轻唤着他的名字，就像那落雪一样轻盈无声。

他抬首时，就见她笑了，笑容很干净，与这雪景浑然一体。恰似那雪地里绽开的红梅，小巧而美丽，他甚至闻到一股绕鼻的香气。

她说“谢谢你”时，他只感到她的眼泪好像进行了转移。她不哭了，可是，他却想落泪了。她说：“谢谢你陪我走了这么远，真的很感谢你，是真的。”

他咬紧了牙关，拼着自制力，对她说了一句：“不客气！”

“洛离！”他轻唤了她的名字，他扶着脚踏车龙头的手生痛，但还是用力捏了捏把手，红着眼睛，对她挤出一个笑来，“如果你难过，我还是会陪着你！”

她也笑了，笑得令人安慰和心暖。她就是这样可爱得让人心疼，就是这般在绝望里还能笑得出来。

金牛座的朋友都知道，金牛座的人是极乐观，极具幽默感的。只有在他们愿意接近的人面前，他们才像小孩子一样纯真。

但有一点你绝对不知道，金牛座的女生通常在微笑搞怪后，眼底会神速地闪现出一丝落寞，在你还没有捕捉到那丝情绪之前，她又对你展开舒心的笑容。她的内心充满苦楚，但她的精神力量却使她如天平般平衡。那自我安慰与分寸的捏拿几乎是一种本能，本能到连她们本尊都没有发现。就像蜘蛛吐丝、壁虎续尾，那种平衡力是与生俱来的。

面对着相伴而行的陈青远，那纷扬的雪给了洛离开心的力气。绝望中的她，微笑得好像那枝头盛开的雪梅花。

“以后，我都不会再哭了，你一定要看着我，如果我哭的话……”

“每掉一滴眼泪，罚款一千元！”

她马上惊大了眼睛：“我的眼泪太值钱了吧！”

“嗯！”他极肯定极严肃地点了头，一本正经地说：“这是一定的，看你还敢不敢哭！”

“那我要是哭了，没钱给你怎么办？”

“那先欠着！”

“那欠着也还不起怎么办？”

“那你就写个欠条，让我攥在手里，向你讨一辈子！”

“呼！”她深呼吸后，狠狠地吁了一口气，“冷的是风，穷的是债。我才不想哭，我才不想欠你一辈子、穷这一辈子！”

他们两个相视一笑。远去的脚步，或重叠或者相对。身后有同学若干，她们尾随其后，笑嘻嘻地挤在一起，其中一个举着拳头对起了大拇指，表示了天生一对的意思，大家都会意又暧昧地笑了起来。

银装素裹的世界里，那绝望如枯骨又失去了生命气息般的枯枝，似被点缀成最美丽的银树。

他们两个在银树下穿行，那一切都美得……不可思议。

1999年，细雪纷飞的日子，那个男孩子喜欢着那个女孩子，只要她开心，他也开心，只要她快乐，他也快乐。连牵她的手，都怕吓着他。那个细雪纷飞的日子里，他与她的爱情很纯很真，若细雪落衣，凝雪成水，无息悄然。

这细雪纷飞的场景，带走了这丝沉重。细细的雪在他们相视而笑时，飘落在他们的脸上，细细碎碎，轻轻盈盈，冰冰凉凉，竟有了……甜甜的味道。

那几天，洛离天天从梦中惊醒，很清楚地记得在惊醒前哭着喊："爸爸你别走。"爸爸突然转过身来，用皮带勒住了她的脖子。她从梦中惊醒后，大口地呼吸，心里满是刺骨的酸楚。

几天后，更令人意想不到的事情发生了。

洛卫国与人起了争执，竟用刀将人捅死了。关于这件事，纸媒还以化名的形式，将故事登上了全国发行量很强大的情感杂志。

标题是：薄情男子怒杀毁约人，狠心绝情为哪般。

题记是：为了抛弃妻子与女儿，为了独占家产，罗伟国（化名）听信情人之言，将财产移转给朋友的同时，写下高额"欠条"，他如意拿到离婚协议书时，好朋友竟翻脸不认人，两人反目成仇，罗伟国起手将人捅死……

这里的人都知道罗伟国其实就是洛卫国，所以……整个故事的真相，就暴露于大庭广众之下了。

陈青远也清楚了事情的始末。

洛卫国策划离婚事件时，没打算分她们母女一分钱。他把财产全转移给了自己的好友，做出生意亏本的假象。等如愿拿到离婚协议书，那好友却翻脸不认人了，钱……一分钱都不退。还拿出他打的假借条证明欠钱的是洛卫国。情急之下的争吵中，她老爸一刀把那个人给捅了。那“狐狸精”做掉孩子，卷了所有值钱的东西跑了。

律师是洛离的妈妈帮着请的。

别人气得破口大骂，说你傻不傻啊，那男人这样对你，你还这样对他，你脑袋被驴踢了还是被猪拱了？

洛离妈叹了一口气：“我哪里不明白自己在干什么啊！那男人狠心对我们娘儿俩的时候，我真是天天咒他，日日咒他，等他真出了事，这心比刀割还难受。我家离子做梦都在喊爸爸，你是没听到，听到了你心酸。所以，不看在夫妻一场的分儿上，也得为我家离子着想，就算判无期也比死刑强，无期总有个盼头啊，我不想洛离没有爸爸！”

洛卫国的情况，在关押期间，是不可以见面的。可以进去的，只有请来的律师。

律师进去前，先去了洛离家，向洛离母女了解情况。等情况了解得差不多时，他竖起载满记录的稿子，立了立，然后扶了扶眼镜问洛离妈：“您还有话带给他吗？”

洛离妈转首问洛离：“离子，你有话对你爸说吗？”

洛离紧咬着唇，冻得发白的脸却涨得通红。她感觉自己要哭了，马上站起来，冲出狭窄的房门，冷风吹来，她大口大口地吸气，却无法抑制眼泪从眼眶里大颗大颗地滚落。

有话带给你？

有什么话带给你？

我应该对你说什么？

我应该对抛弃我们，甚至要杀死我的爸爸说什么啊？

她捂着口鼻哭，哭着将身体弯下，抱住了膝盖，哭得凄凉。

“爸爸，我在学校得表扬了，老师念我的作文了，说我写得很好，用词得当，感情丰富。”

“乖女儿，把作文本给老爸看一下。哟，《我最喜欢的人》？我最喜欢、最崇拜的人是我的爸爸，他浓浓的眉毛下，有一双黑又大的眼睛。每次别人问我，是喜欢爸爸多一些还是妈妈多一些，我都会毫不犹豫地回答，我喜欢我的爸爸……”

记忆在眼前飞舞，像人为剪辑的镜头。

哭得凄凉的洛离下定决心般站起身，拿出纸巾，将眼泪全部擦干净。眼球是充血的红肿，下眼皮跟着肿大起来，她却扯了扯唇。望着有些灰蒙的天空，她拼尽全力笑了一笑。

进了屋子，她从衣柜里拿出一件男式军用棉衣，将那叠好的棉衣方方块块地拿出来，拿到律师面前时，对律师说：“叔叔，麻烦你帮我把这个捎给我爸爸，告诉他，天凉了，别冻着。”

律师走到门口，洛离还笑着对他说：“谢谢您了，叔叔，麻烦您了。”

洛卫国跟律师交谈许久后，律师问：“你有什么话带给你前妻？”那男人用戴着手铐的手捂住了脸，说：“我没脸见她们。我只想洛离原谅我……”

律师说：“你女儿有话带给你！”

律师将洛离的原话带给洛卫国，拿出了带进来的棉衣。

洛卫国怔怔地看着那叠好的军绿色大衣，他的唇好像低频的振动机，不由自主地颤动起来。

在刀子捅进那人的身体，意识到自己杀了人，跑回去洗干净血迹，跟那个女人说自己杀了人时，第一个报警，让警察来抓他的，就是那个女人。

他还打算过了夜，就带着那女人“亡命天涯”。

他问她：“你跟我走吗？”

那女人果断地点了点头，说：“愿意。”

他问：“不怕吃苦吗？”

她说：“不怕！”

她的回答让他心暖。

他收拾着东西，准备连夜逃跑，女人躲在卫生间里久久没有出来，不知道在做什么。

十分钟后，他就被破门而入的警察逮个正着……

警察说有律师要见他时，他还以为是那个女人帮他请的律师，因为整个过程都是为了她。她最清楚发生了什么事情，他出了事，她应该最为焦急，想尽办法救他才对。

而律师说的第一句话是：“您好，我是安得烈律师事务所的律师，接受了你前妻何女士的委托，这是我的委托书。”律师说着，便递过了委托书。

洛卫国看到那字迹满满的打印纸上，初中文化的前妻，在委托人后面歪歪扭扭的签字。

明明是冷得让人发颤的天气，他的脸竟烫得像被人抽过鞭子。

他还在想，前妻应该是恨他的，而之所以愿意帮他，一定是因为那个女人在她的面前求她想办法。于是，他问律师，委托他的，还有没有一个姓林的女士。

律师说：“没有！只有何女士还有你的女儿。”律师在接手这个案子时，就已经知道了事情的来龙去脉，自然知道他口中的林女士是谁。

看守也知道，因为他的事情在那么大的情感杂志上刊登过。但谁都没有告诉洛卫国，是那个姓林的报了警，也没有告诉他，她早打掉了孩子，变卖了他所有值钱的东西，跑掉了。

在看守所里，所有的信息都是封闭的，律师再有正义感，也得有职业道德，该说的说，不该说的，他闭口不语。要照顾洛卫国的情绪，省得他知道真相后，想不开，在判决前惹出什么事端来。

洛卫国对律师说的最后一句话，不是关于洛离母女的，而是对律师说："如果您见到一位姓林，叫林红的女人，麻烦您帮我跟她说，让她把孩子流了，找个好男人嫁了吧！"

律师咬了咬牙，情绪化的词语即将冲口而出。自制力让他忍住，他不露情绪地站起身来，整理整理材料，说行。

杀人偿命，自古如此。洛卫国被判了死刑，已是无力回天的事实。

洛离最后一次看到爸爸，是在宣判的法庭上。当法官宣判"判处死刑并立即执行，剥夺政治权利终身"时，洛卫国生命中最后的遗言是对着洛离喊："离子，原谅爸爸，爸爸对不起你们，你要好好地孝敬你妈妈！"

奶奶哭得心绞痛晕了过去，听判席上慌乱了起来，亲戚们忙手忙脚地叫了救护车。救护车来的时候，带走洛卫国的警车也到了。

那是洛离一生中最痛苦的事情。看着爸爸和奶奶分别上了不同的车。她第一次看到除了银行押运车外，拿着真枪实弹的警察。洛卫国也看到了抬往救护车的洛离奶奶，他大声喊着："妈……"

爸爸在临死前，顺带着，连奶奶也"带走"了。那一天，洛离接连失去了生命中两位至亲至爱的人。

她不信这一切都是真的，这肯定是场噩梦，就像在梦里被怪物追着慌乱地逃跑，最后一定会醒过来的。她从医院里跑出来，跑到落雪的江边，跑到覆着薄冰的江面，直到再也跑不动时，才对着那灰蒙蒙的江面放声大喊："你去死吧！你死了，我都不会伤心，我这辈子都不会原谅你，我恨死你了，我恨死你了！"

好像大声地说了恨，就不会伤心和痛苦。好像用尽了所有的力气，她猛地一下倒在雪地上，双手撑地，抓起一把细雪时，泪如水晶，一滴一滴落在雪地里。雪的冰冷刺入了她的皮肤，从手心里渗侵进来，她像针扎似的难受。

那迷漫了天地的雪，鹅毛大雪密密麻麻铺天盖地，她的身体顷刻间就被雪覆盖了。

看了腕表，正是爸执行枪决的时间。奇迹般的准时准点，她似乎在那一刻听到执行枪决的枪砰然回响。她似乎看到中弹的爸爸，倾身倒在血泊里挣扎。

身体里似乎有了破碎的声音。

那惊慌，那恐怖，那惶恐，那不安，那各种交织在一起无法言述的情感，竟都从她看着腕表的瞳孔里显露出来。

那似乎不是腕表的表面，而是洛卫国的刑场。

她感到身体里，有什么东西在咯吱迸裂。那种感觉将她完完全全地刺痛，好像没有伤口的痛，好像全身的细胞纤维，被无数的细刀切碎。

是……很恨啊！

可是，她不想他死啊！

他永远都是她的爸爸，这是改变不了的事实！

她无比心酸地喊："爸！"

那一声好似叫出了她心底所有的悲哀。

陈青远赶到江滩，找到她时，是从一堆积雪里将她扒出来的。他奔跑着寻找着，看到她时，差一点以为那是一个小孩子们堆到一半的雪人。

他去医院看望洛离的奶奶，得知了洛离奶奶的死讯，又得知洛离从医院里跑出去的事情。

洛离的妈妈一脸焦急："青远啊，我这里实在走不开，我家离子，拜托你帮我找回来啊！"

他真的找了好久，也不知道为什么会来到江边，只是依稀想到她曾经说过，如果她难过，她一定会去江边，看着江鸟盘旋，江风拂面，什么烦恼都没有了。她还极喜欢堆沙堡，她还极喜欢打着赤脚在沙滩上踩来踩去。

可是现在是大冬天，极寒极冷，她一定不会在那里。

找了好久，也寻了好久，实在找寻不到，才鬼使神差地跑到那里去瞧瞧。

他真的看到她被雪埋住了一半的红白相间的围巾。她果然到了这里。

"洛离！"

他从雪地里将她扒出来，她的脸上身上全是雪。她的衣服好像都被雪弄硬了。江风很大，吹得他浑身发冷，他说话的时候，还要发出很大的声音，江风太大，似要将声音横刀截断。

"洛离。"

他焦急地拍着她的脸，她的皮肤凉得让他心中发寒。他去搂她时，只感到她浑身冷冰，连手都冻得像生锈的玩偶娃娃，她的脸是骇人的灰白。他将她拦腰抱起，步步艰难地向着江堤外走去。

她并不算重，可是这个时候，他抱起她来，异常吃力。他脚步一滑，倒到了地上。"洛离！"

他突然感到恐慌，他突然感到害怕。他惊慌失措地大喊："你不能睡过去，你不能睡过去，你听到没有！"

她依然没有反应，她睡得很死，好像真的死了过去。

"洛离……"

这纷飞窒息的雪，让他极度恐惧地哭泣，泪好像悬在脸上就被冰住，滴不下来。

"洛离！"

他坐在地上，将衣服解开，将她冷冰的身体整个裹了进去。他心慌地叫着她的名字，好像崩溃似的抱紧了她，希望把体温传给她。

他第一次感到害怕，他第一次感到恐慌。

他觉得自己要崩溃了。

“洛离……”

这漫天漫地的雪景里，那少年裹紧了那少女冰冷的身体，伤心欲绝地哭皱了脸。

“你别睡啊，你醒过来啊，我是青远啊。我是……我是你最讨厌的青远啊！”

有人猛捶着大门，陈家保姆张婶忙不迭地奔到门前，说来了来了。

门一打开，就看到小主人抱着一个女孩子，从身边晃过。晃过一阵刺心的寒气，保姆就看到少东家以最快的速度冲进房间。他将屋子里的暖气开到最大，将洛离平放在自己宽大暖和的床上。他匆忙地解着她大衣的扣子，再将她扶坐起来，一件一件脱了她的外衣。

他用被子盖住只穿着内衣的洛离，两手互搓，搓热之后，将手伸进被子，在她四肢上按摩起来。

几分钟后……

她的四肢似乎不那么僵硬了，她的脸上终于有了点血色。他只感到狂喜而欣慰，随后，他脱了自己的衣服，裸着上身，掀开被子钻了进去，将洛离冰冷的身体搂进了怀里，贴近她身体时，冰冷的感觉像游蛇一般窜进他的毛孔。

“离子，你可真凉啊！”

他那笑话好像是说给自己听的。搂着她，紧紧地搂住，心无邪念，只是想她快一点醒过来。脸与脸紧紧地贴在一起，他此时涌上莫名的情绪，温暖而情深地娓娓自语。“小离，昨儿个，我又梦到你了，我梦到我们……”他脸一红，笑容暧昧而羞涩，“我也不知道我为什么会做那种梦，但是……但是……”

他将她抱得更紧了一点。“但是我喜欢你，真的很喜欢你，我梦见我娶你了，你还给我生孩子了呢！”

说出这些话来时，他突然有了一种很轻松的感觉。他觉得他真的筋疲力尽了，感到她的身体渐渐地回暖了，他心里轻松了一些，一直紧绷的情绪松懈下来。一松懈，他便感到了无法抵挡的疲惫，他想睡了，他挣扎着闭合了几下眼睛，就抗不住疲惫，渐渐沉沉睡去。

他们拥抱在一起，他们之间的相隔，只是两人内衣薄薄的衣料。

他紧紧地拥着她，好像实现了年少时期最美好的心愿，睡着，笑着，窗外鹅毛大雪，而他的唇角却是抑不住地勾起。

三个小时后，她渐渐地醒了过来。她的鼻尖全是汗，她的身体燥热不已，她是被热醒的。缓缓地睁开了眼睛，便看到……陈青远的面容大特写，她更惊然发现，她睡在陈青远的怀里，他的双手紧紧地搂着她，她的手也环住了他的后背。

她……她只是做了一个梦，梦见很冷很冷，后来感觉有了一个很暖的抱枕，她才起手去抱住它，没有想到居然是陈青远的身体，更没有想到……

她惊慌失措地发现，她被扒得只剩下内衣。她和陈青远拥抱的姿态，就像一个连体婴儿。

她倏地一下坐了起来，拉起被子，一把裹住了自己。而他却揉了揉眼睛，睁开眼睛后，整个人惊喜了起来。

“洛离，洛离你醒了？”他腾地坐了起来，赤裸着上身，洛离竟起手，“啪”地一下，给了他狠狠一耳刮子。他被打蒙了，本能地捂住了被打的脸，开心的笑僵在了脸上……

那纷纷扬扬的雪景下，路灯好像白色幕布上的一个光团。那光团所及之处，将雪花映得像从天上飘下的灰尘，灰蒙蒙的……

那个男孩子跟在那个女孩子的后面，似乎跟了好久，似乎一路都沉默不语，这种静谧让他感到快要崩溃了。

他伸出手臂拦在了洛离的面前。

“喂，我都跟你说过一千次一万次对不起了，你为什么这么小气，就是不肯理我？”

她不得已停住了，只是别开了脑袋，不去看他的脸。

“你……”他急得嚷嚷，“你这是什么表情啊？你不会以为抱在一起就会生小娃娃吧？你要真这么以为，我会负责的好不好，你别摆这种表情给我看！我快被你郁闷死了。”

她起手抹了一把眼泪，忍不住笑了一下。也真的蛮搞笑，连初中生都上过的生理常识课，她一个高中生还不知道吗？他的语气，总是滑稽好笑。

“我……我没有小气啊，我只是……我只是不知道怎样开口说谢谢你！”

谢谢？

她刚刚说了什么？

她说她是想谢谢他，因为不好意思开口，所以才不理他？

他还以为……以为，他“以为”不出来了，只知道莫大的喜悦冲涌上来，他兴高采烈得笑眯了眼睛，高兴得都不知道怎么办才好。

“谢谢你，青远！”她深吸了一口气，好像是在给自己打气。

他忙忙摇手，天知道他高兴得都要结巴了：“不……不客气！别……别跟我客气！”

她又看到他被她打红的脸，那上面还有淡淡的五指印，她没有想到会下那么大的力气打他，于是，顿时心里涌上一层愧疚。

“对不起！”她说着，脑袋不由自主地低了下去。

“什么？”

他不解极了。

她低着脑袋，愧疚地嘟囔着："我打了你的脸，真的……对不起！"

他又激动地摇起了手："没……关系，我一点都不痛，真的，你再打一次，我也受得住！"他慌忙解释的样子，引得她抬起眸子。

他急得几乎要出汗的样子，她真的忍不住，"噗"地笑出声来。

她笑了！

她真的笑了！

他狂喜起来，甚至要喜晕了，喜得都不知道怎样表达自己的喜悦。他兴奋地转身，像打了兴奋剂似的向前跑，跑到一棵细瘦的木棉树下，他"呀嗬"一声，高高跳起，单手够到了树枝，双脚落地的瞬间，头顶轰然一响。

积了一天一夜的雪，轰然砸到了他的头上，好像面粉洒了一脑袋。

他像个落汤鸡似的呆然站立，几秒后才反应过来，拍着头上的积雪大喊冷死了冷死了。

她真的忍不住了，捂住肚子，哈哈大笑起来。

到了家门口，青远终于鼓起勇气拉了一下她的手。他想到她失去了奶奶也失去了爸爸，这一天中失去两位亲人，他一路走来，心情沉重，到了现在，才敢拉她的手，说："洛离，你答应我，要好好的！"

洛离展颜一笑，很是令人宽慰地道："我会好好的！但是……"

她仰脸望着他，扯起唇角，明明是微笑的表情，眼底却集满了泪珠。

"我还是会哭，因为在爸爸和奶奶的葬礼上，我不可能不掉一滴眼泪！"

"行！"他答得如此爽性，"这一次，我许你哭，这笔泪账……算我赊给你！"

"青远……"她落雪无痕似的笑了，轻声叹语般，说了一句，"谢谢你！"

chapter02　杀人犯的女儿

金牛座的人，悲观里，她们笑得出来，以她们自己的座右铭来说：“我一直在绝望中前行，哪里还怕什么绝望啊！”

葬礼上，凭吊的人少之又少。

当然，这缘于洛离家的亲戚比较势利。他们觉得洛离家这件事出得太恶心，来葬礼上的人，都在“伤心”过后，对洛离母女安慰几句，然后直截了当地说起当初她家向他们借的钱。

当初借的钱，全是洛离妈妈借来给洛离爸爸“还债”的。当东窗事发后，那些钱早被那个女人卷走且下落不明了。

洛离一家落得人财两空让人很是同情，但是，那些钱也确实是洛离妈妈出面借的，东挪西凑，借了一万四千块，虽然不算什么巨额债务，可是，妈的钱都被爸给掏空了，连卖房子的钱都被那狐狸精给卷走了，别说一万四千块，就算零头四千，她们现在也根本还不起。多现实的问题啊，妈妈一个月才一千多块，在这所城市里，两个人过生活都是不够的。更何况，她现在念高三，学校一个劲地收这钱那钱，她们也没有闲钱存着。甚至吃饭的菜都是人家快收摊时，便宜大甩卖的蔫不拉叽的菜。

陈青远亲眼看到那些人在灵堂上向洛离的妈妈要钱，这个说自己儿子要结婚了，等钱买房子；那个说自己的身体不好，需要钱看病。

不就一万四千块钱吗？

陈青远转身跑回家，就从家里的柜子里，拿出两万块现金，包在了报纸里，跑到了洛离家，交给洛离的妈妈。

“这么大笔钱，你怎么拿出来的？”洛离的妈妈惊呆了。十几年前，一万块钱算是很可观了。

陈青远道：“这钱算什么啊？阿姨你救急要紧！”

这钱对他陈青远家真的不算什么。他爸请朋友吃顿饭，洗洗桑拿，打打牌，也不止这点花费。

燃眉之急，洛离的妈妈也没力气再客气，只得接了钱说：“算是阿姨向你借的！”

那年那日，她们家的窘迫之态，全亏了陈青远。

洛离又冲陈青远说了谢谢，陈青远又想去拉她的手，想到洛离妈妈在场，便硬生生地打住了这股冲动，受不了似的说：“谢什么啊！咱俩是一起长大的啊！当初若不是阿姨，我陈青远早就饿死了！”

这话说得没错的。

陈青远爸爸生意刚起步那会儿极其艰难，陈青远那时候很小，才念小学，因为爸爸妈妈都不在家，所以，他迫不得已学会了做些简单的饭菜。有一次，他用高压锅煮饭的时候，高压锅突然爆开了，好像导弹般射出几米远，轰然巨响，将洛离的妈妈惊动了。

那个时候，洛离和陈青远是邻居，门对着门，是那种老式的职工大楼。洛离妈妈赶紧去敲门，小小的陈青远把门打开后，一副惊魂未定的样子，呆呆地望着洛离妈妈，面对洛离妈妈的关心和询问，他哇的一声大哭了出来。

陈青远也是一个可怜的孩子。才念一年级，就学会自己做饭，在最需要爸爸和妈妈的时候，却成天见不到他们。他扑到洛离妈妈怀里，抱着她的大腿哇哇大哭的时候，真是可怜得令人的心都碎了。

洛离妈妈就这样“收留”了陈青远，让他天天到她们家蹭饭。直到陈青远三年级的时候，他爸生意做得越来越有起色，他们才搬离了那里，住进了很好的公寓。在装电话都很困难的年代，他的家里就已经有了三部电话，他的爸爸还有了一部相当牛的大哥大。

好心的人是会有好报的。这是洛离母女坚信的道理。

洛离感激地看着陈青远，陈青远却从书包里掏出一本笔记本。“给你！”他说，“你三天没来学校了，落下了很多功课吧，我帮你复印下来了。明天……去上学吗？我来约你？”他轻问着，微挑了眉毛。

她“嗯”着点了头，表示了无尽的感谢。

这一整天，洛离请假，下午的时候，陈青远来了学校，教室里的同学都围在一起。

班长说：“就这样写吧！”

学习委员说：“行，我再看看！”

组织委员说：“我看没必要修改了，就这样，挺好的！”

她们叽叽咕咕在说什么呢？陈青远奇怪极了，他边摘帽子，边凑过去的时候，看清了她们铺在桌子上的一张红纸，看清了红纸上写的字，他气愤地将那纸抓起来就撕了。

班长愤怒了：“陈青远，你这是干什么？”

陈青远停住撕扯的动作，一脸不快道：“问我？”

他将纸捏成一团，再攥着那纸团，对着那几个班啊长的，指了一圈，气愤道："我倒想问问你们，你们在干什么？"

班长气得站了出来："你知道你撕的是什么吗？"

陈青远说："知道！一张废纸！"

班长大喊："这是我们写的倡议书，倡议学校的人给洛离捐款的，下午就要贴学校的！全被你给毁了！"

陈青远用更大的声音喊："你脑子进水了？这事儿谁让你干的？"

"陈青远，这事是经过老师同意的！"

他将手里的纸团向地上狠狠一摔，大喝道："同意个狗屁。真无耻！"

"你倒说说谁无耻了？"这声音响起时，大家都惊愕地看向教室门口，她老人家什么时候进来的，大家还真没发现。

老师厉声一喝，教室里鸦雀无声。

大家都噤声时，老师冷冷一笑，冲着陈青远道："我教了这么多年的书，从来没有见过像你这样的学生。同学家里有难，不帮她一把，还落井下石，你……"

"我怎么了？"陈青远大声反驳。

班长说："陈青远，有你这样跟老师讲话的吗？"

陈青远针锋相对："我怎么讲话了？"

"连小学生都知道尊师重教，你连小学生都不如！"

"幼儿园的小朋友都知道做好事不留名，捐点钱就大张旗鼓，你们连小朋友都不如！"

"陈青远！"老师吼道："你太不像话了，明天把家长给我请来！"

陈青远也不客气："都熟门熟路了，想找我爸还要我带路？"

老师的脸气绿了。陈青远的一句话，堵得她哑口无言。她老人家的儿子是陈青远老爸公司的采购。那可是肥缺，拿着回扣，满处跑，回来还有补贴，要多肥有多肥。要不是他妈是陈青远的班主任老师，这档子好事儿，哪里轮得到他啊？

陈青远一句话，把老师给堵住了，她好像吃下了整根鸡大腿骨头，吐也吐不出，咽也咽不下，奇异地睁大着眼睛，气得捂住了心口。

陈青远更是叛逆，一提包，拎在手里，就从教室前头走到教室后头，走到后门处，一把将门拉开，冷风灌入教室，冷得人打怵的时候，他头也不回地走掉了。

他知道这是大家的好心，也明白这是大家的好意，可偏偏激动得不能控制自己。学校每次发起捐款仪式，都喜欢开捐款会，让被捐款的人上台去拿着钱，痛哭流涕地表示感谢，学校再把这些拍下来，洗出相片后，贴在学校公告栏里，将底片录进学校的校史里。

这种方式，他怕她受不了。

捐款的事情，如期进行。来到学校的洛离，接受了捐款，陈青远气得说虚伪。而洛离却很感激，说，这是大家的心意，她一辈子都会记得。

以后，回忆这些事情的时候，洛离总是会说："我一生凄苦，可也是被大家关心的，如果不是大家，我真的活不下去，想到有那么多人对自己的帮助，不咬着牙活下去，我对得起谁啊？"

金牛座的人，悲观里，她们笑得出来，以她们自己的座右铭来说："我一直在绝望中前行，哪里还怕什么绝望啊！"

转眼间，过了一个月。

那天，灰白色的走廊上静寂无人。教室的门和窗子关得严严实实，窗子上的玻璃全都蒙上一层白色的雾气。学习委员林星从第四组第三排的位置上转过身来，问李娜有没有看过《东京爱情故事》。

李娜头也不抬，冷哼一声："北京也只去过一次，谁有心思管东京的事情？"

林星眼睛笑成半弯的月亮："什么东京北京的，我说的是电视剧《东京爱情故事》。"李娜停笔，抬头看了看林星，摇摇脑袋，不再言语。

“你咧？钱莉？”林星转向李娜的同桌钱莉。钱莉头也不抬，“嗯嗯”两声敷衍着算是回答。

“你们怎么这种反应啊？”林星着急道，“我说话你们给我一点反应啊！”

林星说着，抬起手分别按住李娜和钱莉拿笔的手。

李娜和钱莉对望了一眼，再由李娜开口讽刺道：“光看漫画书就可以考到年级前十名。我们这些蠢人啊，可不像你这么命好！”

其实林星的长相绝对一流，黑油油的头发，粉嫩嫩的脸。从一开始，她就是这班的“金嗓子喉宝”，不论是朗读还是背诵，被点起的第一个人就是她。每次考试成绩只屈于班长李娜之下。同学们的父母也常让他们向林星学习，同学们耳边听得最多的，就是林星怎么样，林星怎么样。问她怎么这么厉害时，她故作轻松地笑，说我没你们这么傻，我才不会拼命做题，我要保持轻松，做题的时候才不会有压力！这叫紧张时期的有力调节！

她说得好像很有道理！她所获的好成绩也摆在眼前，所以大家都信了，还美称她为天才！她一下课，就当着班上人的面看漫画和小说，然后再去讨论最近好看的电视剧，常拿一些很经典的漫画诱惑人。那些漫画只要看一眼，就会迷上去，特别是意志不太坚强的人。只要有人迷进去了，她便会热心地将那些漫画的全套借给人家。那个时候，大家都觉得她圣洁高尚得像圣女。前一天，有一位同学到她家里去找她还漫画，当时林星正戴着耳机听英语。耳机声很大，而且她用心过度，也没有听到她妈在叫她说有同学来了。

同学迈进林星的房间，站在她的身后，看到她在做大量的习题，便在她肩膀上拍了一下。那一刹那，林星“呀”地叫了一声，放笔抬手的样子，如受到惊吓的小兔子！一转过身来看到来人的脸，更是慌乱地合上那本习题集，再更慌乱地用桌子上的英语书遮住她手里的复习资料！

慌乱中总是无法周全。一看到那本资料的封面，那同学气得手都在抖！当初是一起去书店的！拿起这本习题集时，林星翻了几页，说这些练习题都是几百年前的，没有什么好看的，做这种东西，简直比浪费时间还要浪费时间，并说编题的老师是弱智，且一文不值！

“原来你这么阴啊你！”

从来没有想过她是这种人！一气之下，这位同学把这件事情告诉了好朋友乐娟。乐娟“啧啧”挤皱了五官表示鄙视和不齿！

只用了两个晚上的时间，大家都知道了她是怎么样的人！知道了她的自私后，想起了她更多的自私，比如她什么时候说过谁的坏话，什么时候用过别人的东西而没有打招呼。在一些人私下的叽叽喳喳中，那些微不足道的“芝麻小事”变成了“西瓜大事”。

此时的乐娟最开心，她故意大声地问洛离：“哎，洛离，你有没有看《东京爱情故事》？”

洛离正擦完黑板，从讲台上下来，猛然听到乐娟一问，下意识地回答：“看过啊！”

“你喜欢谁？”乐娟又问，目光挑衅似的看了林星一眼。生性有些迟钝的洛离只顾傻乎乎地回答：“当然是赤名莉香啊！”

“哎，洛离！还别说，我发现你笑起来的样子，真的很像莉香！”

“真的吗？我有她那么可爱吗？”

“当然！”

“洛离，你不要太过分了！”林星猛然从位子上站起来，遥指着洛离的鼻子。

洛离不解地问了一句：“我？我……做什么过分的事情了？”

林星还在怒气冲冲地嚷：“别人笑我我就忍了，你凭什么笑我？你这个杀人犯的女儿！你……”

砰然一响，洛离扔下手里的黑板擦，噙着眼泪开门跑了出去。她至今都无法解释自己为什么会没有用地跑出去。

乐娟气得站起身来，拍着桌子冲着林星嚷：“林星，你什么意思？”

“我没什么意思！”

“你没什么意思你为什么那样说洛离？话题是我提起的，有本事冲我来啊，欺负人家洛离，算什么本事！柿子拣软的捏啊？我还是柿子身上的防腐粉咧，要来冲我来，我怕你我就跟你姓！”

“怎么？我说错了？她爸爸本来就是杀人犯，本来就是……啊！”

林星惨痛惊呼着捂住了脸，一本书正中她的眼角。

“闭嘴，死三八！”

教室里，只有乐娟、林星，还有陈青远站了起来。三个人的气势，还真有些“三国鼎立”。

“你……你说谁是三八？”

林星捂着脸，红着眼睛，带着哭腔追问用书扔她的陈青远。

陈青远理都不理她，走到教室后面的门，向门外冲了出去。

洛离不顾一切地向前冲。她再怎样故作坚强，还是摆脱不了世俗。

“喂，洛离！你等一下！”

她跑到楼梯口的时候，叫她名字的声音从身后传来。

想都不用想就知道是谁。

洛离稍做迟疑，随后还是一狠心，扶着扶手向楼下跑去。

她从五楼跑到三楼的时候，陈青远才追到楼梯口，他三个楼阶做两步下的时候，干脆一手撑着扶手，一个很帅气的越栏翻身，直接从五楼下到四楼，再从四楼下到三楼。

每一次翻身都帅气极了，每一次跃下时，手里拿的一页纸便呼呼作响。

不到一分钟，陈青远就追上了洛离，伸手拉住了她的胳膊。

“干什么啊？”她猛地一甩，甩开了他的手。

“喂，你没听到我叫你啊？”

“你叫我干什么？”

“哦，是这样的！”他拦在她的面前，将手里拿的那页纸展开，一脸认真地说：“已知 $f(x)=a\cos x+b\sin x+c$（x 属于 R）的图像经过点（0，1）（$\pi/2$，1），当 x 属于（0，$\pi/2$）时，恒有 $|f(x)|\leq 2$，求实数 a 的范围。怎么求？”

她睁大着眼睛，滑稽到半天说不出一句话来。

他急冲冲地追下来，就是问她“怎么求”？

“求你个大皮球！”她想严肃，偏偏哭笑不得地嚷了出来，“你有毛病啊？”

“你不也有毛病吗？”他反将她一军。

“我怎么有毛病了？”她不服气地反问。

“你没毛病，你为什么要跑出来？”

“你……”

她反驳不出来了，只感到瞠目结舌的一瞬间，她的眼泪哗啦啦地淌了下来。

“喊，多没用啊你？人家说你两句你就哭鼻子了？当初别人说我的时候，你是怎样说我的？你不是说，人家越是看不起你，你越是把脑袋抬得高高，气势汹汹地顶回去吗？瞧你当初教我时的样子，两手叉着腰，脸抬得高高，鼻孔都朝天了，跟牛魔王他孙子似的，就差在你鼻子上套一鼻环了！”

“我怎么能跟你一样啊？我爸爸是杀人犯，这难堪的身份会陪我一辈子。我以后怎么见人啊？我要遇到我喜欢的人，我怎么抬起头来啊？”

她激动，眼底的泪往下淌，他先是怔然，随后“噗”的一声笑了出来。

“弄了半天，你是担心没人要啊？哈哈哈，你羞不羞啊？”

“你再笑？你再笑？”

“哈哈，哈哈哈！”

“陈青远，我生气了！”她狠狠地推了他一把，他扶住了身边的扶手，稳住身体，停住了笑容。

“我娶你！”

他停住笑容。第一次见到他一本正经的样子。

她怦然之间心跳加速。

他又重复一次：“我认真的。没人娶，我要！”

她想哭，却扑哧一声笑了出来。

“别开玩笑了！”

他说：“随你怎样想，总之，那就是我的意思。”

他拉了她的手。

她说：“什么？”

他说：“我也不想上课了，我们一起逃课。”

她一把甩开他的手：“你疯了，要高考了，你还敢逃课？”

他奸计得逞似的笑了。

“那你跑出来，准备去哪儿啊？”

“我……”

“你都知道要高考了，没几天就跟这些人说拜拜了，还在意他们怎么说啊？你爸是杀人犯怎么了？你又没杀过人，随他们怎么说，当是谁谁谁放的臭屁，捂捂鼻子，什么都没有了！”

她一听，便打起了精神。

“对啊，我为什么要跑？我得回去，考得好一点，上了清华北大，离他们越远越好。那时，咱们就在北京安家，把我们的爸妈一起接过去，再也不见他们，就什么事情都没有了！”

她说得义愤填膺，还在胸口扬起了拳头。

他听得抿住嘴吭吭直笑。

“咱们就在北京安家！”

听到了吗？

她在说“咱们”。

“对吧！陈青远！”她回首一问，陈青远连说：“对对对！”

“为了庆祝洛离想通，放学后，咱们不去吃食堂跟路边摊了，我请你吃大餐！丁字口那里有一家新开的西餐厅，我们打的去！”

洛离说：“不用了。”

陈青远说：“为什么？我请客！”

洛离说：“我没吃过西餐啊！我不会用叉子！”

陈青远说：“我教你呗！”

“那我也不想去！”

“为什么啊？”

“吃西餐是要讲究穿着还有氛围的，我们就穿校服去啊？”她扬了扬手，亮了亮这身红白条相间的校服。

他笑道：“就你穷讲究。”

她白了他一眼。他马上说：“算了算了，你说怎样就怎样吧。”

“放学后我请你喝桂花糊！”

他撇撇嘴：“真小气！才一块五一碗。”

她掏着荷包说：“我就十块钱！因为早点和午餐都是你买给我吃的，所以我都没向妈妈要，这十块钱还是我上个星期向妈妈要的，没舍得用。”

他说：“你至少送一条玻璃丝编的钥匙扣给我吧？女生都兴折千纸鹤，你一只都没折给我，还有许愿星，你也没叠给我。用玻璃丝编个钥匙扣送给我吧，我想要！”

她讷讷地说：“上一次不是有人送你吗？也不知道是谁送的，你从抽屉里拿出来就送人了，还说这玩意儿幼稚，我以为你不喜欢，本来想给你编一个的，听你这么说，我就没编。”

他不悦地嚷：“又不是你送的，我当然不喜欢。”

“那是谁送的？”

“那不重要！”

“我想知道！”

“算了吧，给别人一点面子吧，本来就害别人哭了……”

“哭？”洛离突然想到陈青远将那玩意儿送人后，班上是有个女生哭了，怎么问她她都不告诉大家为什么哭，今天想到那个人针对她，洛离就突然明白了。

“哎，你们两个，哪个班的？在这里干什么？”

某个拿着三角尺的老师在远处一声大喝，陈青远和洛离惊了一下，便双双向教室跑去。

chapter03　第一次的爱人

我最想做的事情，是成为你的妻子；我最想要的爱情，是只爱你一个人；我最平凡的愿望，是此生此世，只有你一个男人……现在……

2000 年世纪钟声响起的那一刻，洛离和陈青远肩并肩站在一起。

他们的手垂直地放在身侧，几次不小心碰到，她从厚厚的手套里，竟奇迹般感觉到有情愫传达进来。他专心看着钟楼数秒的时候，她在一边心慌乱跳。倒记时时，他们站在人群里，附和着人群大声地数着，9、8、7、6、5、4、3、2、1。

“当”的一声，那激动人心的一刻终于到来时，他携起她的手，“剽窃”了青娃跃起时上肢腾空的势态，大声地欢呼着：“新年快乐！”

而后，就是弥漫了天地的烟火。

高中的生活，异常地程序化，不是家里就是学校，不是学校，就是学校小店边的小吃店。日子每天都在重复，重复到没有新意可言。唯一不同的是，广播体操终于可以不用做了，晚自习的时间，又延长了。学校在催命地收着资料费。每科的老师，都在拼命地布置题目。每个人的桌子上堆的资料，跟小山似的，推门而入，只看到书看不到人。

很快就是黑色七月了，在临考的那一天，陈青远给洛离打电话。

“仙人掌有没有毒啊？”

“没毒啊！”

他却在电话那头紧张得带了哭腔：“我完了我完了，只是被扎了一下，居然染上了梅毒！”

她扶墙喷水：“陈青远，你能不能偶尔正经一点啊？”

他乐得直笑，说：“我就是喜欢逗你乐。”

“很损唉，明天就要高考了，还有力气说这些。”

“我给你的补品都吃了吗？”他问她。

她点了头说：“吃了！”

“太阳神喝了么？”

“嗯！

“明天就要考试了，加油！”

“嗯，加油！”

“对了，晚上不要看书了，免得越看越紧张。你平时成绩就很好了，所以，现在最好去睡觉。对了对了，准考证一定要带上，还有，带上 2B 铅笔，多带几支，怕中途断掉了！”

“知道了……”

“还有还有……”

她一脸被打败的神情，拿着电话哭笑不得地说：“青远，你真的比我妈还唠叨……”

第二天高考，一大早，陈青远爸爸亲自当司机，开着车子，载着陈青远来洛离家接洛离。

洛离与妈妈道别，洛离的妈妈同陈青远的爸爸道谢。

洛离上了车后，同陈青远一起坐在车的后座。

她坐好后，他与她相视一笑。

“别紧张啊！”他说。

洛离笑着点了脑袋。

“给！”

他突然从包包里抱出了什么东西，冰冰团团的一个圆坨坨。她只感到冰凉透骨，拿到手里一看，居然是一个荔枝。

冰荔枝呃，她最喜欢吃的。她开心极了，对着他说谢谢。

车一路行驶，他又从包包里掏出一些东西来。

“给！”他递过来一瓶水。

“给！”他递过来几支削好的 2B 铅笔，还有绘图专用橡皮。

“给！”他递过来一把小巧的迷你电风扇。

“给！“他又从包包里摇出一瓶绿油油的清凉油。

她傻乎乎地看着他：“这些我都准备了！”

他说：“多备一些，以防什么患！”

她又傻乎乎地问了一句：“还有什么要给我吗？”

他也冲她一怔，先是摇了摇脑袋，又点了点头说：“有！有句话带给你：别紧张，加油！”

“臭小子，你倒会给别人鼓劲啊！”陈青远的老爸在前面发话了，“告诉你，考不好，我抽你！”

陈青远听到此话，脸上浮现出一丝反感，别开脸去“嘁”了一声，好像煤气漏气。

2000 年的高考，洛离和陈青远进入了考点。他们在不同的考场。分别前，他冲着她说了加油。

不得不说，在那个年代，他与她的形影不离，是一种让人惊叹的奇迹。

本校的学生看惯了他们在一起的样子，不觉奇怪只觉甜蜜，而外校同学看到他们肩并肩地走进来，他还在为她打气，就觉得这些不可思议。

禁止早恋的年代啊，老师家长们打压得多厉害啊！就算有相恋的或者暗送秋波、互倾情思的，也没有他们这般明目张胆。

所幸洛离遇到的是气死老师不偿命的陈青远，所幸的是，他们从幼儿园就在一起，又是邻居，大家都习惯了他们成天在一起的样子，也没有觉得什么不对劲。

那些外校生见到他们这般形影不离，惊讶片刻后，所见之人都是羡慕。想想自己那些“见不得光”的初恋情怀，还真让人体会到了什么叫云泥之别。

考完试后，他又在考场外等她，然后，等到爸爸的车子后，又一起离开。

地狱似的日子，在高考结束后，转为天堂的日子了！

黑色七月，在高考结束后，飘红了！

一考完试，大家集在酒店用餐，那是高中生活结束后最后一个环节：毕业聚餐。

洛离被大家推荐到台上致词。那种感觉是无比的激动与感触。

没有手稿，近乎脱口秀，洛离拿着麦克风，红了眼睛，在台上说：

“亲爱的老师，同学们：在这个风光明媚的日子里，我们结束了我们最宝贵的高中时代。在这三年里，我们哭过，我们笑过，我们悲伤过，迷茫过，绝望过。无论怎样过，我们将来都会好好过。谢谢大家在几年里，像兄弟姐妹一般相互关照相互鼓励，谢谢老师像母亲一样，带着我们穿过这黑暗的日子。现在我们即将各奔东西，或继续求学，或提前步入社会。不管大家路在何处，请大家都要牢记住今天这一刻，记住我们花样的十六岁，雨季的十七岁，梦季的十八岁，都是与你身边的这些人携手走过。这是我们最真最纯的年纪，请大家一定要记得……最后，我谨代表我们高三（二）班全体同学向教过我们的老师说一声，谢谢您，老师。向相处了三年的同学表示敬意，谢谢你们，点缀了我们的青春。这个即将要解散的高三（二）班向大家致以最诚致的祝福，谢谢大家让它存在得这么精彩。”

语毕，洛离躬下身去，向台下的各位深深地行上一个礼。那礼行进了人们的心里，好像在大家的心底注入了一股感动的酸楚。大家激烈地拍着掌。

这时大厅里，有人放了周华健的《朋友》。听着那煽情的歌词，大家都哭了。

回来的路上，醉得不轻的陈青远和洛离坐在出租车的后座。他握着洛离的手，脑袋靠在洛离的肩膀上。

“洛离……”他轻轻地唤她。

“嗯？”

“我们毕业了吧？”

“嗯！”

“就这样结束了吗？”

“嗯！”

“挺后悔的！”

“嗯？”

“总是把老师气得吐血，走的时候，挺舍不得她的。”

她“噗”地一声乐了。

“行行好吧，你留老师一条命吧，她老人家的儿子才刚结婚，她还等着抱孙子哩！”

那年洛离和陈青远高中毕业。洛离考上了北湖大学，而陈青远因差分落榜，花了一大笔钱进了她所在的学校。

发榜的那天，陈青远沮丧极了，洛离安慰道：“你不要灰心。虽然高考很重要，但是考不好，也不代表什么啊！”

他郁闷地叫嚷：“我本来就不是念书的料，我本来就不喜欢念书，还不是因为你，我才天天到学校去的！我才不会去复读，我更不会出国念书，我非要跟你念同一所大学，自费都没有关系。我爸若是不依我，我就绝食给他看！我可是三代单传的独苗啊！”

她呵呵一笑：“你可真是‘毒’苗！是病毒的毒！”

“毒着你了吗？”

她坏坏一笑：“想毒也毒不了，从今儿个起，我天天吃大蒜，虫蚁勿近，熏死你！”

“那……我天天送花，用香气冲死你！”

“那试试看啊！”

“好啊！”

他呵呵一笑，伸手从书包里掏出一捧红艳艳的玫瑰。

“天啊！”她惊大了眼睛，说不出话来。

“怎么样？惊讶我的浪漫情调吧？”他得意地笑啊，得意地笑。

她一脸惊讶道：“我是很惊讶，我惊讶你居然把花塞在你书包里。你书包塞过你的臭球鞋吧！这些花太可怜了。”

他快被她打败了：“喂，今天我约你到沙滩来，不是听你说我的臭球鞋的。我是想问你明天有没有空，我想约你！”

“约我干吗啊？”

“明天是牛郎和织女相见的七夕节呃！中国人的情人节呃！”他快郁闷死了。

洛离的脸红了：“为什么……要约我？”

陈青远要抓狂了：“不要装了好不好，我都快要撞墙了。地球人都知道我喜欢你，是怕你考不好，我才忍住不说的。现在考完了，我可以明目张胆了，你可不要揣着明白给我装糊涂。”

“陈青远，你……你很煞风景唉！”

她真的很生气好不好，说约就约啊？好歹也是他第一次对她表白，说句“喜欢”有那么难吗？

好歹她也是个女孩子，他平时挺聪明的，怎么就不明白她的“装”，就是想他大声地说出喜欢呢！她是在害羞加矜持，可他却急不可耐得像被人逼成了精神失常。郁闷的是她好不好，真是郁闷死了。可他还是不解风情，自顾自地问了一句：“我怎么煞风景了？！”

“算了啦，懒得跟你说了！”

她一把从他手里抽过那捧玫瑰，从他身边跑开了两步，说：“明儿见！”

“喂！”他眼疾手快，一把攥住了她错身而过的胳膊。

“你就这样走了？”

她傻乎乎地转过来问他：“那你想怎样？”

他眉头一拧，好像有些生气。

“哦哦哦！”她一下子明白过来了，拿着花说，“谢谢你！”

他急得大嚷：“谁要你谢啊？我是要……”

江畔，金色的沙滩上，他用指尖顶了顶自己的脸，对她说：“你不表示一下啊？”

“讨厌！”她羞涩了，低了脑袋。

他一脸气馁：“算了，我不勉……”

她飞快地踮起脚来，在他的脸上香了一下。

他好像被水母蜇了一下，好半天才醒过神来，醒来的时候，捂住脸不满意地大嚷：“这次不算，我根本没有思想准备！你得重来一次！”

“不！”

“再来一次！”

“不干！”

“那……”

他说着，便双手攀住了她的腰，似将她整个人托了起来。

已是黄晕，暧昧的夕阳用一层暧昧的橘红色将他们笼罩起来，这个世界似被这种暧昧勾勒出一种橘色的光来。

他凝视着她的脸，她的脸像凝脂般散发着乳酪的光泽。情窦初开，他看着她，表情都会不由得柔和生动，唇角微微勾起。他俯下身去，隔着她捧在胸前的那束玫瑰，嗅着那代表爱情的香味，在她脸上，轻柔地啄了一下。

只感到软软糯糯的两瓣唇轻轻在脸上一碰，再接触他夕阳般带着暧昧的眼睛，她便像含羞草枝叶上绽开的小小的花朵，冲他绽开一抹小小而害羞又迷人的笑来。

微风轻轻拂起她的发丝，越过耳际，缱绻在她唇边，像个来回荡着秋千的调皮的孩子。

他抬手，拈开了她唇边的那丝发，将它们扶回耳际，眼睛再也离不开她玫瑰花瓣似的唇。

他似乎给了她一种暗示，她似乎接受了暗示里所表含的意思。

他微倾着，向前探进，又稍有疑迟，她微闭了迷离的眼睛，微扬了精致小巧的脸，邀请而许可的姿态呈现在了他的面前。

他便不再犹豫，也不再疑迟，好像一生的情咒，小心翼翼而颤巍地印上她的唇。

只是，轻轻地贴着。

只是，屏住了呼吸。

只是，感到脑中空白，奇妙的天旋地转。直到她再也屏不住呼吸，离开他的唇，别过脸娇喘连连时，他把她连人带花一起揽进了怀里。

只感到他的胸膛起伏得厉害，只感到……他在大力地呼吸。

“我有些晕了！”他的声音第一次变得糯糯软软，筋疲力尽似的疲乏。

贴着他的胸膛，虚软地拥着他，微微睁了几下注铅灌铜似的眼皮子，依在他的怀里，轻然回应：“我也……是！”

“我都缺氧了……”

她完全闭上了眼睛，沉浸在他的怀里，好像躺在一张浮床上在海里沉浮，不想睁眼，只想闭着眼睛，声音软得好像不是自己的：“我也……是！”

“以后，大学……我天天送你玫瑰，再天天……做这种‘缺氧运动’好不好？”

她只感到自己没有了拒绝的力气，只觉得他的话很搞笑，一时感到滑稽，便笑着浅浅地点了头，说：“好。”

“我们上了大学后，我一定会整天捧着新鲜的玫瑰去找你，让你幸福死。”

她也笑道：“那我就把那些玫瑰的花瓣全部收集起来。”

“干吗啊？你想玩黛玉葬花啊？先说好，我可不会随你吟诗作赋的！现在锄头也不好找，我还得事先帮你去找厂商定做，不然你拿什么刨土啊？用手啊？跟狗刨坑埋大便似的！”

“你很倒胃口呃，我有说我要学人家玩伤感去埋这些花吗？”

“那你要干吗？”

她一脸开心地说：“我要把这些花瓣收集起来，做成干花瓣！到时候再把它们装在袋子里当香囊。可以当熏香用，又可以熏蚊子，又环保，还可以将你送给我的花都保留下来，真是一举多得！”

他一脸故作惊讶的夸张：“原来我女朋友不但持俭勤家，还是多功能经济型头脑啊？”

她娇嗔地用拳头打了他一下：“谁是你女朋友啊？”

他在她耳边坏坏一笑：“抱都抱过了，亲也亲过了，初吻都是我的啦，还敢说不是？嗯？”

那一夜，她傻乎乎地笑了一夜，很傻很傻的表情。

而他与她分手回家的路上，被一辆自行车给撞了，撞到他的人看到他蹭伤的手肘血流不止，拼命地说着对不起，他倒好，乐呵呵地帮别人把车扶起来，笑嘻嘻地说了一句不客气。

很晕！神经失常了还是傻冒啊？撞到他的人骑车走了很远，还不忘回头来看看他，他还在傻笑："我刚刚说了什么呀？不客气？呵呵？"

临近睡觉的时候，他给她打了电话。打电话的时候，她正在家里收拾儿时的小柜子。

那里有她小时候用的课本啊习题什么的，她打开封尘已久的箱子，随手拈起一本作文本来，那作文本的深色牛皮纸的封面上，写着歪七八倒的几行字。

学校：武钢一小

班级：三年级五班

姓名：洛离

翻开内页，那蓝黑色的墨水还没有褪色，刚学钢笔字，全是照着字帖练的，所以，每页的小方块里，每个字都一笔一画，方方正正，写得满满的。

那作文字的题目是《愉快的一天》。

原文如下：

早上我背着书包去上学，小鸟在我头上飞过，小树随着早上的微风向我招手，就在这时，我看见一个小弟弟摔倒了，我急忙扶起了他，还把他身上的灰给拍干净了，我还对他说："姐姐把你送回去怎么样？"小弟弟甜滋滋地说了一声好。我把小弟弟送回家了，这时小弟弟的妈妈知道了这件事，想说一声谢谢，可我早就高高兴兴地走进了学校的大门。

老师的评语是：语句通顺，生动地讲述了助人为乐的故事。

给的分数，是红红的六十五分。

她小时候拿到作文本的时候，为此纠结很久，明明得到了老师的表扬，分数怎么这么少啊？

现在看了，忍不住笑得肚子疼。

别说人家小弟弟在你面前突然摔倒忍住没有大哭，就凭你那时念三年级才八岁多的样子就叫人家小弟弟，那个小弟弟一定是很小了，这么小的小弟弟在外面，人家大人怎么可能不在身边？

还有，拜托，就算你把小弟弟送回家了，你又怎么知道人家小弟弟的妈妈是想对你说谢谢？还有……你不是把小弟弟送回家了吗？小弟弟家是远是近啊？你也没交代啊，却一转身，就高高兴兴地走进了学校大门？

您是在写作文还是在写《搜神记》呐？

又会读心术，又是飞毛腿，一转身进了学校大门，是不是借用了人家哆啦 A 梦的任意门啊？

多可爱的老师啊！多么漂亮的六十五分啊，鲜红鲜红的，那是老师实在不忍心摧残了你这朵祖国花朵的自信。

她笑得合不拢嘴，边接着电话，边带着笑音对着电话说“喂”。

他也开心了：“猜猜我是谁。”

她乐道：“还能有谁细着嗓子装变态呀？”

“唉，想捉我女朋友红杏出墙都捉不到哦！怎么着……她也魅力无穷，让人垂涎三尺，居然没有人敢私下打她的电话，哼哼，一定是我这护花使者太尽职，把想动她心思的大变态都吓走了！”

她乐了：“就你脸皮厚！”

他更乐：“脸皮不厚，怎么追得上你啊？”

“告诉你一个好消息！”

“什么？”

“我们大学又可以同校了！我爸把我学校的事情搞定了，只是……你的系我混不进去！”

洛离说：“我们又是同校了？可是，不同系，好像隔很远呢！”

他在电话那头笑道：“管那么多干吗，只要能在一所学校，我每天早上都去你寝室下面准时报到，再去买一顶假发，女生穿的裙子什么的……”

她奇怪极了。

“你买假发，还有女生穿的裙子干吗啊？”

他哈哈大笑道：“当然是混进去瞧瞧呀！”

他笑得怎么那么刺耳呀？

这个心术不正的家伙，气得她大嚷：“我看你在我寝室下面准时报到是假，想去看女生入寝风光才是真的吧！”

“那有什么呀？”他居然还在不正经道，“看看很刺激，色色很温心！”

“温你的大头鬼！”

那天，是中国情人节的前夜，他却跟她说着没完没了的“色情话”，气得她直嚷：“你再说这些，我就不给你买巧克力了！”

其实，他本来就没有想让她买巧克力，在中国的情人节都是男生买巧克力送给女生的，可是，她非要买来送给他，还说什么外国情人节都被中国人过变味了，明明是女生给心爱的男生送巧克力，却变成男生给女生送了。所以……他真的说不过她，宠她嘛，她想怎样就怎样了。

“你不让我送，我就不理你了！”

她一威胁，他马上求饶，求得她捧住电话，都忍不住笑了出来。

七夕，是牛郎和织女一年一度相会的重要日子。

她在他们约好的广场等他。她包包里有一个很夸张的大哥大，她说不要，陈青远反倒说，谁说送给你了，我给你用来联系的！

他还要把他们家的车开出来，吓得洛离喊："你千万别，我可不想一失两命！"

"你怀孕了？"

"什么啊？"

"你不是说一尸两命吗？"

"我……我说的是你和我的命。"她快无语了。

他却轻松地笑道："我就说我什么都没干啊，就是那天下雪夜里你冻僵了，我抱着你睡了几个小时，也不可能怀孕啊？就算真的是意外什么的，那也有七个多月了，你怎么也看不出肚子啊？"

她气得快跺脚了："陈青远，你怎么脑袋里总是不正不经的黄色思想啊？"

"喂，小离子！"他由家里出来的时候，坐在私家车后排跟她打电话，他说，"我大概半个小时左右到，怕你闷，我就给你打电话，让你不那么无聊啊！"

"很没风度呀，陈同学，说好的时间，你却让我多等半个小时？"

"因为……第一次约会，不知道穿什么……嘻嘻，拿着衣服比来比去，不知道穿什么……"

她要晕了！

"陈同学，你是男生呃，怎么比女生还磨蹭啊？"

"因为这是我们第一次约会，所以，我很重视啊！"

她想笑了！那笑意从心底溢了出来。

"我还喷了古龙香水，很香的哦，一会儿你一定要好好闻闻。"

她真的笑了出来。

"陈青远，你真的很鸡婆哦！"

他不高兴了："这怎么能叫鸡婆啊？这表示，我对你和我的第一次，是非常投入的，我不想我们的第一次因为细节不到位而留下不好的印象。我想你想起我时，就想起我身上的味道啊，我的心跳啊，我的眼神啊，我们相拥在一起时的吻啊……"

"陈青远……"她猛然间涨红了脸。

"什么'第一次'呀？你说话不要这么暧昧啊，是第一次约会，别把话说一半留一半，让人误会！"

"嘻嘻，迟早的嘛！"

"迟早什么？"

"迟早你会是我老婆嘛！我们迟早会……"

"陈青远，你再说，我要翻脸了！"

"可是我说的是事实啊，等你当了我老婆，嘻嘻……"

他在手机里笑得极其刺耳，刺耳就算了，还色眯眯的，让人浮想联翩。这让她气红了脸。

"你再说，我就回去了！"

"不要啊，我不想情人节变成光棍节啊！我不说就是了，老婆，我回去就跪搓板，让你拎着耳朵教训我……"

"你……"

"咦？"她刚想骂他几句，他马上在电话里自言自语，"我叫你老婆叫得好顺口啊！我说我回去跪搓板，好像戏前演习啊！要是我们真的结婚了，你可要对我温柔一点，搓板的话……我先拿锉子磨平，再加一层厚厚的垫子，这样跪起来就不累了。对了，如果可以的话，再加个靠背，嗯，跪累了，可以睡一觉，哎……这主意不错，我回去就实行！"

他可真有想象力，都装上垫子了，那要不要绑上绳子，挂阳台上当秋千啊？

"陈青远！"

"老婆有事请讲！"

她真的无语了，又羞又恼，却没有办法真正生他的气。

“我……我不跟你贫了，等你来了，再收拾你！”

她挂电话前，还听到话筒那边传来他的求饶声，说：“不要啊，老婆，你饶了我吧，我再也不敢了……”

挂了电话后，她笑了，笑得甜蜜而又无奈。

他干吗……总是要把人气得笑出来，又笑得气出来呢？

“讨厌你，真的讨厌死你了！”

她似嗔非嗔地怨着，却怨着怨着，有笑从心底溢到了嘴角。

在他约她过七夕情人节的时候，还不正经地说过这样一句话。

他说：“我没觉得牛郎织女的鹊桥相会有多可怜啊。”

她不解地问：“为什么啊？”

他说：“这不是明摆着吗？”

她糊涂了：“什么明摆着呀？”

“天上一天，地上一年啊！”

“是啊！”她说，“我有听过这个说法，怎么了？”

“那就是说，以地上的时间换算，他们是一年见一次面，可是以天上的时间换算，他们是一天见一次啊！”

“呃……这样说来，好像没错……”

“我就说吧！”得到她的肯定后，他更开心地分析，“织女是干吗的？是天上织云彩的，朝九晚五的……那应该相当于我们人间的上班族吧？”

“嗯，也对吧！”

“什么叫也对？分明就是很正确的。她一职业女性，掌管天上云彩，那是她分内之事，地上一年，相当于天上一天，上完一天的班后，再在晚上踩着鹊桥跟自己的老公和孩子见面，不跟现实中的夫妻一样吗？俗世的夫妻都不是每天粘在一起，那他们每天都能见一面，有什么不满足的？”

“呃……”

“所以，凡事不能人云亦云，得有脑子懂不懂！”

他按了她的脑袋，好像私塾的老师训脑袋不开窍的弟子。

她被说糊涂了，只觉得很对，又好像不对，想了一晚上，直到现在才想明白了。这个死青远，等他来后，一定要当面告诉他：最笨的是你好不好，天上一天，地上一年，那地上一晚，牛郎与织女的鹊桥相会，只有短短一瞬呃……

她一直等着他。

等到了他所说的“半个小时左右”，又等了一个小时，等了一个小时，又等了一个半小时……

她从脸红心跳到紧张，从紧张到焦急。她给他打电话，而他的电话不在服务区内，再拨，通了，他却不接，再拨，他直接关机了！

“您好，您所拨打的电话已关机，请稍后再拨……”

只感到心慌，只感到一阵冰凉，眼泪快溢出眼眶，她捂着心口安慰自己说：“今天是乞巧节嘛，中国的情人节，当然会有很多人很多车，当然会堵车。”

路边好多人呃，都是一对一对的，广场边的卖场都热闹得不得了，真的是人挤人了。想到什么小店里找个位置坐着等青远，里面也都满员了。

青远说，他在西餐厅预约的位置，都是提前两天约的呢。但是……她现在站在外面，感觉好凄凉。

她又对着手机怨他：“死青远，一定是手机没电了，才关机了！怎么这样啊？等你来了，我要好好地罚你……罚你……罚你请我吃大餐，罚你背着我走路……”

她用手揉了揉自己的腿，又用手按了按自己的肚子。

仲夏，夜来得很缓很慢。

七点的时候，天才灰蒙起来，但街边的路灯已经亮了。

一个小时又一个小时地过去了。

路边或者店面，都是一对又一对的情侣。

夜越深，城市的夜越明亮辉煌。所有的人都是那么开心与甜蜜，唯有雕像前的女生，再也忍不住似的暗自啜泣。

“这到底是怎么了？”

她哭得肩头耸动起来。

“我从四点等到十一点，我等你八个小时了，就算牛郎星从银河的这一头走到那一头，也已经跟织女星见面了呀！”

“青远……”她哑然失声，“这是……我们第一次约会呀，你怎么可以……让我等你这么久呢？”

2000年，洛离与青远的第一个七夕，她以望夫石的姿态，等了陈青远八个小时。

他没有来！

她一直不明白，他为什么没有来。

她完全不懂这是为什么！

连巧克力都在高温下化成了巧克力浆。

他依然没有来……

第二天，他看到她的时候，她满脸憔悴地出现在他家的门边。他竟烦了，冲着她大吼：“你来干什么？”

他把她吼愣了。她明明很委屈，为什么他一吼，她便什么话都说不出来了？

他更是狠狠地关了门，在门那边大嚷：“姓洛的，从今以后，我再也不想见到你！”

她震惊，也愕然……这是怎么了？是遇到外星人给他洗脑了吗？他为什么会对她讨厌起来？

到底发生了什么事情？她很想知道，可是，他总是避而不见，见而不语，从来不向她解释。

金牛座的感情是具有占有性的，也会极端，面对一段失败的感情，她会陷入疯狂自问的"为什么"里。

她确实很想堵在陈青远的门口，大吵大闹问这到底是为什么。

可是……

她硬生生地忍住了。

她的妈妈已忍受了被前夫欺骗的嘲笑，备受前夫是杀人犯的奚落……

如果再让这里传出"何青穗的女儿堵在陈家大吵大闹"……

妈妈……怕是无法再承受那样的刺激了。

她是极孝顺的。金牛座的男女，都极其孝顺，特别是金牛座的男生，若是妈妈不喜欢他结婚的对象，他也是会分手的。

洛离极其懂得分寸的捏拿，极其懂得利弊的权衡，这是她与生俱来的生存能力。

这是一段还没有真正开始，就莫名其妙结束的爱情。

洛离远离家乡，来到她就读的大学。

两个星期的军训。军训结束后，与教官洒泪挥别时，女生们哭得稀里哗啦。

那些曾经偷懒过的女生们哭得更加厉害。

总觉得军训很烦很多余的人，看到教官们列队上军车前，对他们敬了一个标准的军礼后才明白：我们活在这个世上，太多的事情，无论精彩与否，都仅此一次。只是明白"再也不可以重来"的时候，便真的再也回不到最初的"原来"。

偏偏，很多事情，我们经历后才会懂。偏偏，很多事物，我们错过了才明白已错过、要珍惜。

所谓的“反悔”，就是你再也不可能得到“重来一次”的机会。所谓的明白，就是经历过悲欢离合后的恍然大悟。

军训的时候，也有见过陈青远，只是……大家互不搭理，形同陌路。

再次遇到陈青远，是在 2000 年 10 月的一天，大学寝室里算是系花的室友胡蒂在寝室里对她们宣布，她的男朋友要请她的室友吃饭。

“哪个系的？”

“金融系的！”

马上有人夸张地惊呼起来：“乖乖，金融系的不是高才生就是自费生，富得流油啊，看看他们的教学楼和公寓就知道了呀，真是比研究生的都好，去那里闭着眼睛摸一个，男朋友的家世都够你不劳不累吃半辈子的！系花就是系花，男朋友都让人羡慕。”

洛离就在那餐桌上见到了陈青远。之前胡蒂对男朋友的身份再三保密，现在一看，大家惊大了眼睛，先前“酸”胡蒂，说她男朋友一定丑比青蛙的室友，竟发现陈青远看上去帅极了。

他肤色有些黑，在笑的时候，勾起嘴角，有坏坏的感觉，而且他的眼神，同样坏坏的，有说不出来的味道。真的很 MAN 呃！

“我男朋友帅吧！”胡蒂眼底满是得意。

这是炫耀男朋友的年纪。大家真的羡慕她。

“咦，洛离，你怎么了？”离洛离最近的女生发现洛离怔怔地看着胡蒂的男朋友。

洛离回神似的惊了一下，随后不自然地支吾：“对不起，我……我不大舒服！”

她逃离了。

陈青远第一次去她们寝室找胡蒂时，洛离惊见他时眼底是一种难言的惊喜。

恍然间，他的幸福承诺好像兑现了，他捧着一大捧玫瑰出现的那一瞬间，她几乎惊喜得忘记他已是别人的男朋友。

当时她在窗边的桌子旁看着一本很厚的书。

她巍巍颤颤地站起身来。

“青……”

她情不自禁地想要叫他的名字。

只是，刚张了嘴……

“青远！”

洛离前边床铺里看书的胡蒂惊喜地从床里坐起身来，都来不及趿上小拖鞋，就冲到陈青远的面前，勾住了他的脖子，在他的唇上印上一个甜蜜的吻，再幸福得要死地接过了那束玻璃纸包好的玫瑰。

她的童话刹那间被现实击碎了，她的王子早就挽住别国的公主甜蜜无比了。她捂住了胸口，失重地坐回了起身的位置上。

心口像被人扎进一把刀，一双无形的手还不住地用力地往里扎。她抓不住那双手，只有死命地捂住自己的心口。

那束玫瑰被胡蒂插进喝水的瓶子，然后嚷着要和青远出去用餐，两个人相拥着走了出去。

他刻意漠视她，揽住胡蒂说笑的时候，他瞟见她的黯然神伤。她痴痴地看着那束玫瑰的样子，痴得人的心都碎了。

她看到他送来的玫瑰了，体验了他捧花而入时的惊喜了。但王子不是来找她的，玫瑰也不属于她。花叶随风颤抖，好像她在风中破败不堪的心。

他看到她对着那束玫瑰张了张嘴，无声而凄绝的样子，傻傻痴痴地问了一句话。

“我的玫瑰……怎么会送给了别人呢？”

他们走后，一瓣玫瑰的花瓣由花托落下来，真像……破碎的心口……滴淌下来的血。

红艳艳的！

真的……很红。

红得极端，红得刺眼。

一大早，就有人在洛离面前叽叽喳喳。

“胡蒂的男朋友真的好好哦！”

“对啊，他对胡蒂真的很体贴，一大早就等在寝室下面，带她去吃早点。”

胡蒂也在起床时笑着说：“今天我先用卫生间，我家青远在楼下等着呢！”

大家哄笑起来：“喔哟哟，‘我家青远’叫得好顺口哦！”

胡蒂开怀地笑道：“不跟你们贫了，等你们有了亲爱的，我也这样酸你们！”

“我们的亲爱的，铁定没有你们家青远浪漫温情，隔三岔五地送花送礼物，每次还让你带这么多零食分给我们，还陪你上课，帮你抄笔记，我们可羡慕死了！”

站在立体镜前梳头的洛离，怔怔地看着镜子里的自己，手里抓着一把头发，呆呆的，好像被人勾走了心魂。

“洛离，你梳完了吗？”胡蒂过来，推了她一把，“你发什么呆啊？梳完了就快点做别的事呀，我等着用镜子呢！”

洛离拼尽了所有的力气，将酸楚忍住，冲着胡蒂说“用完了”的时候，唇忍耐得打起了颤。

童话里说，王子被施了魔法，不认识自己心爱的姑娘，他爱上了别人，那姑娘哭得很伤心。

“怎么会这样呢？怎么能这样呢？什么魔法，可以让一个人忘记自己心爱过的人呢？”她看完童话后，情绪低落，低落到问身边的他。他摇了摇脑袋说：“我怎么知道？我又不喜欢看童话。”

他还对她说，你没事的时候，别捧着童话书看来看去，光看那个《豌豆公主》就知道是骗人的。

她不懂，问为什么。

他说，这不是明摆着皇后串通那什么公主一起来骗自己的儿子吗？哪有什么睡十几床被子，还能感觉到床底下有豆子的皮肤啊？再说，那公主出现得也太诡异了吧？大雨天……敲城门，国王亲自去城门边开的门。弱智了不是？城门离城堡多远啊？大雨倾盆，怕是连守卫都不乐意待在外面，国王那个时候守在那里？我可不相信他那是爱国爱民爱社会，我也不相信一个国王一听到有人敲城门说自己是公主，他就亲自跑去开门。这国王又不是乡巴佬，又不是一辈子都没见过什么公主，也不会那么猴急吧，起码那些卫兵也要拦一下吧？那女的都被淋得头发凌乱，跟鬼片里似的，还说她衣衫都烂了，怎么看也不像公主。不是事先就串通好的，谁知道她是不是真的？不是事先就串通好的，国王怎么会近身去看，不担心是刺客？说到底，就是那什么王子心里有病，偏执加多疑，毛病！

他一针见血地说了出来。可是，她依然喜欢童话，喜欢白马载着王子，给她温馨的许诺，让她像骄傲的公主一般幸福。

童话碎裂的感觉，就像金属爆裂的碎片铺天盖地地刺进心里。

他是怎样做到与她面面相对时素不相识的镇定呢？

他又是怎样做到……当她们一行人从公寓楼里出来时，对她熟视无睹，只顾挽着他的女朋友，亲热地走在一起呢？

一行人一起去学校餐厅用餐时，洛离排队，买了一个包子加一碗稀饭，刚一转身，就看到了身后的陈青远。

她与他对视了一眼。那一眼里，包含了太多的内容。

以前……都是他和她一起排队买早点，帮她拿东西，帮她端碗，总是笑话她端碗的样子很恐怖："迈什么小碎步啊？看我的凌波微步！"

看着他健步如飞的样子，她总是乐得合不拢嘴。

转身遇到他的那一刹那，她真的以为他是过来帮她端碗的。

不过仅仅是一秒钟的错觉，她知道此时跟以前不一样了。

这个时候，胡蒂不在身边，这个时候的胡蒂就像一年前的她一样，坐在餐桌旁等青远。

不带这样虐心的，也不带这样让人难过的，就算爱情被判了死刑，但可不可以让她死得明白？

七夕之前，明明很好的，明明很好的呀！

她的眼底包含着深情、难过与不解，而他……竟残忍地将脸转到了一边。

"看够了没有？"他用极低沉的声音问她。

那声音低得好像不是她熟悉的。

事实上，她感觉他不是他了，真的不是了，青远不会这样对她。

从小到大，青远都在身边，她早已习惯了，而现在是如此不习惯。

短短的几秒，蕴含了无比的悲情。她竟还是那般痴迷地看着他。如果他看向她的眼睛，他一定会明白她有多么痛苦。

形同陌路已很难过了，看着心爱的人与别人卿卿我我，却是比死还痛苦的折磨。她在他们面前，演得很辛苦。明明是认识他的呀，明明很熟呀，明明是相爱过的。他们的拥抱，他们的初吻，他的气息，他不正经的笑容……

确确实实就是和眼前这个人共同的回忆啊！

她看着他，端着盛满了稀饭的碗看着他。他刚刚问她有没有看够。

从满月的时候，我们就被彼此的父母放在婴儿车里，推出来晒太阳，从那个时候起，就跟你形影不离。看了你十八年，习惯了你十八年，我何曾烦过、腻过和厌倦过？

你的脸已经印在我的脑海里，你的声音令我熟悉到……你远远地咳嗽一声，我都知道那是你。

何曾够过？

何曾能“够”？

可他的问话让她如此难堪，她收回了目光，痛苦地咬了咬唇。

他居然说：“看够的话，让开，挡到我的路了！”

冷冷的目光扫过来时，就像西伯利亚入侵的寒流。

她没有让，只感到身体好像被冻僵了。

他竟起手推了她一把，碗里水多于米的稀饭荡了出来，烫伤了她的手，她呀的一声，碗就掉到了地上。

白色的米水糊了一地，好像覆水难收的咒语。

“洛离怎么了？”身后有同学问她。她只是强忍住了泪水，摇了摇脑袋。

心口寒了！好像被冰冻住，冻得厉害，似一片片的冰连着血块从破溃不堪的心口向下剥落。

还是不争气地抬眼看向他方才站立的地方，妄想看到他心疼愧疚的眼神，而抬首所见，一片空茫，留给她的只有心碎及绝情，还有毫不留情远去的背影。

他莫名其妙的离开，如剥骨抽筋，他不带感情的离去，似敲骨吸髓。

她浑身的毛孔似被微不可察的气流钻出千疮百孔，心口像被一条细细的铁丝缠住，用力，勒紧，勒出血沟。

疼爱她的青远不见了。

喜欢她的青远消失了。

属于他的气息……再也找不到了。

意识到这一点时，她凄然落泪，无暇顾及自己被烫伤的伤口，哑然痛哭。

没有人娇气到只是被烫了一下手，就哭成那个样子的。

没有人哭着手疼，另一只手却紧紧捂住胸口的。

真的！

没有的……

而女同学带着洛离去冷水管冲洗的时候，不远处的胡蒂在餐桌上不屑地撇撇嘴，极轻视地说了一句："真娇气，哭得那么惨，哭给谁看啊？"

她的男朋友赫然红了眼圈，似拼命克制心绪起伏，咬了一下牙关，冲她笑道："吃吧，吃完了，我陪你上课。"

大学课程很多都是在阶梯教室上的，上选修课的时候，两个班坐在一个教室里。老师一般都不点名，上课的时候，都是用扩音器的。而教室里的座位是随便坐的。教室里的人可多可少，外系的人也可以混进来。

大学的课也不是每天都安排得满满的，各个系的课程也是错开的，所以，陈青远一没有课了，就会跑来陪胡蒂上课。

大家都知道，胡蒂的男朋友又帅又多金又专情，他对她的好，有目共睹。

这天，胡蒂和陈青远出去约会，快到晚上十点钟的时候，才从外面回来。

他们在公寓楼吻别。胡蒂手里捧着一个礼物盒，笑眯眯地走进了公寓楼里。

他是笑着目送着胡蒂远去的，在她的身影消失在公寓楼的楼道时，他的目光却不再停留在她的背影上，而是，仰首，无比惆怅地看着她们寝室的窗口。

那透着亮光的窗口，临近窗边的那张床，就是洛离的。他已经看到她挂的粉色蚊帐，他似乎看到她在床上听着音乐或者做别的事情。

他突然觉得自己想要落泪，胸腔里的内脏被酸楚扯得疼痛难忍。他马上把仰起的脑袋放下来。

夜色中，他伤感地转过身来，转身的那一刹那，与相对而来的人打了照面。

惊了！

"洛……"他忍不住想开口叫她的名字。

她披散着头发，穿着白色的连衣裙，站在那盘旋着飞蛾的灯光下面，整个人蒙上一层迷蒙的光团。他以为是在做梦，还狠狠地眨了一下眼睛。

她的心口也是绞痛的。

看着他和胡蒂吻别，看着他恋恋不舍地看着她们的寝室窗口。她就在灯光下，默默地看着他，不自觉地泪光蒙眬了视线。

他刚刚……是想叫她的名字吧？

看口型，好像是的，可是，叫了又怎样？

她眨了眨眼，想把眼泪逼回去，可还是不争气地落了一滴下来。

装作没有碰到他，拎着装满方便面的袋子向前走去。想错身而过，而他却看到了她拎在手里的东西。那袋子是透明的，他自然看得到。

"买这么多泡面做什么？"他强忍着不去管她的事情，可是，那开口询问的，分明是他陈青远。

她一怔，身板都有些僵直了。

"吃！"

难怪这些天去接胡蒂吃早点的时候，都没有看到她，中午到餐厅里吃饭的时候，也不见她，晚上也不见，原来……她成天就吃这些该死的方便面。

难怪她的唇角溃疡了，难怪她面色苍白，那根本就是缺少营养。听胡蒂说过洛离有多省，听胡蒂说过洛离有多节约，但没有想到她节约到成天啃泡面。她家里的情况他是知道的，她的同学不知道，可是他是一清二楚的。这个傻瓜，一定又怕给妈妈添负担而刻薄自己。以前她就是这样节食，晕倒在学校的操场上。她是不是有病啊？又故伎重演，天天啃泡面，知不知道现在还在长身体啊？

学校的餐厅还有消夜卖吧，应该还没有关门，应该还在营业吧，再不吃点有营养的东西，她的身体会垮掉的。

冲动之下，他拉住了她的手。她讶然失色："干……什么？"

他只拖着她往前走。她想挣开他的手，怎样也挣不开。

"青远，你……你放开我……"

她不敢大声喊，她怕别人看到她和胡蒂的男朋友拉拉扯扯，传出去很无耻。

在夜色的掩饰下，她被他拖着行走，走了一段路后，她看明白了，看清楚了，终于明白了他要带她去哪里。

她突然感到自己要崩溃了。眼泪，像天空的流星急不可耐地划过脸际。

"我不饿！"她哽咽着说，"我真的不饿，我不想去餐厅！"

你知道所谓的"恋"人是什么意思么？就是"心""亦"相通的人！

从小就和他在一起，几乎形影不离，他们已有了绝对的默契，他不说话，她也能猜到他想干什么。她什么都能猜到，就是猜不到他为什么要这样对她。

他站住了，转首面对她时，她正低首拭着眼泪。

"谢谢你，可是我真的不饿。"

他的动作僵了。

她拉着他的手冲他微笑："谢谢你，青远！"

不久前的冬天，她以同样的笑容对他说"谢谢"的时候，是在那雪花纷飞的小路上，他因为得到她的“谢谢”而开心地向远处跑去，击打那路边压有积雪的树干，让雪一股脑儿砸在了他的脑袋上。

他笑得好调皮，也好可爱，抱着脑袋说“冷死了冷死了”的动作，让人好开心，开心到所有的烦恼都不见了。

而现在，她以同样的笑容对他说“谢谢”的时候，竟像什么利器刺入了他的心底。他的面容扭曲般地痛苦起来，好像进行了强烈的心理挣扎，一把甩开了她的手。

她惊了，手被他猛然甩开的瞬间，那力道大得好像手臂要被扯裂一般。

他要走了！

他如此这般的阴晴不定，就要离开了，可是，她还有很多问题没有弄明白。

“等一下，青远，我求你等一下！”

她想叫住他，想问他。

而他却怕她会问出什么似的，加快了脚步，逃似的离开了这里。

洛离进入寝室前，深深地吸了一口气，好似什么都没有发生过的样子，推门而入。

寝室里，室友们都围着胡蒂，看胡蒂带回来的新衣服。

室友羡慕地说：“胡蒂，这安琪儿的雪纺裙实在是太漂亮了，你家青远真是太宠你了，要什么给什么，都快把你捧在手心里化掉了。”

胡蒂笑道：“不是我要的，是他送我的。我也奇怪他为什么送裙子给我，不过，还真的很好看！我超喜欢！”

室友 A 说：“这裙子我见过，上次我和洛离逛街的时候，就看到精品店里挂着这条裙子，很贵呢，跟老板说了半天，只给打九点八折，贵死了，我一个半月的生活费呢。胡蒂，你这裙子是打几折买的呀？”

胡蒂好像听了什么火星故事，一挑眉毛，冲着室友 A 说：“你觉得我亲爱的青远会买打折的裙子送给我吗？”

“所以才说，你男朋友对你实在是太好了！我们啊……真是再修一千年，也遇不到这样的男朋友哦，我跟我男朋友出去吃饭，还 AA 制，恶心死我了！”

“好啦好啦，别抱怨了，因人而异嘛，别抱怨了！”胡蒂笑得开心而幸福，站在寝室中间，拎着那雪纺裙丝一般的群摆，像个公主一样，站在大家面前，问好不好看。

洛离被隔离在了人群外，端着一个盆子，进了洗浴室。

室友 A 也走了进来，在梳妆镜前，拉住了洛离，在她耳边说：“那裙子我觉得还是洛离你穿才好看，胡蒂的骨架子太大了，穿上去，没你穿得小鸟依人。”

她说的是真话，若不是这裙子贵了些，她就算凑钱也要给洛离买下来，因为洛离穿在身上的感觉，真的飘然欲仙，真的好像要飞起来的样子，美丽得就像上帝身边的安琪儿。

“可惜了那漂亮的裙子……”A 叹了一口气，“大概是陈青远看你穿着好看，才买下来送给胡蒂的。”

那句话，突然让洛离惊异地看向了 A，A 被她的表情吓到了，不由自主地支吾：“你看着我干什么？”

洛离只感到心口压着什么重物，深深地吸了一口气，强迫自己笑着问 A：“你……刚刚说胡蒂的男朋友看过我试穿这条裙子？”

“是啊！”A 说，“你还记得你那天试穿裙子的事情吗？你穿着这裙子问老板打不打折，老板报的那折扣，跟没折似的，我就凑在你们跟前让老板便宜些，你说算了，不要了，就往试衣间里走。你进去后，我抬眼就看到了陈青远，他好像在那里站了一会儿，我刚跟他对上眼，他就转身离开了。我想他又没跟我打招呼，我就没有必要拉着你说，快看快看，胡蒂的男朋友……没这必要吧？”

A 的声音仿若越来越远，洛离的心脏痛苦得像要裂开、碎掉一般。

被水打湿了的手，紧紧地捂住了心口，冰凉的水立马湿了胸口的衣料，顿感刺痛且冰凉。

明明是适合她的衣服，却不能拥有它；明明是自己心爱的人，却不可以亲近他。

你是想羞辱我，还是讽刺我？

她真的好想大哭，好想大声地问他："你到底想干什么？"

不带这样折磨人的，不带这样虐待人心的。

不带的！

不带的呀！

第二天，胡蒂穿着青远送的雪纺裙，在公寓楼下看到陈青远，就亲热地上前去挽住了他的胳膊。

"好看吗？"她笑着问他。陈青远点了点头，说："好看。"

说得有些敷衍，有些失神，他恍若看到洛离穿着这件裙子时的情景。

"她"比她……穿着好看多了，而他还得心口不一地赞美。

他的思绪痛苦地纠结起来，"她"是不是又在吃泡面，"她"是不是又去职介公司报名做家教？

胡蒂告诉他，说洛离正在为生活奔波的时候，他觉得心都要痛裂了。

说好不再关心她，说好无视她，她是好是坏，跟他有什么关系？

他绝不会再伸手拉她一把，绝对不会再关心她的事情，她是死是活，也与他没有任何关系。

没有！

是的，没有！

绝对没有！

他自我催眠。

看到洛离从寝室楼里下来的时候，他还是不由自主地看了过去。

她只是友好而礼貌地冲他和胡蒂笑了笑，就向远处走去。

他的目光就如此被牵引。

“青远……”胡蒂唤了青远一声，但似乎没有唤回他的神志。

“青远！”瞅着自己的男朋友冲别的女生的背影看得失了魂，胡蒂不开心地推了陈青远一下。

“你在干什么啊？看得都不眨眼了！”

“哦！”他反应倒快到了极点。

“我看她……脸色白得病态！昨天晚上看她出去买方便面，该不会是那样吃出来的吧？”

胡蒂呵呵一笑：“管那么多干什么？走啦走啦，去上课了！”

洛离来到老师的办公室，递上了一纸“更换寝室申请书”。

老师看了两眼，就一脸不悦道：“跟同学关系不好了，还是发生矛盾了？什么事都没有，说住不惯就想换？这世上哪有这么称心的事情？现在学校寝室很紧张，很紧张，明白了吗？”

在洛离大学二年级那年，关鹏文质彬彬地出现在她的寝室，见她推门进来，冲她点头问好。

学校在周末的时候，只要填写了会客单，是允许男生进女生寝室的，只不过有时间限制。

洛离只是友好地点了一下头，便在床边的桌子上拿了一本书，就要出去的时候，他靠近问：“这是你的床铺啊？”

洛离点了一下脑袋。

“你的床真干净！”他竟这般夸奖。

洛离只是点了脑袋，说：“谢谢！”

原来以为这是简单的相遇，她甚至都没有问他是来找谁的，或是来探谁的亲，因为她急着要出去，也因为寝室里还有人在，她也没有必要去问。

晚上回来的时候，胡蒂问她："唉，洛离，你觉得关鹏怎么样？"

睡在上铺的洛离只是看着手里的大学英语，头也不抬道："关鹏是谁？新出道的STAR？"

后来她才知道，关鹏是陈青远一个班的。胡蒂和他认识了。有几次陈青远跑来陪胡蒂上课的时候，关鹏跑来凑热闹，说是想看看胡蒂她们系里有什么养眼的美女。

胡蒂当场说："你怎么这么色啊？"

关鹏说："窈窕淑女，君子好逑。"

胡蒂当场就笑道："近水楼台先得月的，向来是青蛙而不是王子！"这话意指漂亮的女生都名花有主。

他却笑道："名花有主的几个也不怎样，我想当锄头挖墙脚都没有兴趣。倒是你们寝室里的洛离，她好像还没有动静。"说这些话的时候，他们三个在一张餐桌上用餐。一直跟关鹏面对面说话的胡蒂没看到陈青远听到"洛离"两字时，变得青白的脸色。

他的脸色，难看极了……

胡蒂却没有发觉，只是说："谁知道她有没有男朋友啊，每到周末，就跑出去，也不知道去哪里。"

"陈子？你觉得那个洛离怎么样？"关鹏又将话题转过来，问陈青远。

陈青远只是淡淡地几乎冷漠地说："我跟她不熟！"

"那你觉得她怎样？"

胡蒂在一边不满了："我说关鹏，你老问我男朋友的意见干什么？他又没有见过她几次。你又不是不知道，女生公寓只有周六开放，定时定点，会客时间只有十分钟，青远就第一个周末来找我的时候看过她，后来再去，就再也没有遇过她了。听公开课的时候又坐得那么远，连话都没说过几句的人，他哪里知道她是怎样的人啊？"

他们说话的声音似乎离陈青远远去了。

他只有第一次去她们寝室的时候看见过她，那一次后，他再去找胡蒂，就再也见不到洛离的踪影。

“那她到底是怎样的人呢？”

关鹏还在问着，胡蒂却笑了：“那么想知道的话，你去我们寝室会会她就是了。”

“那就‘明见胡蒂，暗会洛离’好了！”

胡蒂笑得眼睛都眯了：“看你得意开心的样子，好像已经到手了似的。”

他说：“只要让我和她近距离接触，我马上手到擒来。”

“哪来的自信啊？”

“我追了那么多女生，你见我失过手吗？”

胡蒂突然想到什么：“咦？我想起来了，你不是只对妖艳性感的女生感兴趣吗？”

“偶尔换换口味也不错！她看上去很纯吧？呵呵，像她那样纯的女生，在大学能看到几个？我若不出手，岂不是太暴殄天物了？”

“我警告你最好不要玩弄她的感情！”突如其来的声音，吓得他们打住话题，看向了黑着脸的陈青远，他的脸色很难看，他的声音阴沉到极点。

关鹏夸张地捂住了胸部：“陈子，你声音是钢琴做的？会变调啊？阴沉得吓人！”

这是西餐厅，周边的灯光低暗，还点了一块浮蜡，配上陈青远突如其来的声音还有那可怕的表情，跟现场直播鬼片没什么两样。

胡蒂不解地看了过去，他不是说他跟洛离不熟吗？

他明显地感到了自己失态，极力掩饰却掩饰得不太好，脑袋转向一边再转回来时，眼神还在心虚地躲闪。

“那种女生……”他第一次在别人面前评价洛离，他觉得他说得有些苦涩，甚至有气无力。“那种女生……”他又重复了一次，才说，“她应该是对感情很认真的人，如果你觉得她很纯，就很容易骗到手，那到时候你烦了，就不好甩了！”

关鹏哈哈大笑起来：“陈子，你真是好兄弟！”他说：“我就是看准她是不会轻易动情的人，动起情来，是绝对专情的人，所以，我才对她感兴趣了……”

“你……怎么知道她是专情的女生？”陈青远不解地追问。

关鹏笑道：“我不是花花公子吗？所以，我什么都不会鉴赏，偏偏就会鉴赏女人。”

关鹏鉴赏对了！却来晚了，她早已动情了，且已情殇。

大部分金牛座的女子，都给人一种安安静静的感觉，就像仲夏天小巧而羞涩的茉莉，有种让人安宁的感觉，有时候给人的感觉是很闷，但绝对让人很安心。

关鹏迷上洛离，正如他所说的，看多了妖艳的女子，再看她，便成了一种对比，小小巧巧，清新可人。可谁知道这种“迷恋”的保鲜期是多久呢？

在胡蒂的出卖之下，他在书店里见到了洛离。

那一排一排的书架，一列一列排列整齐的书。那作为休闲小屋的书店，只要花六元钱，就可以坐在那里看一天的书。当然，饮食自理。你若出了书店，再进来？交钱！

那似茉莉般安静而精致的女生在书架上挑选了一本时尚杂志，悠然转身，就感到撞到了什么人。

“哎呀”一声，那男生手里的杯子打翻，简易杯子里的咖啡倾倒在了他的外衣上。

洛离涨红了脸，只对着他白色衣物上的咖啡渍不停地说："对不起，对不起……"

她转身的速度很慢，也没有听到有人走过的脚步，更没有觉得自己撞到那人的咖啡杯啊！

关鹏的嘴唇逸出一个好看的笑来，他故意把咖啡倒到自己的身上，就是为了引起她的注意。

"你把我衣服弄脏了！"

"对不起！"她仍低着脑袋道歉。

"咦，我认识你！"他故做刚认出她的样子，夸张道，"你不是洛离吗？"

洛离这才抬起脑袋来看他："你是……"

她显然没有认出这个那天匆匆一别的男生。

"我叫关鹏，上次在你寝室见过的。真巧啊，在这里见到你！"

"呃……是很巧的。"

"那我就不客气了。"

他说着，就将外套脱了下来，再一把塞到洛离手里："弄脏了我的衣服，你要负责，所以，辛苦你了，帮我洗干净吧！"

她不得已只好帮他洗了衣服，随后便有人传出洛离是关鹏女朋友的话。

有人不信，便有人说："什么叫不信？连衣服都帮着洗了，要不是那种关系，你会帮不熟的男生洗衣服？"

"关鹏那种花花公子，可以和她好到几时？还不是被抛弃的角色。不提也罢，那种家庭好的少爷小姐们，谁不是图个一时新鲜，谁会真的在意谁啊？他们的婚姻可都是门当户对的，趁没被这种婚姻绑住，他们是会拼命玩的，有的女人不用哄就扑上前来做了他们消遣的倒霉鬼。谁让她们的灰姑娘情结作祟啊？又不是高中生、初中生了，还信白马王子的，不是幼稚就是虚荣，被玩弄了活该，自找的呗！”

“就是啊，当是现代版的灰姑娘啊？现实里可没有童话呃……人都是现实的，图完新鲜就完事了的。”

有人热嘲，有人冷讽，有人打趣，有人看热闹。

关鹏对洛离是不是认真的？

这……是谁也不知道的未知数。不过依他换女朋友的速度来看，这根本就不算什么悬念。

洛离只是其中一个罢了。

这些话还没有正大光明地传到洛离耳边时，关鹏已捧过洛离递给他的衣服。

“真香！”他说，“谢谢你，把我衣服洗得这么干净。”

洛离一脸不好意思地说：“没什么的，衣服说到底也是被我弄脏的。”

“我还以为你会随便洗洗，没有想到你洗得这么干净，你用的是飘柔还是奥妙啊？”

“是汰渍！”

“哦。”

“还有……”

“什么？”

她欲言又止：“那个……飘柔是洗发水吧？”

他一怔，便哈哈大笑起来：“看我，一句话就出卖了我平日里的懒惰，让你笑话了。”

他笑得开怀，感染得她也轻笑出声。

“看你问得一本正经的，我还真的以为飘柔出品洗洁剂了。”

“为了感谢你这么用心，我请你去吃大餐吧！”

“我……”

她来不及推辞，就被他拉拽着往向校外走，然后又坐进他开到学校的车里。

她实在是挣不过他，也实在是盛情难却。不就是一件衣服吗？

此时此刻，自修室里的胡蒂笑眯眯地收到关鹏的短信。

“洛离上钩了！”她说着就笑了，“关鹏的速度可真够快的。这家伙还真没有失手的时候。”

陈青远愕然片刻，目光里好像透出一丝痛苦，似有少许的心理挣扎，又似漫不经心地问：“哦，是吗？那得恭喜他了！对了，他现在在哪里？”

“在街头的西餐厅，就是我们常去的一家，位置还是我帮他订的。”

他突然眉头一扬：“这样说起来，我突然很想去了，不如今天我们去那里用餐吧！”

“可是，我们不是刚刚吃过日本料理了吗？”

“我突然饿了，想吃夜宵！”

夜宵？拿牛排与红酒当夜宵？她可是第一次听说。

但是，他拉着她往外走的样子，好像有些急不可耐了，好像真的饿得等不及了。

洛离拘束地坐在西餐厅里的卧室沙发里，手脚有些不知道如何摆放。

“只是一件衣服而已，不用这么破费的。”

那餐台上方是暧昧的灯光，餐台上点着漂在水杯里的浮蜡。

关鹏笑得很诱惑，声音低沉而有磁性：“衣服只是一个借口，我注意你很久了，一直想请你吃饭，怕请不到你！又正巧你弄脏了我的衣服，所以我就硬扯了一个理由。唐突了洛美人，请海涵啊！”

他一脸嬉笑，她忍不住弯唇浅笑。她的五官很精致，在暧昧的烛光下，看上去就像一个精致的陶瓷娃娃，不施粉黛的脸上，是令人怦然心动的干净与单纯。

他见她笑了，便兴奋起来，一开心，便忍不住伸出手去，越过那燃着暧昧之光的浮蜡，伸手握住她摆在桌上的手。

“洛离……我……”

她惊慌得像一只小鹿，惊了一下，将手快速地收了回来。

她的手……除了那个人外，没有别的男生捏过。

他只是觉得越来越有意思。看多了装“精”的女人还有“送上门”的女人，还有唯恐激怒了他而对他有求必应服服帖帖的女生，洛离的抽手，让他感到一丝兴奋。

果然……还是自己去追的猎物，比较有意思。

“关鹏！”

不远处，胡蒂挽住陈青远出现了。

“胡蒂，陈青远？”关鹏一惊，随后郁闷，“你们两个来凑什么热闹啊！”

胡蒂笑道：“我们本来是来用餐的，可是没位子了，想想你这位子是我帮你预订的，预订的时候又是以我的名字，我就过来搭个顺风车啦！”

“可是我……”

“你不会介意吧？”她问了出来，还没有得到回答，就将话题转移到洛离那里。

“洛离，你看关鹏多大方啊，其实他老早就看上你了，看在他这么痴情痴心的分儿上，你还是从了他吧。呵呵，他这样的男人，可是打着灯笼都不好找的。”

“你这样说，青远会有意见的！”

“怎么会？你比青远差远了，哈哈哈哈！”

他们在那张桌子落座了。洛离与青远面对着面。

胡蒂和关鹏说东说西的时候，她默默站起身来：“我想起来我还有点事情……”

“洛离，你是不是对我和青远打扰你和关鹏介意啊？我们用完餐就走，不会打扰你们接下来的安排的。”胡蒂皱起了眉头说。

“不是，我……”她生来就有些语拙，生来就不懂得拒绝，一时间被胡蒂问得哑口无言，便没有办法再说什么。

牛排端上来时，她的右手拿住了叉子。

胡蒂奇怪地嚷道：“你怎么反手用餐具啊？”

洛离脸涨红：“我……不会用刀叉，因为……第一次来西餐厅！”

“咦？你以前都没有来过吗？”

她笑着，点了点头，她的余光瞥到坐在对面的陈青远。

心有些刺痛。记忆的残片在脑海里拼出他说要带她去吃西餐的画面。

他说要带她去吃西餐，她说：“不去啊，还是去吃中餐吧！”

他不解，问为什么。

她不好意思地说：“我没吃过西餐，只会用筷子呃！”

现在……不会用餐具的她，在他们面前出糗了。她都觉得脸烫得快不行了。

关鹏笑了：“没关系啊，我教你！”

他靠近身来，贴着洛离时，洛离的身板明显地直了直。这微妙的紧张，让他忍不住笑了：“别紧张啊！我不手把手教你，你怎么能会拿刀叉呢？”

关鹏的脸贴了过来，离她很近，她可以嗅到他的气息。她不自然地看了一眼对面的那个人，他却一脸淡漠地切着他自己的那块牛排。

她的手被关鹏把住了，他在用心地教她怎样用刀叉，贴得很近。她的脸带着微笑，她的眼眸却很快地垂了下去，看上去很认真地在学，说“是这样……吗”的时候，声音有了微微的颤抖。

本来……本来……青远说，他要教她的。

鼻子酸涩了，想哭，她却拼尽全力忍住了。她将切下来的一小块牛排吃进嘴里时，关鹏凑过来，“叭”地一下，亲在了她的脸蛋上。

“亲爱的，你真聪明！”

她猛然回首，惊愕地看着与她对视的关鹏。他……怎么可以这样就亲了上来？

胡蒂只是见惯了似的笑了，而陈青远，只是微抬了眼皮子，再一无所知的样子，波澜不惊地去切他的牛排。

四十分钟后，关鹏去了洗手间，胡蒂随后也去了女洗手间。

这位置上只有他们两个了。

主食早已被撤去，只有餐后的甜点，她点的是堤拉米苏。她用那把精致的小勺子挖了些，浅浅地品尝着。

他坐在她的对面，看着她小口小口地品尝，便嗤之以鼻地冷笑了。

“好吃吗？”

“嗯。”她扬起眸子，用澄清的目光看着他。看他的时候，微微地笑了。

火岛咖啡在全国都有连锁店，在他与她生长的城市也有，他当初约她吃大餐的地方，也是火岛咖啡。

她有了少许的幻想，幻想第一次约会的那天，他来了，她等到他了。她有了一刹那的错觉，错觉时间倒回了从前，刚刚教她用餐具的人不是关鹏，而是青远。

只有他和她。

她穿着白色的T恤和一件小碎花的裙子，他不用向下看，就晓得她的腿纤细而修长。她戴着月牙儿形的发箍，在发际上适当一箍。她的眉毛很好看，是两道弯弯的柳叶眉，她的眼睛也很好看，因为她的睫毛天生长而卷翘，她像一块浑然天成的璞玉，微笑的时候，都传递着清透而温暖的感觉。

若硬要将她形容成花，她就像朴实而美丽的白玉兰。

她未施粉黛，却清秀如斯，像隔壁走出的邻家小妹妹。

难怪关鹏会选中她，难怪……

他的心竟涌上隐隐的恨意。

“你是不是觉得关鹏人长得英俊，家世又好，跟他在一起又可以享受美味，能被他喜欢，是一件很幸福的事情？”

她的动作停滞，眼底一闪而逝的痛楚被更深的微笑取代。

“嗯。”她点头，笑得像绽开的花朵，似有了招蜂引蝶的魅力。

他冷笑着：“别太当真，他最多跟你交往一个月，一个月后，你只有被人玩腻了甩掉的份儿。你想洁身自爱会被甩得更快，因为……他不是那种对占不到便宜的女人付出耐心的人。”

她也淡淡地笑了一下：“谢谢提醒，我知道了。”

“哦，对了……”他又用食指点了点太阳穴的位置，好像突然想起什么似的说，“上一次被曝光流产的女生，她就是被人玩腻了，想拿肚子里的孩子作要挟，让她打掉她不打，她的前男友就找了一群人，在半夜将她打流产了！玩玩而已的女人，没有资格怀上孩子，所以你……最好不要重蹈覆辙，最好做好避孕的保护措施，有了意外也不要拿孩子威胁，不然，我怕你的下场会比她还惨！”

她再一次微笑着说：“谢谢。”

他的脸笑得抽了起来：“你回答得可真风轻云淡啊。看来，你早已做好跟他上床的准备了？还是庆幸钓到他这个有钱的凯子？”

她淡淡说道：“这……跟你有什么关系呢？”

“你以为我想管吗？”他笑得更冷，“我只想提醒你，趁他还宠着你，你赶快向他要你想要的东西，什么包包、首饰还有别的东西，趁他玩腻你之前，趁他像甩别的女人一样玩失踪之前！”

“谢谢提醒，我的身体让他开心，他的钱让我满意。不必认真，我明白。”

“你知道他不会对你认真，你还跟他在一起？”

“我们彼此都想找人消遣。”

他左眼下方的眼皮隐隐跳动了起来。

“你犯贱！”

她竟笑了：“人贱人爱，你没有听过么？这世界本来就很现实，你索我求，相互利用，彼此所需，何乐而不为？”

“你真让我刮目相看！你说……这算不算是你家的因果报应？你爸爸玩了别的女人，现在，轮到他宝贝女儿让人玩！”说到这里，他突然又讽刺一笑，“我说错了，宝贝应该是他的女人，你和你妈只是他想甩掉的废品！你和你爸玩过的女人一样，淫荡犯贱！”

阴冷的语气，是她一辈子都不会忘记的。她笑里有了冷冷的味道，微扬了下巴，淡淡道：“我乐意！”

他猛然站起身来，大半个身体已越过桌子。她还没有反应过来，他的手死死地攥住她的衣领将她提了起来。她双手按住了他攥她衣领的手，睁大了眼睛看着他。

“洛离……”他恨得咬牙切齿，“我恨不得撕碎了你！”

她惊惶地看着他。

他原来是咬牙切齿，一刹那间竟被她的眼神迷惑。映着跃然烛光的眼眸，真是美得摄心动魄。

她向上伸来的手拉住了他的胳膊，他便瞳孔陡然增大一圈，俯下身来，给她一个激烈又带有侵占性的吻。

她惊大了眼睛。

洛离推陈青远，他一手攥着她的衣领，一手死死扣着她的脑袋，手指已插入她细细长长的发隙。

他很激烈地吻她……

她挣命地推他。脑袋左右躲闪，就是躲不开他的唇。那吻有发泄和恨意。

可是……为什么会有恨意？

真正负了她的是他才对！

他为什么会恨她？这根本没有理由的，这到底是为什么？

“放开我！”

她推不开他，慌乱中，手撑向了桌子，更是在慌乱中，手触到了桌子上点燃的浮蜡。她“呀”的一声惨叫了出来。

他慌乱地放开她，拿住了她的手，看她的食指上面被火灼了一个白色的泡，便赶紧放到唇边，轻轻地吹着。

她的手触电似的缩了一下。

他将她的手又拉了回来：“别动，小离！”

一声“小离”，轻声细语，陡然一闻，肝肠寸断。

他轻轻地吹了一会儿，再轻声问她：“好些了吗？”

她艰难地点了点头，说：“嗯。”

她保持着将手递给他的姿势，被灼伤的地方，对着他贴近的唇，刺痛的伤口感觉不是很敏感了，但其他的地方，仍感觉得到他唇触上去的温柔。

“我去帮你买药！”

“不用了，只是被火灼了一个泡，过些天它破了，自己就会好的。”

“万一感染了怎么办？”

“没有关系的，真的……”

“谁说没有关系？万一因为伤口进水感染发炎肿起来怎么办？你是不是觉得熊掌很值钱，你想去仿造啊？我告诉你你想都别想，肿得再厉害，也是没毛又难看的猪蹄子。”

她痴痴地看着他的脸，他焦急的样子，好像时光倒流到从前。

他比她还焦急，比她还担心，比她还疼的样子。她的手被他手掌捧在手里的时候，她觉得那才是她真正想待的位置。

“青远……”

她竟这般小心翼翼地叫了出来。

这般的……小心翼翼，连声音都打起了颤。好像她相爱的人死去好久，好像他已离开她的生命很长时间。突然有一天在人群里看到一个相似的人影，她惊愕，狂喜，又不敢确信，又不想放弃，抑制不住，试探地在一边低唤着他的名字。

他惊愕抬首，她闪着泪光的眼就嵌入了他的眼眸里。

“你……你是青远吧？”

他听到她如此一问，问得木然，只是下意识地随口一答：“我是啊！”

她竟欢喜起来，淌着眼泪，笑得如此凄美。这一只手被他拿着，另一只手颤抖地捧住了他的脸。

“是你……”

她笑得眼睛眯了下去，眉毛却蹙了起来。她贪婪地看着他的脸，不敢眨眼，怕一眨眼，她就会找不到他。

她的指轻触着他的脸说：“真的是你！”

泪已泛滥。

她竟笑得有些痴傻：“我好想你，我真的好想你。我做了一个梦，我梦见你不理我了，我梦见你和别人在一起，我梦见我天天哭，我天天躲你，我梦见我天天……想你，我又天天怕见到你，我……”

属于青远的气息，又……不见了。他一甩手，她的手便被他像丢废品一样甩开了。

“别再自欺欺人了，我就是陈青远，我就是和别人在一起了，如果不是，你和我怎么会在这里？”

被他甩开手的一瞬间，属于她的青远不见了。人的气场是多么奇妙又充满灵异感应的东西，可以将两个一模一样的人，分离得清清楚楚、明明白白、干干净净。

她酸楚至极，却无法压抑住心中的不解。

“可不可以……”

他抬眼看她。

她噙着眼泪问他：“你可不可以告诉我，那年七夕到底发生了什么。你可不可以告诉我你为什么没有来。”

“因为我觉得你根本不值得我喜欢，我怎么会喜欢你？”

“可是，我等了你八个小时……”

“那跟我有什么关系？”

“是你约我的！”

“我临时毁约不行啊？”

“那刚刚你为什么要吻我？”

他紧紧地咬了咬牙齿，狠狠讽刺：“你……不是犯贱吗？犯贱的女人，一个男人哪里能满足得了？你迟早会有第二个男人、第三个男人、第四个男人，多我一个又有什么关系？”他扯起唇角来轻蔑一笑：“你放心，我不会白玩的，我会付钱的……”

她挥起手来，狠狠地给了他一耳光。

他只感到脸麻了一下，耳边有了少许的嗡鸣，他下意识地用手背拭了一下嘴角，再冷笑着转过脸来，继续羞辱她。

“你这种货色我肯看上你，你该偷笑了，你装什么纯情？你穿三点式的时候早跟我睡过了，还装什么圣女！”

她想笑，真的很想笑，可眼底却在源源不断地淌着眼泪。她握着自己受伤的手，泪眼莹澈地看着他。

“我最想做的事情，是成为你的妻子；我最想要的爱情，是只爱你一个人；我最平凡的愿望，是此生此世，只有你一个男人……现在……”

她微笑着淌泪，她不想自己强忍着讽刺的尊严在这一刻崩溃瓦解。

她在微笑。

她在很努力地微笑。

“我依然只喜欢陈青远，但是……你是谁？”

她淌着眼泪，终于大喊着：“你只是一个长得与他很像的人，你比不上他的一半好，你连他的脚指头都比不上。他不会伤害我，他从来都不会！你根本不是陈青远，你只是一个冒名顶替的骗子。你是谁？我根本不认识你！”

她转身跑了出去。白色的 T 恤，碎花的小裙子……

他怔怔地目送着她离去，想追，握着拳头硬生生地忍住。身体失去支撑似的坐在了起身的位置上，他痛苦地捶了一下桌子。那漂亮的浮蜡强烈地晃动一下身子，火焰差一点被水熄灭。

胡蒂进来的时候，奇怪极了。“洛离呢？”她问。

陈青远苦苦一笑：“她手烫到了，先走了。”

“走了？”关鹏从后面冒出来，不可思议地惊叫，“我好不容易约出来的，说走就走了？有没有搞错啊！”

晚上，洛离寝室的电话铃响，是关鹏打来找洛离的。

“听青远说你的手被烫着了，所以先走了。你的手怎么烫着了？严重不严重？”

洛离摇了摇脑袋：“没有关系，只是小伤而已。”

他什么都没有说，就挂了电话。

晚上九点，寝室的门被人敲响，开门只见一个长发飘飘的女生站在门外。

开门的女生怔了：“你找谁？”

“我……”

“她”一开口，就引起了胡蒂的注意，胡蒂抬眼一望，便睁大了眼睛，不由自主地站了起来。

“太扯了吧关鹏，你是怎样在门卫大妈的火眼金睛下混进来的？”

关鹏一进来，就掩了门。

还好现在是秋天，大家的床边都有长长的布帘，若是夏天只挂着薄薄的纱帐，里面穿着三点式的女生，都要尖叫了！

关鹏一把扯下的头发上的假发，问胡蒂：“洛离呢？”

胡蒂笑道：“在洗衣房呢！”

“手都伤了，还去洗衣服？真是太乱来了！”

“人家是平民百姓家长大的孩子，哪有你们这富甲一方的富家子弟金贵啊！”

关鹏也不作声，只是问了一句：“洗衣房在哪里？”

“左转，路的尽头，右转就是！”

“哦！”他应着，就去戴手里的假发，谁知心急之下，就戴反了，长发遮面，好似现实版的午夜凶伶。还没来得及纠正，正好同寝室的一女生推门而入。她见门掩着，就推了一下，门被关鹏挡住了，推不开，于是，她用力推了一把。

刚一推开，惊然发现“无脸女鬼”。她惊大了眼睛，上气接不上下气，惊恐万分下，一声惊叫，划破这宁静的天空：“鬼啊——”

洛离正在洗衣房里洗衣服，她承认她没有节约用水，也没有故意去想什么，只是看着水龙头的水哗啦啦流着，听着水声，不自觉就犯了怔。

有人将水管拧住的时候，她才陡然回过神。

“你……”

她惊呆了，睁大了眼睛。

“在干什么啊？”长发飘飘穿着女装的关鹏……还抹了艳妆。

他奇怪极了，别的女人看到他不是扑哧一声笑出来，就是滑稽得将脸扭曲。而她却是怔怔地，眼底的泪水直打转。

“为什么要穿成这样？”

“因为我很担心你，只有穿成这样才混得进来啊！”

“谁给你出的主意？”

“没有啊，我自己想的啊！”

她无语相对，泪使语凝。

“手怎么了？听说烫伤了。”

她起手，用手背拭拭眼角，强颜欢笑道：“没什么的，用 OK 绷贴上了。”

“发炎了怎么办？”他拿起了她的手，放在唇角为她吹了吹。她好像被毒刺刺中，猛然将手收了回来，冲着他大嚷：“发不发炎那是我的事情，跟你有什么关系？谁让你来的？谁让你穿成这样来的？我是你什么人，你是我什么人，我为什么要你来关心？”

她一甩手，倒出水盆里的水，端着盆子与他擦身而过。

他无敌的温柔战术第一次在一个女生面前失效。

“洛离。”他追上来拉住她的手，“我不知道我做错了什么让你发这么大的脾气，但是，我听到青远说你伤到了手，所以离开了，我很担心，才想了这个法子来看你。你不喜欢我穿成这样混进来，我以后翻墙进来，不穿成这样了，好吧？”

她后面都没有听到了，她只听到了“青远”。

她突然很想哭，甩了关鹏的手，向前走去。

有一些女生不远不近地围观了上来。

此情此景，关鹏觉得很没有面子，想想自己都男扮女装来找她了，她还不识好歹，于是，一把扯了头上的假发，掷在地上，冷哼一声：“把你当个人，你还给我装起了神仙。女人都他妈的死绝了？我他妈的在你面前犯贱？！”

说罢，还在地上的假发上踩了一脚。

秋天过后，便是冬天，冬天过后，就是考试，考完试后，就是寒假。

关鹏再也没有来找过洛离，而陈青远……洛离也再也没有见过。只是胡蒂在寝室里变本加厉地炫耀她和陈青远的爱情，有时候好像是有意说给她听的。后来，陈青远也没再去他们班听课，反倒是胡蒂常去青远他们的班上。最后……好似断了线的风筝，彼此都不再有任何联系了。

chapter04 守　岁

你不喜欢我，你就不要对我好啊。你明明知道我舍不得怨你，舍不得忘记你……舍不得去恨你。可是我真的很恨你啊，陈青远！

这年寒假，寝室里的人都走光了。洛离一个待在寝室里。因为回去一趟，来回的火车票太贵了，而且，她找了一份兼职，在超市里做食品促销。因为在过年期间，厂家付的工资都比平日里高一些，如果卖得好的话，还有些提成，那么下学期的生活费，就有了少许着落。

想想可以节约，又可以挣些钱，这个寒假，洛离就不回去了。

每天都在人来人往的卖场上货，拆箱子，绑赠品，再收取兑换的小票，看上去轻松，做了后才晓得，一直不能坐、不能靠还忙个不停，脚都硬得不像自己的。挤公车的时候，还遇到一个老婆婆。她实在累得站不起来了，而老婆婆站在她的面前，她看着老婆婆撑在前座那树皮似的手，真的连让座的力气都没有。老婆婆咳嗽几声，好像专门咳给她听的。

尊老是美德，但是有时候真的很奇怪，他们一把年纪了，挤车的时候那么大力气，偏偏上车后马上年老体弱起来，还专挑上下班的时候出门，人家不让，他们还有意见。有时候让给他们，他们连声谢谢都没有。还有更可气和可笑的，那些接孙子孙女放学的老头儿老太太们，反倒把位置让给自己的宝贝孙子孙女，他们自己站着，让有座的人让也不是，不让也不是。

让座成了一道难题。

洛离咬了咬唇，想要站起来，可是身体好像散了架似的，丝毫没有力气。而且……今天是她的生理期第二天！她不大舒服，人来人往的车上，她怕自己站不住。而且她坐的也不是老弱病残专座。

她第一次低了脑袋，想装作没看见，想让车上另一些好心人让座给这位老婆婆，可是，老婆婆身边的一个小伙子突然开腔了。

“唉，我说你懂不懂尊老爱幼啊？人家老人家在你边上咳了半天，你也不让座啊？”

洛离一怔。

“说你呢！你可别跟我装聋！”

“我……”

委屈的情绪一时间占满了胸腔，想站起来，可是腿疼，肚子也不大舒服，于是，只得仰着头对那小伙子说：“对不起，我不大舒服，我……我让一半，让老婆婆跟我挤着坐一会儿吧！”

她向里让了让，让出一大半的位置。可老婆婆看上去很胖，显然是挤不下去的。

“算了，我只是提示一下你，你脸色看上去是不大好，我大意了。车上有没有人给老婆婆让让座？”

大年三十。

这天，买东西的人更多了，忙到近乎尾声的时候，有人凑近身来，拿起了她柜台上的商品。

“您好，今天我们 ×× 红酒买一送一！”她正在绑着赠品，见到有人靠近，习惯性地微笑着说道。一抬头，她惊呆了！

“你……”

陈青远就站在她的面前，不轻不淡地“嗯”了一声。

“你怎么在这里？”

“随便逛逛。”

其实根本不是随便来逛逛，在他送胡蒂上了回家的火车时，随口问一道送行的女生说：“你们寝室里的人都走光了吧？”

那女生说：“不啊，还有洛离，她不回去，在明沙广场打工！”

他问她：“她不回去啊？”

那女生说：“她说家里负担挺重的，想留在这里打工，也可以在假期学点经验。她在电话里对她妈妈说她不回去了，说她面试的公司是外企的，虽然只是一个小小的导购员，可也算一个锻炼的机会。说电话的时候，她样子还蛮轻松的，可是说完后，整个人就在那里悲伤了。我们问她你家里是不是有什么苦处啊，她说没有！唉，她啊，总是笑脸迎人，让人有信任感，和谁都亲近得来，成绩也不错，就是不喜欢跟人诉苦，她总能苦中作乐，大家都很佩服她、欣赏她的。”

说完后，那女生还重重地叹了一口气。

回来的路上，陈青远掏出荷包里的火车票，看了几眼，便把票给撕了。

所以他的随意逛逛，根本不是随意。而洛离只是惊讶，他不是和胡蒂一起去火车站的吗？虽然不是同一列车，可也是同一天的呀！他怎么会在这里啊？

“你怎么没有回去？”

他淡然答：“不想回去！”

“你什么时候下班？”他问她，眼睛却不看她，好像对着前面的空气讲话。

“你在问我？”

“废话！”

“今天大年夜，所以只有半天班。”

“几点下班？”

“现在就可以走了。”

“去哪里做交接手续？”

“不用不用，我只是导购员，把别在身上的导购牌取下，就表示下班了。”

“那行，你现在取了，陪我买些东西。”

她看了他一眼，他完全冷冷淡淡。她也不知道怎样拒绝他，就将身上的牌子取了下来。然后他拉了她的手，将推车把塞到了她的手里。他自顾自地向前走去。

另外一个导购小姐见到洛离，打了一声招呼：“下班了？”

“嗯。”

“提前恭祝你新年快乐！”

“嗯。也祝你新年快乐！”

“还有，你男朋友真帅！”

她脸红，支支吾吾：“不是，他……”她看着他的背影，只觉得那让她安心到极点，那气息令她何时所感都心速加快，不想否认了，不想再说“不是”，就当“是”吧，潜意识里，就希望他“是”。

从来没有忘记过陈青远，从来没有忘记过——

Supermarket 里，播音器里播放着让人欢喜的新年歌曲，喜气极了。

他在前面走，她推着推车在后面跟着，然后，他看中柜台上的什么，就一包一包或者一个一个往推车里丢。此时的她正停下来看着手边的一包糖，他随手抽了过来，一并丢在了推车里。

她不解地看向他时，他又自顾自地向前走去。

然后，他们走到什么柜他就买什么，拿的全是什么薯片、饼干、话梅、巧克力、果冻之类的东西。

这些都是女生喜欢的零嘴，他买这些干什么？

还有……他往生鲜区去干什么？

“青远，那里是生鲜区！”她忍不住说了一句。

“我知道。”他说：“大年夜，我一个人，我想请你做年夜饭。”

“我……”

“反正你是一个人，我也是一个人，两个人一起过，有什么不妥？”

“可是……”

“鸡婆！”

“你鸡公！”

沉重的气氛似乎就此打破了，他忍不住笑了一下：“鸡公就鸡公！鸡公会打鸣，你鸡婆会干吗？”

“鸡婆会下蛋！”

说话间，已来到生鲜区，销货的大婶戴着白色的口罩，大声地吆喝起来。

大年夜买这些东西的人很少，因为有的会到酒店里订年夜饭，有的早在年前就买好所需的东西，在年边买东西，总体来讲都比平日里贵一些。所以，现在反倒没有什么人了，即使有人，都在买初一初二要用的礼盒啊或者待客用的零嘴。

“我想吃鱼！”陈青远说。

“嗯……鱼啊！”

“我想吃武昌鱼！”他说。

嗯，那其实是她最喜欢的，武昌鱼肉鲜味美，特别是鳍那里，油油厚厚，肉肉乎乎。她以前总是很得意地说：“我喜欢吃的鱼，是我们毛爷爷最喜欢吃的哦，他有诗为证哦，‘才饮长江水，又食武昌鱼’。”

“你会做吧？”

“我会清蒸。”

“那我要那一条！”陈青远对着销货员说。

武昌鱼长得平平扁扁，比鲫鱼鲤鱼好认多了。销货员捉了鱼后，放到案板上利落地剥鳞、剖腹、取内脏，再装袋、称重、封口。

然后，又买了一些虾仁，一些蟹棒，再经过冷冻区，买了一些速冻饺子，又买了一些拼好的菜，又拎了一罐鸡汤……

晕！这么多……是不是想累死她啊？

对了，他从那边走过来时，拎着一条咸鱼的左手上还有一袋装好了的烤鸡，右手还有一只腊鸭。他怎么那么好笑，让她忍不住想起了《回娘家》！

“笑什么啊？”他将这些东西丢在推车上的时候，莫名其妙地问她。

她忍不住笑道：“笑你啊！”

“笑我什么？”

“笑你左手一只鸡，右手一只鸭，就差背上背着一个胖娃娃！”

“你给我生一个不就得了？”

话一出口，她突然缄默了。

她不敢再问他是不是青远，她很怕再次被他甩开。

枯藤老树昏鸦，

小桥流水人家，

古道西风瘦马。

夕阳西下，

断肠人在天涯。

据说，这首诗是思家。

大年夜，不想跟他闹不愉快，因为，真的想找个人陪。一个人……太孤单，一个人……孤单得可怕。

她不再说话，低着头，想去推那推车，却发现里面的东西太多，有些吃力，推了两下，轮子离开正常轨迹，偏了！

她正想校正，他的手伸过来，压住了她的手背，在一边帮着一起推。

她抬起头来，感情复杂地看了他一眼，他也有些怔地与她对视。片刻，他扯唇一笑："走吧！"

她也扯唇一笑，说"嗯"。

收银的队伍很长，排队的时候，洛离突然想起自己还有重要的东西刚刚用完了。她说，我去买点东西。

陈青远奇怪地看了她一眼："什么东西？"

她涨红了脸："女生用的……"

等她再回来的时候，已轮到收银员对他收银了，她来到陈青远边上。

"买了？"

"嗯。"

她将她买的东西拿到手上，想等他买的东西刷完价付完钱后，再自己付自己的。没有想到，他却在收银员刷价的时候，对她说："买的什么，你拿上来让人刷价啊！"

"不用了，我自己付。"

"神经！"

他居然骂她一句，再接下来一伸手，就把那包东西从她背在身后的手里抽了过来。一拿到手里，他的脸也红了一下。

一包卫生棉，晕！

买好的东西分五六个袋子装的，用推车推出来，推开门口要拦车的时候，他突然说，你等一下，我要去买一些东西。

她脱口就问："买什么？"

他转头看了她一眼："男生用的！"

她一怔，马上在想，什么东西是只有男人才能用的。看到她傻乎乎的样子，他伸手推了一把她的脑袋："八戒，你又想嫦娥了？"

晕！"谁是猪八戒啊？"

看到她气呼呼的样子，他严肃地转身，一背对着她，便忍不住笑了。

她以为他去买东西了，以为自己会在寒风里等他，没有想到，他先去拦了车子。

"你不是去买东西吗？"他返回来的时候，她不解地问他。

他"哦"了一声说："你不是特殊时期吗？不能着凉！先拦部计程车，去车里等，有暖气。"

车里等他的时候，车主很大方地跟她调侃："小姑娘，听口音，不是本地人吧？"

洛离点点头说："嗯，不是的。"

"亲戚在这里？"

"不是。在这里念大学。"

"哦，过年怎么没回去啊？"

"因为在这里找了兼职。"

"唉，一个人在外面挺不容易的！对了，刚那小伙子是你男朋友吧？"

"呃……"她咬了咬唇，"嗯！"

"对你可真好！刚刚拎这些食品袋，情愿多跑几个来回，也舍不得让你拎一个袋子，挺不错的小伙子，现在晓得心疼女朋友的小伙子不多了哦！"

他回来了！

拉着车门进来的时候，她看到他的手里拎着一个袋子，袋子里……

再晕！

目测下，那是女士内衣的盒子，再加女士保暖衣的盒子。

这算什么“男生用品”？

还有，他坐到后排她的旁边的时候，给司机报了一个地名，车启动的时候，将自己的羽绒服解开，从里面掏出一个小小巧巧暖暖乎乎的电子暖手器。

“刚买的，顺道充的电，怕冷了，我一直捂着。给，你放进衣服里，暖肚子！”

司机在前视镜里看着那个男孩子将暖手器递到女孩子的面前，那女孩子的眼圈瞬间就红了，手都有些哆嗦，在那里笨拙地解着大衣扣子。那男生好似叹了一口气，倾过身去，帮她解了下面的扣子，把暖手器放了进去，再帮她把衣服拉上。

只见他们两个对视一眼，那女孩子乖乖巧巧地窝进了男孩子的怀里，那男孩子好像怔了怔，僵直的手才缓缓地攀上她的肩。

洛离依在陈青远的怀里，那羽绒服暖暖的，偎进去的感觉，好像偎在软绵绵的棉花里。

她的脸靠近他心脏的位置，轻轻地说：“谢谢。”

只感到他攀住她肩的手用了用力，他的脑袋也斜了过来，两个人的头亲密而温情地靠在了一起。她只觉得，很安心，很安心，安心到了极点。

这是青远，这是她熟悉的青远。

青远回来了，找了好久，终于找到了！

“青远……”

“嗯？”

“我有些冷……”

他便将她的手捏住了。

她向他的怀里靠得更拢一点。

久违的拥抱，久违了……

计程车到了终点，陈青远在司机的帮助下，把后备箱里的东西都拿了出来，可爱的司机叔叔帮着把东西拿到那高层公寓的电梯入口。

洛离忙说“谢谢”。那司机大叔打趣道：“谢什么啊？你男朋友这么疼你，连我都被感动了，不帮一把，还真的说不过去了！”

“新年快乐啊，年轻人！”司机大叔在跟他们挥手道别的时候，给了一个很好的新年祝福。

“嗯，新年快乐！”

车走远了，陈青远在那电梯里，按着电梯里的按钮冲着洛离喊：“小离，快点进来！”

洛离便转身进去了。

“青远，我们这是去哪里啊？”

“当然是我住的地方。”

“你住的地方？”

电梯里，她问话的时候，他只是看了她一眼，就一直看着电梯里的数字显示器。

“我跟我家老头抱怨学校环境差，他就给我在这里买了一幢公寓。”

“哦。”

他爸爸生意越做越大，买幢房子根本就是小意思，这一点……她早就知道的。她“哦”了一声后，就不再说话。电梯在十五楼的时候停了下来。然后，他将那些袋子全拎到了手上，可是，到底是东西太多，他一次拎不了那么多，洛离弯身去拎散在地上的那几袋时，他叫她放下。他说：“这两袋轻一点，你拎这些！”

从电梯里出来，走到1506室时，他停了下来，也懒得放下手里的东西，对洛离说：“钥匙在我荷包里，你帮我掏出来。”

她放下手里的东西，就去他的荷包里掏钥匙。

她左手掏他右边的衣兜，没有。右手再去掏他左边的，有了。

她一高兴就抬起头来，说："在这里。"

说这话时，她仰首，他低首，他的鼻息就暧昧地拂在她的脸上。

他们不约而同地怔了怔，更不约而同地将脸转开，更加不约而同地心慌了起来。

他哼了一声，有些不自在，讷讷地说："快开门吧，有些冷。"

她哦了一声，有些不自在，说："嗯。"就两把钥匙，她拿着这两把钥匙打开防盗门，又打开了大门。

门打开的那一瞬间，眼前的地板豁然发亮，这屋子新得……好像根本没有人住过。

她进屋后，第一件事情居然是直奔厨房。

银光闪闪的厨具，还有那超大的电脑智能冰箱，还有烤箱。

她开心起来："可以烤蛋糕了！"

她孩子气的兴奋，让他也忍不住笑了起来，去了水柜，端进杯子来，倒了水，喝了几口后，笑道："你怎么就是改不了一进人家家门就往厨房里跑的坏习惯啊？老是忽视别的地方，我请来设计房子的专业设计师对你会有意见的。"

她笑得开心："因为我喜欢做饭，我喜欢做好吃的东西，我喜欢别人对我做的食物赞不绝口，我就是就是就是喜欢做饭！"

"那好！现在这里有一大堆材料，麻烦我们的顶级厨师帮我做一顿顶级的年夜饭吧！"

"嗯嗯，一定！"

洛离的刀功相当漂亮，一刀一刀下去，很有节奏感，切得片是片，块是块，下锅，炒菜，翻动着铲子……

看她做饭的样子，真是就像欣赏一件艺术品。

一盘盘美味佳肴端上来时，他就怔怔地看着。

“怎么样？色香味俱全，我很了不起吧？”

他拿着筷子，夹住了其中一盘菜，吃进了嘴里：“真脆！”

“为什么这么脆呢？”她期待他的夸奖。

“因为这就是一块大萝卜！”

她“噗”的一声笑了出来。

“喝红酒应该没关系吧？不用都喝下去，意思意思就可以了！”

她脸一红：“嗯。”

她看着他，看着关心她的他，眼底积满了眼泪，那种想要“知道”的表情他尽收眼底。

“洛离！”

“嗯？”

“今天，我们暂且把不快乐的回忆都忘记。我以前对你说过的那些话，还有伤害你的举动，今天，请你不要放在心里。我……有我的理由，所以，请你不要问。不管怎么……”他冲她笑着，“今天是我们一起度过的第一个……完完整整的年夜。”他举杯祝福：“新年快乐！”

“好，我不问！”眼圈红了，泪要漫出来了，她眨了眨眼睛，吸了一口气，勾了唇角冲他微笑。

她笑眯了眼睛，捧着酒杯，对他说：“新年快乐！”

他们轻抿了一口红酒，而后，他笑着看她：“真乖！”

晕！还把她当小孩子看？她会有意见的哦！

“我不是小孩子！”

“就是小孩子！”

“我不是……”

“就是就是！”

“不是！”

“就是！”

她咬唇忍笑。

“好啦，是就是，大年夜的，我不跟你争了！”

“真乖！”他又笑着重复一次。

“看看这是什么？”

他从荷包里掏出什么东西，手一扬，一个厚厚的红包立在了她的眼前。

“红包？”

“笨，是压岁钱！”

她捧住酒杯直笑：“我都快二十岁了，哪里还有收压岁钱的道理？再说，压岁钱是长辈送给小辈的吧？再怎样……也轮不到你送给我呀！”

“所以刚才才要说你乖啊！我不说你乖，哪有给你压岁钱的理由。”

她真的啼笑皆非哭笑不得：“青远大叔，你就这么想做我长辈啊？”

“是啊，洛离小朋友，长大一岁，就要有长大一岁的样子，祝你……好好学习，天天向上，身体健康，越来越漂亮，再祝你找一个帅气多金又懂得疼你的男朋友！”

最后一个祝福，让她的笑容凝固在了脸上。她看着他的脸，泪光又蒙上了她的眼睛，眉头微蹙了起来。

她笑了，她竟出人意料地笑了，笑得好可爱，笑得好美丽，笑得好像绽开的白玉兰，蒙着一层炫丽的光彩。

“嗯！我一定会找到一个很疼我很宠我，对我很好的男朋友！”她执杯，在他的杯壁上碰了一下，“比你还好！”

一仰脑袋，那杯酒一口气灌了下去。

这令陈青远惊愕。只见她又拿起酒瓶，倒满了自己酒杯，执起酒杯来对陈青远说：“我也祝你好好学习，天天向上，身体健康，和你心爱的人永远在一起，永远不分离！”她执了酒杯，在他拿在手里的酒杯上碰了一个响，再一仰脑袋，喝了下去。

然后，她又冲他微笑。

“我一定会在感情上把你忘得干干净净的！”

“好，在忘记我之前，我们好好地过完这个年夜！”他给了她回应。

然后……她笑着落泪了。

那年年夜!

他留她下来守岁。

他帮她准备好了睡衣，还有内衣。他递给她的时候说：“去洗个澡吧，除夕之夜，过个干净的年。”

那哗哗流水的声音，从那道门里传了进来。

谁也不知道他在想什么，谁也不晓得他为什么会有泪从脸上流淌下来。只知道他拿着那没有喝完的酒，一股脑儿地全灌了下去。心里闷得慌，还觉得不够，他又跑到酒柜，取出一瓶白酒，连杯子都不要了，就仰着脑袋喝了下去。

酒精在身体里燃起了一把火。

那似乎是一道催情咒，一点点催进了他的心里，他似有些控制不住自己，他有些管不住自己的腿，潜意识里知道这样不对，可还是这般不由自主。

厚重的呼吸，让他感到了胸脯剧烈的起伏，好像是地狱之兽在耳边喘息。他一步一步踱了过来，他走近了门，拉住了那道门的拉手。

水声这个时候停了，她似乎在穿衣服，她似乎不知道门外有人已等候已久。她只是在满室的氤氲水汽里，穿上内衣，又穿上了他宽大的睡衣，那睡衣是新的，没有他的味道。

拉开门的一刹那，她惊了一下。他就站在门的外面，他面对着她，直愣愣地看着她，在她惊讶甚至有些恐惧时，他一把拉住了她的胳膊，将她拽进了怀里。

出浴的她，脸有些红，似传说中摄人心魄的芙蓉面，热腾的蒸汽下，她的美越发不真切。

那一刻，面对他灼人的目光，她似被人点了哑穴，一句话都说不出来，事实上，他的眼神很可怕，好像两把火，下一秒就把她烧得只剩灰烬。

十八岁的吻，甜蜜青涩。

这时候的吻，极其缠绵，充满情欲。那吻里，还有少许烟草加酒精的味道。

他们拥吻着，他有意将她带到什么地方，她便闭了眼睛，什么都不想地跟着他的脚步渐行而旋转。

旋转而又缠绵，像跳上一曲唯美的华尔兹。

天旋地转中，只感到被他引到一扇门里，继而靠近一张软绵绵的床，继而，他攀住她的肩，让她坐在了床上向后躺去。他整个身体覆上来时，她感受到了他身体的重量。他们终于结束了那个吻，彼此间离得很近，近得可以感受到彼此的喘息。

他喘得凶，她也喘得厉害。

他们注视着彼此。

“洛离！”

他深情地唤了她的名字，深情得她以为那是错觉。

她平躺在床上，他的手抚着她的胳膊，延伸到她平放到身侧的手掌，插入指隙一扣，十指相握！

脑袋窝在了她的脖间。

她的身体，不是什么花香，也不是什么植物的味道，它不需要香水还有化妆品的熏染，是纯纯粹粹的女孩子的香气。

很纯，很香，好像大自然山林轻风的味道。

她生来，就具有令人安宁的气息。

“洛离，洛离……”

他喘息着，蝇蚊虫语似的唤着她的名字。

她莫名其妙地落下了眼泪。

床边的手机，在十二点钟准时响起，好似打破了她的童话。

她拭了拭眼泪，轻轻地推了一下他："去接电话吧！"

"我不想接！"

"接吧！"

他沉默，不再紧紧地抱住她，她拉拢了散开的睡衣，将自己裹了起来，下床，趿拉着拖鞋，向洗浴间走去。

出来的时候，他不在房间，在外面的阳台，阳台的门开着，他穿着单衣薄衫，于是她拿了他的大衣，缓步来到他的身后。

恰好听到他在给他的女朋友打电话，他好像被缠得没有办法了，好像很无奈地说："是是是，我爱你，我爱你！我只爱你！好了吧，宝贝？乖，新年快乐，嗯，你也一样，早点睡。好，晚安！"话已说完，还在电话里传过去一个 Kiss。

挂了电话的他一转身，就看到身后的她。

她拿着他的大衣，含着眼泪微笑："天很凉，别冻着。"

她展手，将衣披到了他的身上，转身的一刹那，他由背后紧紧缠住她的身体。

无言的刺痛由心底蔓延开来，她无言地抗拒，死命地拉着他的手。无论如何，都挣不开他的胳膊。

"这是……干什么呢？"

他像一个树袋熊，紧紧地攀住了她的身体。

"对不起，对不起……"他在她的耳边不停地说着对不起。

"对不起什么？对不起我？是对不起你女朋友才对，我们这对不要脸的狗男女，居然背着她出来私混。"

"不是的，我们不是狗男女，我们是真心相爱的！"

他的话未经大脑，就冲动地嚷嚷了出来。话一出口，他表情极度愕然，微张着嘴，好像后悔到了骨头里。

“真心相爱？”她睁大了蒙眬的眼睛，先是惊讶地重复了这四个字，又以极度讽刺的口吻重复了。

“真心……相爱？”多么反讽的语气，多么好笑与滑稽。

“我们是在真心相爱吗？”她微侧了脑袋，那寒风让她的汗毛竖直起来，她感到全身毛孔都在滑稽地爆炸，噼里啪啦，噼里啪啦……

她侧脸抬眸，余光瞟着他，他还在愕然与懊悔。她又轻讽地笑着问他：“这就是你爱我的方式吗？”

他的表情陷入极度的痛苦。

“你刚刚说的话……我可不可以理解成为……你很爱我，却违心地与别人在一起？我可不可以理解为，你有什么见不得人的把柄落在胡蒂手上，受到了威胁，所以不得已才和她在一起？”

他摇了脑袋，他居然痛苦哑然，无言反驳，只是无声地摇着脑袋，搂着她，就在她脖间摇着，她甚至听到她的发与他脸庞摩擦的微响。

“那到底是为什么啊？！”

她低泣着追问：“为什么？你告诉我这到底是为什么！”

哭声很压抑。

“我想不明白！”她气息堵塞，“我到底做错了什么？你要……这样对我？啊？”她想转过身去面对他的眼睛质问，却被他紧紧搂住，拒绝她转过来。

他是在怕她的眼睛吗？怕面对她的眼睛，会说出什么不该说的话，道出什么不该道的秘密吗？

他搂紧了她，脸贴近了她的发鬓，只是说着对不起，可就是不肯告诉她她最想知道的事情。

她哭，被酸楚抖动了身体，泪已滂沱，泪滴到胸前的衣扣，溅碎几瓣，细碎无声。

“我到底做错了什么，你要这样伤我？你告诉我啊，你告诉我……”

他贴紧了她抽噎的身体，好像只要搂紧了，她就不会抽噎。

夜很压抑，这高楼阳台上的寒风刺骨。穿了薄薄睡衣的她，上身披着大衣，而下身薄睡裤的裤管却在寒风中左右飘荡。

她伤心地颤，悲凉地抖。他则心碎地呢喃：“你别问了，我请你别问了！”

他的泪，竟由他的脸上滴落下来，她似被热烛灼了一下，惊得转过脸去看他。

“今天晚上……今天晚上就让我们这样抱着好不好？”

“那明天呢？”

“明天……明天……”

他似乎没有想过明天他们会怎样面对，也似乎根本没有打算给她明天。

她苦苦一笑：“明天，我们形同陌路，你不熟悉我，我也不熟悉你！对吧？”

“对不起，对不起……”他在拥住她的时候，好像只会说对不起。

“我不要对不起，我只想知道你为什么这样对我。你不喜欢我，你就不要对我好啊。你不能给我幸福，你就不要侵犯我啊！你明明知道我舍不得怨你，舍不得忘记你……舍不得去恨你。可是我真的很恨你啊，陈青远！”

冷风吹过，她的肚子疼了起来。蹙眉，手捂住了肚子。他察觉了，弯身将她拦腰抱起，向里面的床走去。

“你别碰我！”

“我睡客房！”

他将她小心翼翼地放到床上，出去前，替她把门关上了。

2002 年的年夜，发生了这样一些事情。

哦，不是，应该是 2003 年的大年初一，凌晨时刻，发生了这样一些事情。她睡在他的床上，抱着床边的抱枕无眠泪流，哭了一夜。

第二天，他起了床，就看到主房里的床上一片空荡。

她什么时候走的，他竟全然不知。他呆愣失重地坐在她睡过的床上，那床叠得整整齐齐，他却看着她睡过的被子发怔。

那床头，是红得刺眼的红包，那是他昨天要给她的压岁钱，而她没有带到身上。

他给她买的睡衣，在他下楼的时候，就看到收拾垃圾箱的环卫工从那垃圾箱里收拾了出来。

她竟……做得这么绝，竟撇得这么干脆。

洛离下班从外面回来的时候，关鹏就站在公寓前的水泥小操场里。她没有看到他，只顾拎着手里一大堆东西，那是打工时每天要带来带去的赠品。从关鹏身边经过时，她目不斜视，好像他是一根竖立已久的柱子。他叫了她一声。

“喂，我这个大活人站在你面前，你也太无视了吧！”

洛离惊了一下，抬起头来，就看到关鹏似笑非笑地看着她。她诧异到极点：“你怎么在这里？”

关鹏说：“我自然是走来的！”

“可是，现在还没有到开学的时间，你怎么来了？”

关鹏笑道：“我也不知道为什么，只听胡蒂说你过年没有回家，担心得很，就提早坐飞机来到学校了。”

“或许你不信，但是是真的，我真的蛮想你。老实说，我没觉得你有什么重要，我觉得就算追不到你，也没有什么！可是，大半年的时间过去了，偶然在校园里碰到你时，我还是会心动。这种感觉很奇怪……不信你用手试试，我心脏还在跳……”

关鹏拿了她的手，按在了他的胸前。

“是不是在跳？”

废话！

当然在跳，不跳你还能活吗你？洛离心中如此一想，却面显惊慌，洛离抽了一下手，目光躲闪间，猛然见到不远处的陈青远。

她的眸子刹那间睁大了起来。青远与她对视着，距离十多米左右。

她的心就莫名地刺疼起来，但她竟将目光收回来，对着关鹏笑了！

“我手里的东西有些重，帮我提一下好吗？”

关鹏一脸惊喜，这表示她肯和他走近一步了。

“当然当然！”

关鹏上前一步，拿了洛离手里的东西。

关鹏没有转身，没有看到身后的陈青远。

陈青远目光露出一丝痛苦，洛离看到了，却不再理会！

关鹏从洛离的寝室里出来，已是一个小时候后的事情，洛离刚刚将他送走，回到寝室门口，身后突然有人将她胳膊扯住。

“你为什么要他进你的寝室？你跟他单独在一起干什么？”陈青远暴怒，好像捉到妻子与人偷情的丈夫。

洛离轻轻一笑，笑得有些苦涩，却还是捋开了他的手。

“他说他喜欢我，让我做他的女朋友，我答应他了。”

“你知道他是什么人啊？”他睁大了眼睛，冲着她气急败坏地吼，“他根本不会对你好，他追你，只是因为他不甘心，他从来没有在追女人这事上失过手。他的女朋友根本不固定，他一个月至少和三个以上的女性朋友关系暧昧，你懂什么叫关系暧昧吗？啊？你懂吗？”

“我懂啊！我全懂！可是，这些跟你有什么关系？我又跟你有什么关系？”

“你不能因为赌气而作践自己，你不能因为我对不起你，你就把自己的幸福当儿戏。他是危险人物，他不会珍惜你，他只是想玩玩你，把你搞到手，他一定会抛弃你。你以后怎么嫁人啊？你怎么去找另一个人爱你？你真以为有完全不在意自己老婆是不是处女的男人吗？你敢和他在一起，就表示你的清白被他夺去，没有人会相信跟他在一起的人会洁白如玉，他就这名声，你懂不懂，你懂不懂？”

她含着眼泪，涨红了脸勃然大吼：“我昨天也跟你过了夜，你怎么就知道没有人看到，你怎么就晓得可以做到完全保密？你说为我着想，你说我得在意别人的看法？你说我得考虑自己的名声？既然这样，你昨天晚上，为什么要留我过夜？别说得比唱得还好听，最会伤害我的人不是他，是你。是你伤了我，却就是不告诉我为什么要这样对我！”

“我……”他瞠目结舌，手无力垂下，晃荡在身侧，目光闪烁。

“对不起……”他脸色一阵青白，痛苦地咬合着唇说，“对不起！”

她的眼泪狂涌。

“除了对不起，你就只有对不起吗？”

他如鲠在喉，艰难吐出一句：“对不起！”

她认命而苦涩一笑，笑得浑身泛苦，好像连胆汁都被此折磨得破逸而出。

她笑了！

她真的笑了，她笑着说：“没关系，只要别让我再见到你！”

气消了，她的声音也虚了，跟身体一样虚了，虚得头晕目眩，快稳不住脚步，终于明白了什么叫仿若在棉花里行走，旋了步子要转身，他却拉住了她的手。她正想奋力甩开，只感到他往手里塞了什么东西。

抬手看到一张方方正正的银行卡。

“昨晚上，我给你的压岁钱，全打进这张卡里，密码是你的生日，以后每个月，我都会往里面打钱。”

她捏着那张卡时，惊大了眼睛，与他对视，再由他的眼睛，看回了手里的那张卡。她捏卡的手在颤抖，而后，她竟凄绝地笑了。

“是不是又要跟我说，我天生淫贱，会有第二个、第三个、第四个男人？只要我私下陪你，你就会给我更多的钱？”他曾经的侮辱又在耳畔响起，他痛苦得挤皱了脸。

他捏着她拿卡的手紧了紧，低了头，好像咽下难言的酸涩，只是痛苦地说：“别再吃泡面了，别再刻薄自己！也别跟他单独出去。你一定要学会保护你自己。”

她伸了手，将拿卡的手伸到了他的面前，在他的眼皮底下，将那卡折断。

临别转身，洛离给他一个决然的背影，决绝地说：“就算和他上床，那也是我的事情！”

“他不会珍惜你的！”他在背后痛苦地喊。

“那也跟你没有任何关系！”

她笑着转身，回首相望，笑得极其冷漠，冷漠得像冰，好像所有的感情都收回冻住，深深地雪藏起来。那纯洁如初的爱情，那不染杂质的感情，好像琥珀里的昆虫标本，虽然栩栩如生，却早已失去了活的气息。

他熟悉的洛离，在他的面前，散发着无法靠近的寒气。

她真的够狠，说忘记，就可以把这份感情忘得干干净净。

她会装，在胡蒂面前，她和他们谈笑风生，私下面对他，脸上的笑却变戏法似的，立马消失，甚至连看他一眼都是多余。

以前的洛离……不见了！

现在的洛离……让他心有余悸。

她够狠！

看他的眼神，再也不带感情，把他视为陌生人，不留余地。

即使擦肩而过，也形同陌路。

她的心就是这么狠！

再爱也能割舍，绝不死缠烂打当八婆。

chapter05　破镜重圆

我告诉我自己，离开这里，离开你，可是我发现我走不动了，我连抬脚的力气都没有！我还能相信你吗？我还能相信你说的永远在一起，还能相信你说的会给我幸福吗？

三年后，洛离和陈青远大学毕业！

不得不说，关鹏可以和洛离交往三年，真的是个奇迹。

当然，别指望关鹏会对洛离从一而终，他在外面是有不少花边新闻的，洛离总是睁一只眼闭一只睁，假装没看到。关鹏只当洛离好骗，所以他每次说着谎言哄她，她总是配合着他的谎言表演。

金牛座的女子，对不爱的人，是没有什么独占欲的。这反倒给了关鹏一个和她长期交往下去的机会，这对他来说，简直就是一个奇迹。

而且，就算在路上碰到他和别的女生走在一起，狭路相逢无路可躲时，她也只是笑着说："这么巧啊！"

关鹏有一次不解地问她："你为什么这么相信我？我说什么你都信？"

她微微一笑："作为恋人，最起码的就是彼此相信，不是吗？老实讲，我不是没有怀疑，只是我觉得……若是你真的只是因为追不到我而赌气追上，那么，我跟你闹也没有什么意思，因为你最开始都不是真心的，我的吵闹对你来说，不就是烦心的催化剂吗？若是你真的喜欢上我……那我告诉你，我对你和别人在一起的事情很不开心，因为你和别人有亲密的举止就疑心你对不起我，对你大吵大闹、摔东西、耍小性子，你会不会就算对我是真心的，也会越来越累，想离我越来越远？既然我们在一起了，我自然不想做让你心力交瘁的事情，你愿意看到我就躲，看到我就烦，看到我就累吗？”

“老实说……”他动情而语，“我追你做我的女朋友，就是和你在一起的感觉很舒服。”

OK！

牛儿天生就是哲学家，很是温顺，有些暧昧，可以轻而易举令人心魂相恋，短短数语，可以说进人的心里。

管它是不是演的，也不问是不是真心的，总有些词句让人感动，总有些话语贴近人的心里。

关鹏拥了她，感动得向她保证，会尽量克制自己，不去做三心二意的事情。

世人都说，什么样的女人配什么样的男人。面对这样的女子，他只感到自己该做一个负责任的男人。

女人是水，柔情似水，是可以将一盘散沙聚合在一起的神水。

做人要知进退，处事要讲技巧，措辞要讲分寸，言语要讲婉转。而作为女人，能激起自己男人的责任心，让他感到自己可以为她遮风挡雨，可以为她化为栖身之地的，那才是女人中的极品。

不去管是不是装的，不去想是不是演的，每次关鹏搂住她时，中间好像总隔着一种无法言语的东西。

抱不紧，还是感觉抱不紧，不知道是感情不投入，还是心魂不由自主地游离，她的心底总有一抹抹不去的阴影。

在拿到毕业证的前夕，他们做了毕业前最后一次旅行。

那一次同行去宁山滑雪场过夜。

那是室内滑雪场，赶到那里的时候，天已然黑了，于是关鹏一行人，就在那不远的宾馆开了房间。

来的都是一对一对的，开房间的时候，自然是两个人一间。

那一晚发生了什么事情？不知道！

人家两情侣关在房间里干了什么，外人哪里知道！人家服务生才没工夫去打听、管那嫌事的，那纯属吃饱了撑的。

同行的人自然不会打听，明摆着的，来的都是一对对情侣，做毕业前最后一次旅行，干了什么，也轮不着你来好奇。

偏偏有一个人就忍不住问了！

“你说，洛离和关鹏现在是什么关系了？”

胡蒂巧笑着，双手反撑着床，交叠着腿，一足点地，一足尖套着轻而巧的透明拖鞋，妩媚地看着陈青远。

陈青远只是喝着罐装的啤酒，目不转睛地看着床前的电视机。看上去，他心无起伏，而手里的遥控器，却不停地换着台。

胡蒂有意刺激着陈青远：“你觉得……关鹏那种情种，可能让洛离清清白白吗？”

她依然激着他，试探着他的反应。

“现在……他们两个说不定正打得火热呢……”

“咚”地一响，他将手里的罐子重重地掷在了边上的小桌上。

“我激怒你了？我怎么感觉我激怒你了？我怎么感觉你这么在意洛离和关鹏在做什么？我怎么会有一种奇怪的感觉？我怎么会感觉……谁抢走了你的东西？”

陈青远阴着脸站起身来，他的脸上，蒙着一层可怕的阴影。

“你到底想说什么？”

胡蒂冷笑着：“怎么？踩你尾巴了？戳到你的痛处了？”

他一句话不说，狠狠摔门出去。

门关上的那一刹那，“砰”然一响的摔门声，让她变成了一个被人放了气的娃娃。她感到身体迅速地疲软了下去，她感到一种无名的焦烦，她冲到水龙头下面，用水浇着脸。

胡蒂看着眼前的镜子。

那镜子里的人儿，满脸的水滴。

“我这是怎么了？”她忍不住自言自语。

我是最讨厌这样的女人的，她暗想，他们发生了什么事情，跟我有什么关系？我为什么老是想要去激怒陈青远？还是我根本就不甘心，不甘心演得比他们还辛苦，痛苦又虚伪地装做什么都不知道的样子，又让他睹物思人一般地消磨了我四年的感情？

所有的人都羡慕我，难道这就是我明知他心里有别人，还不愿意放手的原因吗？

陈青远的细心与体贴，她竟上了瘾，如此多金帅气又不在外面乱来的男朋友，在外人眼里，情有独钟地跟她交往了四年多的男朋友……

她贪恋这份感觉，她强迫自己忘记那天看到的“激吻事件”，因为她舍不得放弃陈青远，她选择性失明。

而关鹏和洛离在一起后，他们的约会也不再有别人参与，胡蒂也不再大谈寝室的事情，更不让陈青远去她的教室听公开课，陈青远就是从那个时候，越来越喜怒无常。

一想到他在为另一个女人牵肠挂肚，她就忍不住想去激怒他。

她很想大笑！

谁都别想当圣母，圣母都不在现实生活里。

陈青远！

胡蒂咬牙切齿，恨洛离不死。

第二天一早，他们在宁山室内滑雪场，那里是零度以下的温度，与室外的相比，就像被施了魔法的白雪王国。

“咦，关鹏，你家洛离怎么没有来啊？”在装备区穿滑板的时候，同行的男生问他。

关鹏说：“哦，她不大舒服，我就让她在房里躺着了！”

“不舒服？”

那人坏兮兮地重复着这三个字，边说，还边眨了一下左边的眼睛，对着关鹏的肩膀拍了两下。

“兄弟，别索求无度啊，人家的体力可不如你啊！”

关鹏给了他一下子，笑道：“索求无度怎么了？证明我战斗力持久！”

“你真强！”

“你小强！”

“切，小强是蟑螂！”

洛离觉得身体很不舒服，疲软无力，大概是昨天坐他们的车子，坐了近六个小时才到这里的原因，想吐又吐不出来的感觉真难受，要命的是，他们还开快车。

她真的很不舒服，所以，躺了一夜。

门被人敲响。

“谁啊？”

洛离下床，踮脚问道。

“我……”

她一惊：“你来干什么？”

陈青远的语调焦急：“关鹏摔伤了，我扶他进来，你快把门打开！”

她一听，便急了。门打开的那一刹那，面对的是他阴沉的眼睛，带着阴邪的笑容。

她惊觉自己上当了，紧张地关门，门却被他的手掌抵住。

“怎么？”他的“么”字拉得很长，长得让人感到讥讽。他斜了眼打量她，一脸似笑非笑地说，“听到关鹏摔伤了，你就慌了？”

她嗅到他身上传来的酒气。

“你……喝酒了？”

“喝了，怎么了？”他一脸轻讽地笑，一抬手，将门撑开，以强硬的姿势挤了进来，再转身，在她的目瞪口呆下，把门狠狠地关上。

他转过身来的那一刹那，洛离惊得心漏跳了一拍，他那眼神，带着说不出来的邪恶。

“怎么了？你在怕我？”他斜起唇角邪气一笑，“是不是换了关鹏，你就不会这么怕了？”

“陈青远，你再不出去，我就叫人了！”

“叫啊！如果你不叫，我帮你叫！叫来关鹏，我会告诉他你身体私密处的胎记形状，我会告诉他我们曾经做过什么事情！”

“你卑鄙！”

“你那天不是很柔情，你那天不是很温顺吗？怎么？想翻脸不认人了？我可是一直记得那天晚上发生的事情，现在想来，还很是意犹未尽。这一次，我想做得彻底一点，怎么样？”

“别让我恨你！”

“与其让你无视我，我情愿你恨我！”

“我们说好彼此忘记的！”

“你觉得这可行度有多少？”

“你疯了？”

“是啊！”他笑得咬牙切齿。

“四年前我就疯了！我喜欢你，却不能喜欢，我想忘记你，却疯狂地记挂你。我明明恨着你，我却控制不住自己。”

“你为什么要恨我？”

他微怔过后，竟笑了：“想知道吗？想知道的话，过来啊，我贴着你的耳朵告诉你！”

“别过来……”

她在哆嗦，她在发抖，她穿着宾馆里的备用拖鞋，挪动着脚步，在厚厚的地板上退着。

一步，两步，他的气息弥漫了整个房间，渲染了一种紧张和惶恐。

“我叫你别过来！”

洛离退到床边，膝盖一软，竟瘫坐在了床上。

他立马凑近身来，双手撑在她的身体边缘，俯唇一吻。

她蒙了，然后触电似的推开陈青远，坐起身来，捂住自己的唇。

“你这个疯子！”

“疯了怎么样？我早就疯了！我早就被你折磨疯了。”

她的泪溢满了眼眶：“分明……是你在折磨我！”

他竟邪恶地笑了：“你愿意被我折磨吗？愿意在床上被我折磨吗？”

“你知道我说的不是这个意思！”

“那我就是这个意思呢？昨晚上跟他睡了一晚你很爽吧？被他抱你很舒服吧？！被折腾累了，所以现在才想休息吧？”

“你闭嘴，我不是你想象中的那样！”

他带着莫名阴冷的冷笑，边笑，边逼近身来。

“别装纯情了！那家伙的床上功夫可没我厉害，你要不要试一下？”

“别过来！我会叫的，别人冲进来的话，你我都会很难堪的！”

“你只管叫，都叫来最好，我喜欢刺激的！”他的样子令她感到无由的恐怖。她撸着被子曲身后移时，他已单膝着床，向她一点点逼近。

惊惶布满了她的眼底，她突然意识到要发生什么事情，他双手撑到了床，一点一点向她凑近身来时，她像突然被人扯了一把的连线木偶，刷地一下跳下床去。

他由后面一把扯住了她的头发。她疼得后仰时，他扯住她，一把将她甩在了床上。

他身体猛然压过来，倏然拉住她的手，将它们分别定在她的身侧。

她惊呼着："你……你要干什么？"

"都这样了，还能干什么？"

他的吻细碎而粗暴地落下来时，像一头猛兽扑向身下的猎物。

她死拼地挣扎，好像丝毫没有用处。她只有摇着脑袋左右躲闪，不住地哀求："放开我，你不可以这样对我！"

滑雪场上的胡蒂发现不对劲，她居然找不到陈青远了。

她踏着滑雪板在人群里穿梭，看到关鹏时，一把拉住他："你看到陈青远了吗？"

关鹏笑着打趣："怎么？才一会儿不见，就急着想他了？"

"他到底在哪儿？"

她突然放声一吼，把关鹏吓了一大跳。

"他……他说他不怎么舒服，先回宾馆了！"

"把房卡给我！"

"洛离在房间里，所以我没带出来！"

胡蒂取下了脚下的滑雪板，踩着白皑皑的雪，拽着关鹏向宾馆走去。

十分钟后，与胡蒂走到走廊里的关鹏拿着在登记台拿的备用卡，简直哭笑不得。

"我说……你为什么让我谎称房卡掉了拿备用卡啊？"

"把房卡给我！"

胡蒂的脸阴沉到了极点，将关鹏手里的房卡毫不客气地抽了过来，往洛离歇着的房间走去。

门被扭开的那一刹那，他正在与她激吻，而她正在挣扎，带着哭调叫嚷：“放开我！”

关鹏傻了，胡蒂带着愤恨的目光看着他们，又转过来看向了关鹏，那眼光里分明有“看，我说他们两个在一起胡搞”的意思。

洛离首先听到了开门的动静，她侧眼看向大门的时候，看到胡蒂转身冲了出去，而关鹏却红着眼睛冲了上来。

“陈青远，你在干什么？”他一把抓住陈青远的衣服，待他起身的时候，一拳头打了过去。

陈青远跌倒在墙角，捂住了脸，半天才晃晃悠悠地直起身来。

“干什么？”他竟带着讽刺的感觉，嗤之以鼻地笑道，“我在干什么你还看不出来吗？”

“她是我女朋友！”

“那又怎样？”他突然大吼，“我早就跟她睡过了，四年前我就跟她睡过了。我们抱在一起，我们搂在一起，我们的肌肤亲密无间地挨在一起，她早就是我的了！”

“你乱讲！”

“不信你问她，那个下雪天里，是不是跟我睡过了？你再问她，她的初吻是不是给了我？你再问她那年的除夕夜……”

“你闭嘴！”洛离激动地尖叫起来，“你给我闭嘴！”

“你看啊，这么激动的样子，你还猜不出来吗？我和她从小学一直同校到大学，你不会天真地以为她跟我什么都没有发生吧？你不会真的相信她和我是清白的吧？哈哈哈哈！”

陈青远笑了，笑得乱颤。

“我上了你女朋友，你来扁我啊！她可亲口对我说，我比你强多了，她说她和你上床时没有一点感觉，她说整个过程下来她冷淡得像死尸，只有我才能让她得到快感。哈哈哈！”

“够了！”关鹏再一拳挥过去，对准了陈青远的脸，将他打倒在地时，也将他的笑容打得戛然而止。他已料定陈青远在胡诌，他已料定他在乱扯，他和洛离什么都没有发生，他和洛离还是清清白白，怎么可能有什么上床之举？又哪来的对比之事？

这个男人，这般污蔑洛离，到底是为了什么？

越想越气，越想越难以抑住心中的火气！这算什么兄弟，居然想沾他的女朋友。

他几步上前，又给陈青远补了几拳。

陈青远毫无还手之意。

洛离奔上前来，拉住了关鹏："别打了，别打了！"

而关鹏似乎并没有将她的话听进耳朵，他只觉得陈青远太过分了，不给他一点教训，真的对不起自己和洛离。

关鹏再起一拳……

他只感到脑袋一疼，怔怔地转身，就见洛离举着电热瓶。

他只感到脑袋很疼，只是很迟缓地将手捂在被砸疼的地方。

他的眼睛自始至终都是惊得很大的。他真的惊愕了，他真的不可置信。

“洛离，你……”

她惊愕，呆若木鸡。

“我……我……”

她说不出一句话来，只是不由自主地支吾。

“为什么？这到底是为什么？”关鹏大吼着，上前去摇着她的肩问她。

“我从来没有对女孩子认真过，我从来没有给她们承诺，我逢场作戏，直到遇见你……可是你居然这样对我？你居然为了他砸我？洛离你要弄清楚，我是为了你才跟他打架的！”

陈青远晃晃悠悠地站起身来，她的目光很快被他的动静牵引过去。陈青远脚步不稳，又摔倒在地上时，她的眼睛更闪现着焦急与关切。

关鹏的心被刺痛了。

他在问她为什么，而她根本没有把他的问题放进心里。

她的眼里只有陈青远，她的眼睛只看到那个男人。就算他是猪，他也看出她眼里只有那个人。

关鹏笑了！撤回了攀在洛离肩上的手，他真的捂着脑袋哈哈大笑了，笑得都咳嗽起来。

他一直以为洛离是被强迫的，他以为刚才推门而入看到的一切是陈青远他无耻，没想到……

她一瓶子砸下来时，他真的想明白了，真的想通了，原来……他们两个根本就是一对无耻之徒。

“洛离、陈青远，你们两个狗男女，我恭贺你们断子绝孙不得好死！”

关鹏甩手而去！

留下了她和他。

洛离坐在地上，手里还捧着那个砸关鹏的瓶子。瓶子重重地落到了铺着软毯的地上……

“好了……都走了！你要的结局达到了！”

她冷冷地笑着，虚脱到极致：“现在我被人甩了，你如愿了！那么……请你告诉我，你为什么这么恨我？”

“我恨你！”陈青远极其酸楚地重复，“我是真的很恨你！”他突然红着眼睛，极痛苦地大喊起来：“我怎么知道我为什么要恨你啊，就算我知道，我为什么要告诉你啊！”

酒可以壮胆吗？至少，他真的借酒装疯了。那他为什么会装疯呢？

十八岁那年，他约她，企图进行第一次约会，他拿着大哥大在车后排给她打电话。他调调侃侃，嘻嘻哈哈，没有一个正经，气得洛离在电话那头直嚷："死青远，你怎么这么色啊你？"

一个急刹车过来，陈青远的脑袋撞到了前面的车座靠背。

"世侄，我好像看到……你爸了……"

若是光看到陈青远的爸爸，根本没有什么，爸爸是商人，总有应酬，可是，在宾馆门前看到他，就真的不是很正常了。

那司机跟陈家是表亲关系，叫了青远世侄后，说："跟着你爸进去的女人，好像……在哪里见过！"

"在哪里见过呢？"那司机还在冥思苦想，突然一下子想了起来，"我想起来了，不就是你同学洛离的妈妈吗！上次开家长会的时候，我送你爸爸去学校的时候，我见过她。"

陈青远这辈子都不会忘记这一幕。

他看到他爸爸和洛离的妈妈在房间里，他敲开门的时候，他们好像刚结束"爱情游戏"，在穿衣服。

他当场就傻了。

虽然，他并没有看到他们在做什么，但现场看来，这两个人会在床上玩"你拍一我拍一,一只小猫坐飞机"的拍手游戏吗？

陈青远呆怔地看着他们："你们……你们……"他指向他们的手哆嗦起来："你们为什么会在这里？你们为什么在一起？"

这两个被捉到现形的狗男女一声不响，只是一脸窘迫，见不得人似的低下了脑袋。

"你们两个怎么会是这种关系？你叫我怎样再去面对洛离？"

他的爸爸居然还很冷静："既然你看到了，我也没有什么好说的，我不反对你和洛离在一起，但我对洛离的妈妈，也是有感情的！"

"你叫我再怎么去见她？你是我爸爸，她是她妈妈，你有没有想过我妈妈？你有没有想过我妈妈为什么会变成植物人躺在医院里？你以为那只是一场简单的车祸，你以为我妈只是简单地被车撞到吗？你又以为我妈只是简单地……恰巧和你在一条街上吗？”

陈青远喊道：“因为我妈在出事前一天晚上跟我讲，你在外面有别的女人，我还说她多心了，没有想到，她跟踪你的时候，被车子撞到……我是不想毁掉我爸在我心目中的形象，才藏在心里什么都不说的。我不说是怕你愧疚，怕你有精神负担，我已经有了一个不能说话、不能行走，只能躺在床上睡觉的妈妈，我不想再失去我爸爸！可是……你们在干什么？啊？”

他一声大吼：“什么叫也是有感情的啊？难道你一直跟她不清不白，难道我妈就是因为跟踪你们才被车撞的？”

他们两个还是不说话！

默认了吗？默认了吗？

陈青远的眼泪无法克制地飙了出来：“你们这对奸夫淫妇！”

“枉我为你老公抛弃你而同情你，现在我知道了，这全是你这个贱女人的报应！全是你背着你老公跟这个狗男人乱来的报应。”

他好恨啊！

他好恨他爸爸的背叛，害得妈妈成了不能动弹、没有意识的植物人。

他好恨那个女人居然是洛离的妈妈。

大哥大又响了起来，是洛离给他打来的。

突然觉得恶心，他突然无法想象，如果真的有一天跟她在一起，他怎样面对她和她的妈妈……

恶心！

真的是令人作呕的恶心。

电话还在响，他举起电话，一把摔了它……

洛离不停地问他：“为什么？为什么？”

他想狂笑，他更想哭。

告诉你吗？告诉你我没有去赴约的原因吗？

告诉你……你唯一的精神支柱……你的妈妈和我爸爸做出了这等见不得人的事情吗？

让我当做什么事情都没有发生过的样子，和你在一起吗？

情何以堪！

无论怎样爱着你，我都无法克制心魔和你走在一起。

你曾对我说过，妈妈是你坚持活下去的理由。

而洛离你知道吗？

那年……我们初次约会的那天，我在他们面前摔了手里的电话，我冲着你妈大喊："别让我再见到你们在一起，别让洛离知道你们的事情，一辈子都埋在心里，烂掉了都不要告诉她！因为我觉得比吞苍蝇还恶心！因为她乐观活下去全是因为你！"

可是洛离……

洛离……

我想你！

我疯狂地想着你！

想到我无法克制自己。

陈青远笑了！

已然喝醉的他，茫然无知地躺在了花园的草地上。

天上的星星亮晶晶的，好像人一眨一闪的大眼睛。

陈青远笑得流泪了！

"我不想爱你！我更受不了别的男人得到你，我是变态！哈哈哈，我是心理扭曲的变态！那你来告诉我，我该怎么做！你来告诉我啊……"

疯言疯语的醉话后，他以手挡住脸，平躺在草地上，曲起一条腿来，令人心疼地哭泣。

那夜，那草地，那少年……不停地低泣着，一片乌云拢来，连星星都伤心得看不下去了……躲进乌云暗淡了身影。

“洛离，今生是我对不起你。来世我们再在一起，好不好？”

他晕头晕脑中，给她发了短讯。

洛离还在宾馆里整理着衣物。

关鹏走了，胡蒂哭着跑开了，那些同行而来的朋友对她的表情是不齿，还有猜疑。她觉得待在这里也没有了意思，便在房间里收拾着东西。

电话短讯响起来的时候，她只是看到一组没有名字的号码。

她根本不知道那是陈青远的电话号码，她没有存在自己的号码簿里，甚至在她是关鹏的女朋友的时候，她也从来没有想过去点开关鹏的通讯录，去记下陈青远的号码。

看到短讯时，她有了不好的感觉。

“你是青远吗？什么叫来世再在一起？你现在在哪里？”

收到短信的他睡在草地上，笑着落泪：“不是我又是谁呢？”他笑着自言自语：“除了我之外，还有哪个混蛋可以把你伤成这个样子？”短信没有发到她的手机上，他在收到她的短信后，直接关机了。

没有等到他的短信，洛离心神不定、六神无主，电话回拨过去，只听到那甜美的声音告诉她：“你好，您拨打的电话已关机，请稍后再拨。”

“青远……”

她失控地拨打着他的电话，可是，关机，关机……一直都是关机。

她漫无目标地在外面寻找，这人生地不熟的地方，她怎么也找不到他。

焦急万分的时候，青远的电话又打到了洛离的手机上。

说话的那个人，不是陈青远，在她“喂”的时候，那个人说：“你好，请问你认识这个手机的主人吗？”

洛离赶到陈青远的边上时，他正躺在街心公园的草地上，像具死尸一样睡在地上。这个区的物业人员发现躺在地上的他，也不知道他得了什么病，也不晓得发生了什么事情，只是看到他扔在一边的手机。他翻了一个身，那物业人员才从“惊尸”的不安中镇静下来，捡起他扔在一边的电话，看到他发给洛离的那条短信后，用他的电话追打过来。

洛离就这样赶到了陈青远的身边。

“青远……”她弯下身去搂住他的身体，“青远，你醒一醒！”

隔着薄薄的衣料，突然感到他的身体烫得慌。

“青远！”她惊恐起来，手盖上了他的额头，在这个非典的特殊时期，她惊恐地叫着，“他在发烧啊，求你们快去叫救护车啊！”

那年冬天，他救了她的命，她醒来的时候，只见自己偎在他的怀里。

这年夏天，他在非典时期发热，缓缓醒过来时，虚弱至极地发现她在床边为他的额头敷着毛巾。

刚醒来的那一刹那，焦距不准，她虚影般在眼前晃着，他伸手想去摸她的脸，手伸出一半，却力不从心地从半空掉落下来。

她见他醒了，眼底有了刹那间的惊喜，而后，那么温柔、那么体贴地冲他笑，声音好听极了，如黄莺鸣啼婉转：“你醒了么？”

他的眼泪刹那间就积满了眼底。

“洛离！”鼻子酸了，眼眶也红了，想说更多的话，却力不从心地做着吞咽的动作。

“我在！”她温柔地笑着说，“我在这里！”

她嫣然一笑，再将他额头的毛巾取了下来，如拂柳垂下，轻烟飘渺地笑着问：“好些了吗？”

他点了点头。

“我……这是在哪里？”他才发现自己在不熟悉的地方。

“医院！”

“医院？”

“嗯！”洛离说，“因为你在发烧，所以我们现在住在医院的隔离区。”

“我和你，在隔离区？”

“嗯！”

“这么说，我有可能得了非典？”

“还没有确诊，隔离一个星期才能知道。朋友们已经把东西帮我们送来了，所以，这个星期，我和你一起被隔离了。”

“我……连累了你！”

她不语，只是笑着转移了话题：“你饿了吗？”

他真的感觉自己饿了！怎么会不饿呢？中午什么都没有吃，空着肚子喝酒，又睡了一整夜，不饿是妖怪变的。

他咽了咽口水，不好意思地点了点头。

“先喝粥吧！”她转身，从搁物柜里取出泡在热水里的一碗罐装八宝粥。

“洛离……”

“嗯？”

她见他要起来，便急道：“你还有力气起来吗？”

“力气是没有……”

“那就躺着！”

“可是，我想去洗手间！”

“呃……”

她扶着他起来，去了洗手间的门口，他在洗手间里方便的时候，她就来到病床边，看那粥还热不热。

十五分钟后，他换了一身衣服出来，只是一开洗手间的门，整个人就晕晕地软到了地上。洛离闻声赶去，只见他捂着脑袋软坐在洗手间门边。

“青远！”

洛离赶上前去扶他，他只是虚弱地向她摆了摆手：“别动我，洛离，我头晕得厉害！让我坐在地上缓一缓！”

他的头发是湿的，有洗发水的味道，显然是刚洗过澡。

“你到底在干什么啊？这个时候还洗什么头洗什么澡啊？你不怕自己虚得晕过去啊？”

脑袋里的晕眩感仿佛好了一点，耳边的嗡鸣声也消散了，面对她的责问，他只是笑道：“我一身酒臭味，我……不想熏到你！”

“陈青远，你……有病吗？”她噙满了眼泪水问他。她守了他一夜，只要他能平安无事就好，哪里会想他身上的什么酒臭味！

“是啊，我有病，我没病住什么医院啊！”

“你……”

他向她搭了搭手：“扶我起来吧，洛离！”

她将他扶到了床上。

2003年非典令人胆战心惊，一有感冒发热的病人，医院会立马将病人进行隔离。与发热人接触的人，也会被视为疑似人员同样隔离进行观察。

真好，那病房里只有他和洛离两个人。

他躺在床上，她坐在他的身边，一勺一勺地给他喂着八宝粥。

吃着，吃着，他的眼底就湿润了。

那晚，吃过药的他睡在洁白的床上。她为他盖好被子，起身去一边的床上歇息时，手腕被他一下子拉住。

他吃过药，烧是退了，可是手心还是很烫，被他捏住手的一瞬间，只感到手腕上环了一圈热乎乎的肉团子。

“洛离！”他拉着她的手，一脸期待，“别走！”

洛离说：“我不走啊！”被隔离在医院里，想走也走不了啊。

他起身，向床那边让了让，拍了拍空出来的位置，示意她睡进来。

“我……想挨着你睡！”

她望着那空出来的地儿，再看看他的脸，看看他的期待，脸腾地红了起来。

“我只是想挨着你！”

“不，我……”

“我不会对你做过分的事情！”

“你那次也是这样对我说的，结果……”

“这一次我病了，我想做什么也没有力气！再说，这隔离病房应该有监控器吧？我可不想对着镜头表演现场版的 A 片！”

她一怔，随后哭笑不得：“怎么还是……这样皮啊你？”

“洛离……”她的笑，让他释怀不少。

他用期待的眼神看着她，她只感到心底一处软塌了，禁不住他像要糖果的孩子似的，拉着她的胳膊直摇晃，于是不由自主地坐进了他的被子里。

他开心极了，喜滋滋地凑近身来环住她的身体，好像一只树袋熊环住自己赖以生存的宝树。

2003 年，洛离记下了这么两件事情：非典，还有风靡大街小巷的流行歌曲《老鼠爱大米》。

隔离的时候，她依在他的怀里，一人一个耳塞，彼此的脑袋温馨地靠在一起。她觉得他们就像“Y”字形的耳塞，不管分多远，末端都是紧紧联系在一起的。嗅着彼此的气息，在他的臂弯里歇息，感受着彼此的心跳，听 VCD 机里播放的音乐：

我听见你的声音

有种特别的感觉

让我不断想

不敢再忘记你

我记得有一个人
永远留在我心中
哪怕只能够这样想你
如果真的有一天
爱情理想会实现
我会加倍努力好好对你
永远不改变……
不管路有多么远
一定会让它实现

他轻揽了她的身体，在她耳边轻声说："洛离……有你，真好！"

音乐的声音不大，听得清楚他在说话，她只是惊讶一秒，而后毫无心绪起伏般掀了掀眼皮子，伸手关了床头灯，说了一声："睡吧！"

一个星期很快就过去了，他们的隔离被解除了，他开着私家车将她送到学校门口。因为她要上楼去，清理自己的东西。

四年了！

她大学毕业了，这伤心的毕业之旅，真的很不愿意再想起。

"我们一起回家吧，不用坐火车了，就坐我的车，顺道做个旅行，一路游览回去，好吗？"在车停稳，她拉车门的那一刹那，他扯住了她的胳膊。

她挣了他的手，摇了摇脑袋："算了，长时间坐这种车，我晕得慌，我还是坐火车好了，票都买好了！"

"那我去买火车票，我们一起回去！"

"那你的车怎么办？"

"随便找谁帮我开回去，或者当二手车卖掉，这根本无关紧要！"

她看了他一眼，只是摇了摇脑袋：“我们还是分开比较好！”

“为什么……对我这样冷淡？这几天，在医院里，我们在一起的时候，你不是很好吗？现在为什么连笑容都不再给我一个？”

她扯唇，勉强一笑：“你救过我，所以这一次……算是还你的，以后……我们什么关系都不再有，我也不想再跟你有任何关系！我欠你的，都已经还清了，而你欠我的，我……不要了！”

“洛离！”他有口难言，欲言又止。

“不用解释了！”她看了他一眼，打断了他的话，“我以前很想要解释，不过，现在不想要了，可能你真的有什么难言之隐，可能和我在一起，你真的要克服什么心理障碍，但……既然这么痛苦，何苦自己为难自己。”

“再说……”她自我解嘲般垂眸一笑，“算了……什么都不想说了！”

她不想要他的解释了，也不想问为什么了，只感到心力交瘁，不想再跟他扯上半点关系。

火车轰隆之下，洛离回到了自己的家。

到站的时候，是第二天早上九点四十，N 城汽车站的站台上有人等车。

车来了！一人对着身后某个熟人就喊：“8 路，8 路，是 8 路！”好似一石惊起千层浪，激起另一些人跑动起来。

站台上的洛离笑得捂了捂肚子。这些人真可爱，又不是日本鬼子，你们怕什么“八路”啊？

552 路来的时候，洛离上车，拿出硬币投币时，身后拢来一位大爷，他撑着车子开启的气动门，仰着脑袋问司机：“师傅，你们到不到殡仪馆啊？”

开车的师傅一脸黑线。这车确实经过殡仪馆，正好是终点杨家湾那站。可是，这位大爷，一大清早，你问什么不好，非要问司机到不到殡仪馆……这还拖一车子活人呐。这答也不是，不答也不是，您存心找碴儿啊？

“师傅，到底到不到殡仪馆啊？”那老人家锲而不舍。

司机黑着脸，嚷了一句：“上来上来，我把你送去！”

“唉，你这人怎么说话的？”老人家听着不乐意了。

“我说我们那里有站，顺道把您老人家带过去！”这话说得不过分吧？比起“我们到殡仪馆”，让人以为这一车人都是赶去奔丧的……强吧？

老人家一脸气嘟嘟地边上车边喋喋不休地抱怨，全车人都忍俊不禁，连洛离也笑得合不拢嘴了。

到站了后，洛离下车了，车的气动门在身后“嗤”地关上后，便启动了。

她好像坐着人生之旅的列车，一个来回，便又回到了原点。

那是一条爬满了藤类植物的街，严格来讲，是那条街的院墙长年被藤枝爬满。那应该是爬山虎，那应该是紫藤，那应该是……

她竟笑了笑，审视满目疮痍的内心，笑得有些苦涩自嘲：什么时候有心情去辨认这些植物了呢？

一个踩着脚踏车的男生停在了前面不远的巷口，他骑在车上，单脚撑地，仰着脑袋向前面院子里的房子看去，一小会儿后，一位穿着同款校服的女生下来了。他们相视一笑，脉脉含情，好像连唇角都有蜜香的味道。而后，男生从车上下来，从女生手里取过脚踏车的钥匙，将不远的小车的锁打开，帮她把车子推了出来。

两个人就这么平行着，从洛离身边驶过。

那也是他常等她的地点，那当头的烈日炽热且模糊了她的视觉。她有一时间的错觉，错觉那是时光倒流，她又回到了曾经的十七岁。

奈何经过这里的时候，总是习惯性地望向他曾经站过的地方……

好像……他骑跨在单车上。

好像……他一手扶着车头一手向她招手。

好像……他将手拢在嘴边大喊：小离子，你是卖烧饼的啊？这么慢！要迟到了知不知道？

好像……他和她一起去早点馆，吃过辣的米线，抢过她的牛奶杯，含上面的吸管，气得她大嚷，你昨天喝我的奶，前天喝我的奶，你怎么天天喝我的奶？——语误之下，笑翻了一屋人。

那家米线店还在，店边仍有老婆婆在卖杯装牛奶。她来到以前一起吃饭的地方习惯性地看下以前坐过的位置，泪眼莹澈之间，依稀见着一个男生与女生的牛奶之争。

她坐下，向老板娘要了一碗米线。

老板娘竟一眼认出她来，看到她的第一眼，一惊后，笑着问她：“吃米线啊？多放醋是吧？还要加虾皮和香菜，没错吧？”

洛离不好意思地笑了：“您还记得啊？”

老板娘笑道：“我什么都不好，就是记忆好，你们念高中的那会儿，在我这里吃了三年米线，你啊，最喜欢在米线里加虾皮，我就是因为你老是问我‘老板娘有没有虾皮啊’，才备的虾皮，不然我备什么虾皮啊？呵呵，人家吃水饺才放那玩意儿的，呵呵……那会儿啊，你们都是一群一群地来，老和你在一起的那个男同学，我还记得呢……”

洛离的笑容勉强了起来，接过老板娘边说边烫好盛好的米线，端到了一边，在筷筒里抽了一次性的筷子，慢慢地品味了起来。

洛离端着那碗热乎乎的米线用筷子挑起来吃了一口时，发现……米线的味道还是那样好，就跟四年前一样……

不一样的是，身边再也不会出现一个叫陈青远的男生，再也不会出现那个管她叫“小离子”的陈青远。

她再用筷子挑起米线，大口地吃起来，吃着吃着，便笑着流泪。

明明强迫自己忘记你。

为什么走到哪里，都会想起你，路过哪里，都残存着关于你的回忆？

你知道什么叫怀旧么？

这缘于小学同学沙沙发给小学同学们的信，信里说：

大家好哦，我亲爱的小学同学们：

还记得我么？我是沙沙，你们小学的组织委员沙沙。

时间一晃，我们都大学毕业了。

念职校的女同学，居然在我们念大学的时候，就结婚了，在我们毕业的时候，都生孩子了，我们转眼间就成了叔啊姨辈儿的人了。

五岁的小侄女趁我收拾东西时，从一个小盒子里拿出一件东西问我："这是什么？"

我说："是随身听啊！"

"什么叫随身听啊？"她的眼睛紧紧地瞅着那个小"匣子"，边问边用手按上面的小按钮。

"就是放上磁带，就可以听的小盒子！"

"什么叫磁带啊？"她又转过脸来问我。

我只得从旧日的箱子里拿出一个叫"磁带"的东西，笑眯眯地对她说："你看，这就是磁带！"

方方的，像块小方糕，中间有两个孔，孔里有五个小齿状的长条，放进随身听后，转动的时候，就可以听了。

这可是我念初中时的宝贝，听歌听广播还有学英语的必备之良品。

这东西很耗电池，咱为了省电，每次倒带，都将磁带拿出来，在小孔里插上一支笔，笔杆拿在手里，旋转着"自动倒带"。

我自鸣得意地将这个重大发现，告诉了你们。

每次看到教室里的你们拿着一支笔插着那磁带乱转的时候，我多有成就感啊我！

那可是我的发现唉!

只知道光碟和MP3与MP4的小侄女，见到这过时的东西，像见到稀罕物似的，硬让我找电池装进很久不用的随身听，给她演示一番。

她新奇的样子，就像现代人发现了古墓群。

看着侄女翻我旧时的宝贝翻得起劲，我也忍不住翻了起来。

这宣传画……呃，是吴奇隆。多新鲜的回忆啊，他是咱追的第一个星。只要有卖他POP的地方，咱都会趴在地摊上选半天。貌似他那时是“小虎队”的成员，他叫霹雳虎，还有一个乖乖虎就是《还珠格格》里的五阿哥，还有一个小帅虎，是《还珠格格》里的尔泰。咱就迷吴奇隆，因为身边的女同学都说他帅，而且他的眼神特能迷乱人的心。咱被他的电眼迷得神魂俱颤。

所以，咱就记得小虎队里的吴奇隆，其他的自动忽略了。咱比小李飞刀还专情，比大宝还认准他的脸。他们的那首“把你的心我的心串一串”的手语动作，我到现在还会做呢!

很了不起吧?

翻出来的第二张海报，是谢霆锋。

想他刚出道的时候，那叫一个气势如虹，那叫一个铺天盖地。城市的马路边上的广告牌上，全是他的帅脸。

在车站等车的时候，就看到他放大的脸在咫尺之间，特帅气一男生，看得我心速加快，耳根子发烫，好像滴上一滴水，都会让水珠子给蒸发了。

他还代言了一家网站，叫FM365。

那时候，咱的网名就叫“爱你的一九九九”。

现在人家在闹绯闻，呼，多风头顶上的人物啊!

多值得纪念的花痴年月啊!

这心脏，如今想狠狠地跳他一下，都不大可能了。

就算现在看到红得发紫、帅得发霉的帅哥，都觉得不关咱的事了。

就算中五百万彩票，也蹦不起来，只会停跳一下，蹦抽过去。你们就在天堂记挂我吧，哇哈哈！

这是咱以前用过的 CALL 机。

最先看到 CALL 机的时候，是在我同学爸爸的裤腰带上。只听得滴滴滴地乱响，然后就见我同学的老爸从皮带边上将那个 CALL 机取了下来。

那时候的我还是一个什么都不懂的小屁孩，也没有学过 ABCD，当然也不是知道 C-A-L-L。所以听到 CALL 机，理所当然地听成了“科机”，正好我同学的爸爸当科长，我便对此是“科长用的专机”深信不疑。

再翻……

小霸王学生机。

咦，魂斗罗和俄罗斯方块的游戏碟，还有马戏团的碟子来着。

哈哈，超级玛丽！

我忙插了电源，想温故而知新，却发现，那些碟子插进去后，不是杂点就是扭曲的画面，然后就成了彩条的乱码。

我只叹着可惜，兴致索然地丢下学习机的手柄，又在箱子里翻了起来。

翻出了几本《尼罗河女儿》。这可是穿越的始祖，比《穿越时空的爱恋》还要早。

具体故事情节我想不起来了，但记得女主叫凯罗尔，穿越到了埃及，跟一个叫菲曼士的法老在一起了。记得最深的是，菲曼士的姐姐杀人，还剜人的心，还爱上亲弟弟，还要嫁给他。用《知音》体的标题概述这个故事，就是“穿越古埃及的少女啊，如何从乱伦倾向的姐姐手里夺回自己的爱人！”

虽然那个时候没有电脑，没有电话，没有手机，也没有什么宽带与网络，可是，那个时候的小孩子们在一起，真的好开心。一起玩，一起疯，一起闹，一起跳房子，一起跳橡皮筋……

现在还记得：天上鹰在飞，地上狗在追，老鹰捉小鸡，就是捉不到！

我们的年代有四大天王：刘德华、张学友、郭富城、黎明。

因为我暗恋过某人，所以我也背会了他喜欢的动画片里面的开场白：很久很久以前，在新德克萨斯星球上，有一位机智聪明勇敢的警长，他叫布瑞·斯塔。他具有鹰的眼睛，狼的耳朵，豹的速度，熊的力量，使他非凡超人，为了维护和平与安宁，他同邪恶进行着不懈的斗争。

那时候，我们的零用钱，都是一分两分五分还有一毛两毛五毛的……

有个十块钱，就觉得自己好有钱啊！

现在一眨眼就刷个百儿千块的，老觉得自己好穷好穷好穷哇！

最近，BBS上好多怀旧的帖子，我觉得我们真是幸福爆了，因为体会到了最简单、最干净的幸福。

还有人把我们初中的课本改成漫画呢！把那些个从初一到初三的课本人物，编写成三角恋情，哈哈，笑死人了。

你们还记得那教材吗？我现还在还记得第一篇课文：

Hello, how are you!

Fine, thank you, and you?

I'm Ok!

刚学英文那会儿，男生们色死了，都嚷着问“我爱你”怎么说，英文的读音都是用汉字拼，晕死了，“going”的注音居然是“勾引”。

死男生什么都记不住，就是记得“Let's go to bed”。

呵呵，这回忆一下子到中学去了。

但不能怪我啊，谁让我们上的是子弟学校，小学啊，初中啊，高中啊，几乎都是原班人马。

聚一聚吧，聚一聚吧，我想死你们了！

……

你知道什么叫职工大院吗？

就是那一片地儿，都住着一家工厂的孩子们，那里的左邻右舍都是一个工厂里的职工。所以，那些职工们的孩子们所上的学校，都是某某工厂子弟学校。顾名思义，这里的孩子们从小学到初中，到高中基本都在同一所学校！而小学和初中，是大门对着大门，只隔了一条窄窄的马路。

这里长大的孩子们，多是知根知底一起长大的青梅竹马。

陈青远来到那空地上时，先到的同学已在那空地上的篮球场上打篮球了。

哦，对了，这是他们小学的同学会，作为学生年代，最后一个同学会。

那橘色的篮球投框后的声音极其好听。

这让他想到青涩年华时，她极其迷恋的动画主角樱木花道。

好吧！

他承认，他迷上篮球，大部分的原因是因为她。

“青远！接球！”

旧时的同学看到了他，一球丢了过来，他腾空一跃，便将球接住。

拍球，带球防守，三分线前，双手托球，腾起，投篮，相当好的手感，球进了！

蓝天，绿草，那男子的脸上露出开怀的笑颜。

“陈青远，你小子还利落得像只毛猴子啊！”

呵呵，大家都跟着笑了起来。

陈青远笑道：“那当然，我樱木花道二号可不是盖的！”

时光又奇迹般回到从前。

呵呵，看他自恋的样子，还真像自大又自恋的樱木花道，呵呵！把人逗得笑得像二傻，笑得连嘴都合不上了。

“帅哥们，过来拿水喝啊！”

那摇臂挥手的家伙，就是这次同学会的组织者，他们小学时的组织委员，多年不见，她还是那样有组织力。

孙沙沙在场外笑着冲他们挥手：“帅哥们，过来拿水喝！”

孙沙沙边上是洛离，还有另外一个女生，她们手里都抱着几瓶矿泉水。

那群男生围了过去。他们嬉笑着，像青涩年华时开怀：“来了，美女们！”

那些男生们围住了这三个女生，这个拿一瓶水，那个拿一瓶水。

“洛离——”

一个男生惊嚷出来：“这不是洛离吗？打眼一看真没认出来，你越长越好看了呢，刚才我还以为你是哪位男同学带来的女朋友！我们好久不见了，你还记得我吗？我叫赵科！”

“赵科？呵呵！”洛离笑道，“怎么会不认识呢？小学的时候，害羞得像个女孩子，我还记得小学刚开学的那天……”

赵科忙起手：“拜托拜托，给我留点面子，现在还说那件事情，多没面子啊！”

大家呵呵地笑了起来，笑得捂住了肚子。

真的好好笑好不好。

小学开学的第一天，第二节课的时候，一个小男生站在教室门前哇哇大哭：“我找不到厕所，哇，我把尿尿到裤子里面了，哇，我要爸爸，我要妈妈——”

对于一个小男生站在门口大喊着要爸爸要妈妈，仰天大哭，用手直抹眼泪的样子，大家真是记忆犹新啊！

这赵科现在长得倒是人模人样了，但一想到他小时候的样子，大家都忍不住大笑起来。

那个时候，他留着像西瓜太郎一样的盖盖头，可爱得像女生，而且总喜欢跟女生待在一起，想想都笑到不行。

那个时候，大家的生活真是单纯啊！

没有电脑，没有手机，很少很少人的家里有电话，大家都喜欢收集贴纸，喜欢校园门口那些小贩摊子上花花绿绿的东西。大家总是聚在一起玩游戏，大家单纯得像真正干净的空气。

现在的小孩子看上去有多彩多姿的网络还有很有刺激性的电玩游戏，但他们永远享受不到我们简单的快乐。我们很纯，纯到初中都不晓得什么叫“恋爱”，现在呢，连小学生都懂得谈情说爱了。呵呵，那个时候的我们，为什么那么纯、那么纯，纯到豆蔻年少，倍伴我们的，是最纯、最干净的儿童童话。

我们将我们的世界想象得如此干净与美好，一切都是非常的单纯与美妙。

美妙得像这天上干净的云彩，轻轻薄薄，白白净净。

赵科从洛离手里接过了水。拿了水的人，都向那边的草地走去，人渐渐散去的时候，洛离一抬眼，就看到站在不远处的陈青远。

恍然间，大家又回到干净无染的过去。放下那些悲悲喜喜，屏了那些恩恩怨怨，她只是亲切友好地冲他展颜一笑，将手里最后一瓶水递了过去：“给！”

陈青远上前两步，接了过来！

那一刹那，瓶子折射的阳光的透明光晕，薄薄地映在了她的脸上。他只感到如释重负般轻松，将水拿到手里时，冲着她说了一声，“谢谢”。

恰逢此时，某位同学的手机响了起来，是萧亚轩的《最熟悉的陌生人》。

大家坐在草地上，等着小学的班主任，她老人家在电话里说一会儿就来。

真的是很奇妙的感觉。

大学过后，小学的同学聚会，等着曾经的老师，是一种无以描述的激动与开心。

只有面对这些人，才会感觉自己还是一个孩子，只有面对他们，才会回味自己最初的开心。

男生们说着第一眼看到女生们的感觉。

“那个时候，我们的服装真是简单啊！最抢眼的，就是你们女生头发上，都会扎一个大红绸子。”

“是啊是啊！”话题一提起来，赵科就接着说，“就像鸡冠花的后代。看着就拙，很拙啊很拙，无与伦比的拙，你们女生怎么这么拙啊？”

孙沙沙不高兴了。

“唉，我说赵科，说话很缺技巧啊，一竿子得罪了我们这里的一船女生哦！”

赵科笑道：“咱们什么交情，你怎么会跟我计较！”

孙沙沙一脸好笑道：“什么交情？”

“你啊，你穿开裆裤的时候，我就认识你了！”

孙沙沙羞红了脸：“赵科，你越来越贫了你！不给你几记老拳，还真对不起我的名字！”

“是啊，沙沙，‘杀手’的‘杀’！哈哈！”

“赵科！”孙沙沙哭笑不得，对着他大嚷一声，“你这只死蝌蚪，是变异了，还是从青蛙变成了蛤蟆啊？说话很欠扁哦！”

一边的男生扯住孙沙沙笑道：“孙沙沙啊，我们这一班老哥老姐们，谁不是从穿开裆裤的时候就认识的啊？住一个职工大院，楼上楼下都是同学。小学、初中、高中，几乎都在一所学校，就是大学才把我们分开的。我看啊，能大学同校的，还就是青远和洛离了！”

所有人的目光都转向了陈青远和洛离。陈青远和洛离竟不约而同相视一笑。她没别的意思，就是浅然一笑，而他会不会有别的意思？他的目光一直停留在洛离的身上，谁知道他会不会有别的意思。

大家却像注了兴奋剂。

“洛离，青远，算起来，你们可真是很有缘分的哦！”

“哈哈哈！”有人大笑起来，“岂止是缘分啊！小学同学，初中同校，高中又是同班，大学又同校，还有……你高中不跟他们同班你不知道，他们啊……他们有一次抄袭作文，居然抄得一样，陈青远还把作文书拿给老师看，告诉老师他就是照那篇抄的，气得我们高中老师的脸都歪了！”

“你们两个这么有缘分，为什么不凑成一对啊？”有人借机问了一句话。

陈青远那一刻只是抬眼看着洛离。而她呢？

洛离只是扯唇笑了一笑，缄默着回避了这个话题。

大家都晓得，陈青远曾有过女朋友，在电子通讯发达的今天，没有什么是绝对的秘密。这个话题，似乎不合时宜。

突然有人说：“我们这样围在一起坐成一圈，让我想到小时候常玩的游戏丢手绢啊！”

“对啊对啊！”马上有人应和，“小时候我们常玩，什么‘老狼老狼几点钟’，什么‘找呀找呀找朋友，找到一个好朋友’……”

“现在我们玩这个游戏吧！”

“什么啊？丢手绢啊？呵呵，你别搞笑了，现在连小朋友都不带手绢了，你还有手绢随身带着么？”

“没有手绢，可是我们有面巾纸啊！”

“不是吧！真的要玩丢手绢啊？”

“玩一下又有什么关系啊？”

“我们都老了唉！”

“老小孩，老小孩，就是越老才越像小孩子！”

“晕，还有这种解释？”

同学们七嘴八舌，洛离笑得眯起了眼睛。

孙沙沙突然发现了什么，她不着痕迹地耸了耸肩示意身边的赵科，赵科不解，回过头来时，只见孙沙沙冲着自己使眼色，他心领神会，顺着孙沙沙的目光看过去时，只看到陈青远一言不发地看着一直在笑着与同学交谈的洛离。

洛离似乎根本没有注意，更没有察觉。大家其实也在奇怪，为什么洛离和陈青远这对最被大家看好的一对，会这么陌生，见了面只是相互点头致意，根本没有很熟的感觉。大家也知道陈青远在念大学的时候，和别的女生交往，他们也好奇，却也没有八卦下去，但此时，陈青远的眼睛，一直离不开洛离。

孙沙沙从包包里抽出一张纸巾，笑道：“我们的游戏就此开始了哦，谁先来呢？”她两眼骨碌一转，就将纸巾递给了陈青远：“就从你开始吧！输了的可是要表演节目的哦！”

陈青远一惊，随后笑道：“又是我开头？”

“当然！”孙沙沙一脸理所当然道，“我们班上什么事情，不是你冲前面冒头泡啊？没你开始的活动，都没什么意思！”

“呵，行！”

陈青远接了那纸巾，一撑手，从草地上站了起来。在他站起来围着大家坐的圆转圈圈时，在孙沙沙的带领下，大家唱起了：“丢，丢，丢手绢，轻轻地丢在小朋友的后面，大家不要告诉他，快点快点抓住他，快点快点抓住他。丢，丢，丢……”

陈青远转到这一圈时，将“手绢”轻轻地丢在了孙沙沙的身后，赵科发现了，在陈青远转身之间，将那纸巾偷偷拈起，经过了两位同学之手，来了一个移花接木，将那纸巾放在了洛离的身后。洛离还在拍着巴掌唱啊唱，身边的同学突然碰了她一下：“手绢在你后面啊！”

洛离猛然回头，只见身后真有一张纸巾，她下意识地拿起纸巾，站起身来。

陈青远也惊了一下，万万没有料到有人会做手脚。

他没有跑，她也没有追。

大家的歌声停了下来，只是目视着这两个相立而视的人。

那一刹那间，他有了错觉，好像人海茫茫里，几番轮回后，他们再次相遇。

这惊然而遇的感觉，似乎等待了好久。

他决定不躲了，也决定不藏了，那些大人的恩怨也不理了。

他轻轻地笑了：“我……不跑了！”

他竟一步一步走到了洛离的面前。

“我真的不跑了！”

他拉住了她的手轻问：“你愿意给我回头的机会么？”

她震惊的眼里积满了晶莹剔透的眼泪。手相执，指相连。

大家都激动起来，开心地叫道：“陈青远，洛离，你们是我们私下最看好的一对。我们都想你们走到一起啊——”

她微笑！

笑得很美，笑得他以为她接受他的时候，她轻轻地将手抽了出来，一句话不说，只是微微一笑，向着远处走去。

“洛离……”

他在原地，脚似生了根，拔不起来了，心口注入了酸楚，连追的勇气都没有。

“陈青远，你去追啊！”大家急了。

陈青远痛苦地攥起了拳头：“追不上了！她不会接受我的，我伤她太深了！”

前面的她，突然摔倒在了地上。

他心口一紧，想也不想，快步追上去。

“洛离……”

他奔到她面前，弯身而扶，她抬脸相望，他惊然失色。

“怎么了？怎么哭了？”

她的眼泪哗啦啦地涌出眼眶，似决堤的洪水。一波波的酸楚涌上心口，痛苦得她将自己的脸都挤皱了。她坐在地上流泪，声音颤抖着说：

“我告诉我自己，离开这里，离开你，可是，每走一步路，好像耗费我所有的力气。我告诉自己别这么没有骨气，感情的主动权不在你，凭什么你说回头就回头，我凭什么说接受就接受！可是我走不动，我发现我每走一步，就像在泥潭里抬腿，我走不动了，我连抬脚的力气都没有！可是，我还能相信你吗？我还能相信你说的永远在一起，还能相信你说的会给我幸福吗？”

她抬眸而望，她泪眼蒙眬的脸映在了他惊然睁大的双瞳里。

“洛离……”

心绪复杂且极度酸楚，想离开他，离不掉，想摆脱他，却比抽氧还痛苦。想接受，更惶然恐之，怕受到更深的伤害。

可是，他还值得相信吗？

她楚楚可怜的脸映在了他的眸子里，他只感到酸楚注入体内，便半跪着身体，在这碧草连天里，将她紧紧拥住。

“不会了，不会再伤害你！我只喜欢你，从小到大，我只喜欢过你。喜欢的人，自始至终都只有你……”

那天，小学的老师正好赶到了这里，她老人家已是花甲之年，有些眼花。大家看到她后，都围在了她老人家面前亲热而激动地叫着老师。

老师的老花眼已看到不远处，只依稀看到一对模糊的人影，根据衣着，她分得清性别，就是看不清那衣物主人的样貌。依稀看得那男子和那女子相拥，而后，那男子兴奋地扬起手来，对他们挥手大喊："她同意给我一次机会了。兄弟姐妹们，等我们结婚那天，大家都去喝喜酒啊——"

大家欢喜雀跃，兴奋地叫嚷着："加油啊，陈青远，你和洛离可是我们班上第一对啊！祝你们早日修成正果，生一堆小娃娃！"

陈青远哈哈大笑："生多了不好养，就生一个好，是男是女都叫陈家洛！"

大家喷水，连头发花白的老师都乐了："那是陈青远吧？狗改不了吃屎的臭小子，还跟小时候一样皮！"

呵呵，老师苍老的声音温暖又慈祥，得到身边人的肯定答复后，她一脸开心地感慨道："好啊，好啊，我的这群孩子们啊，都长大了！呵呵，老师都已经升级当师奶了哦！真好啊，真好……"

老师明明笑着，眼睛却湿润起来。

那天，大家玩得超级开心，吃饭的时候围在一起，说了很多童年趣事。吃完饭，大家再去 KTV 唱歌，K 的全是经典的老歌。

像《摇太阳》，像《姐妹》，像《红尘滚滚》，像《让我们荡起双桨》……

唱着，闹着，笑着。洛离自始至终坐在青远的身边，手与手相亲相爱地牵着。

临别的时候，大家依依不舍，相互拥抱并在耳边轻语一声："保重！"

有女生潸然泪下，有男生红了眼睛。

保重啊！

大家！

请大家都保重啊！

看着大家远去的背影，和陈青远十指紧扣的她，觉得惆怅而伤感。

“我们终是长大了，终是要步入社会，学会承担了！”

她突然伤感得想哭。

“人要是永远都长不大多好啊！”她说，“这样的话，就不会有离别，就不会有伤心，也不会有难过，更不会有这种放不下的伤感。”

他牵着她的手，紧了紧：“人……都是要长大的！”

“我一点都不喜欢长大！”

她垂了眸子，眼睑处布上了一层抹不去的阴影。

“行！”他一口承诺道，“我以后就把你当孩子宠，等我们有了孩子，我让他管你叫姐。”

她吭哧一声笑出声来。

“青远你……”

她笑得说不出话来，只是别开了脸，再转回来时，望着他笑啊笑。

和青远在一起的感觉，就是你永远都不会闷，他永远都会说出其不意的话，逗你开心。

同学会散会了，他牵着她的手，经过一家宠物店。

“好可爱的小狗！”

“喜欢吗？”

透过透明橱窗，他们看到了只很可爱的狗，见她喜欢得不得了，他拉了她的手就要进去。

“不不不，我不买小狗，我只是觉得很可爱。”

“这么喜欢，我买下来送你啊。”

“我真的不想买，没骗你，也没有跟你客气。”

看她的表情，也不像在跟他客气啊！

“为什么明明喜欢，要买下来给你，你却不要呢？”

她的眼神伤感起来。

“因为我怕看到它们死去，我怕离别的痛苦，我太怕自己投入过感情的东西，离自己远去。”她转首看向了青远，“你已经是个先例！如果我少爱你一些，你爱上别人的话，我一定不会心碎！”

“洛离，我……”

“青远，你听我说！”她打断了他的话，只是苦笑着看着他，“我生性有些迟钝，让我对人说喜欢或者爱，是一件很困难的事情，因为我做不得假。但我若是爱了，就很难变心。即使在和别人交往的日子里，我仍心心念念地想着你，忘不了你，刻意冷漠，也无法忘记你。”

他的眼圈红了起来，哽咽着说：“我也是，天天想着你，想着你在干什么，想着你有没有好好照顾自己，我没有办法制止自己想你，即使我和别人在一起，我也没有办法忘记你！我和她在一起，就是想更接近你，我……我知道我很卑鄙，可是，我就是没有办法控制自己。你相信我，你要相信我说的全是真心话，没有半点假。”

他的表白绝对真心真意。

她是晓得的，也知道不必怀疑他，因为这种眼神是假装不来的。

“陈青远，你还欠我一个解释！”她说，“你还欠我一个移情别恋伤我至深的解释……”

他的面容立马痛苦起来，张了张嘴，似乎想说话，她拦住他说：“我不想知道了，那些都不重要了，重要的是，你要记住你欠我的，你不可以再辜负我！”

“我陈青远再也不会辜负洛离，否则，孤苦无依，孑然一身一辈子。”

“我不许你说这样的话！”她打断了他的话，“人的命，天注定，谁也不知道明天我们会不会安然无事地活在世上，若是我有了什么不测先你而去，我许你再找人生的另一半。我不想你孤独地过一辈子，我不想你孤苦无依，即使有一天这段感情生变，我仍许你离开。但你一定要告诉我，别像我爸那样欺骗。这就是我爱你的方式，你明白么？”

她说这些话时的语调极其好听，眼睛里闪现出惹人爱怜的光彩。

他应该感动，他本来就很感动。因为他所爱的女孩子，这般的宽容这般的仁厚，这般让人冰冷的心感到震动。

只是在这般感动的时刻，他竟给了她一个爆栗子。

“吃错药了？我们才几岁啊，成天把死啊活的挂在嘴上，想点乐观的东西好不好？没准我比你先死，你当寡妇给我再嫁呢。”

“你乱讲什么啊？就算你比我先死，我也一定不会再嫁给别人！我就是这么保守，我就要这么傻气地从一而终！”

“真是傻透了！”

“什么？”

“傻得讨人喜欢！”他鼻子一酸，这个让他爱了这么多年的女子，他竟那般伤过她。可是她还是这样好，好得让人放不下。

他从身后拥了她，笑眯眯地将脑袋栖在她的脖间。

“真的！”她突然极其感性地叹了一句，“我说的，都是真的！”

“洛离！”

“嗯！”

“我们下辈子也像这样在一起好不好？”

“嗯！”她声如蚊似蝇，依在他的怀里，只感到温暖和幸福，幸福到说话的声音都像陶醉与享受过后的呻吟。那声音萦绕在他的耳畔，击入他的心灵，蓦然升起一种难以言述的幸福，那幸福令人无拘无束、身心俱佳，那种感觉让他备受感动与快乐。

他又紧紧地拥了她一下，无比温情地在她耳畔呢喃：

“我真的……好喜欢你！”

温情的表白下，她转过头来，冲他温文尔雅一笑，笑得暖心，笑得迷人，笑得得到了他展颜一笑的回应。笑得那么舒心，那么两情相悦。

这些天，青远陪着洛离到处面试。其实陈青远也说过："你干吗要东跑西跑去面试啊？就去我爸公司上班不是很好吗？一点都不累，就像我一样，天天去坐一下，就跑出来了。再说，我们结婚后，你也不用上班啊，我养得活你啊！"

她笑道："我想去面试，想试试那种脱颖而出的感觉，想试试那种……被面试官在面试表上打勾勾的感觉。再怎样，那也是种经历吧。人活着，不就是体验生活吗？再说，我也没那么差劲吧，英语四级早过了，计算机证也早有了，还有我的学位证专业证什么的，该拿的证我都拿了。如果你亲爱的我实在没那本事，到时候，你可要收留哭哭啼啼的我哦！"

他说要给她看些东西，她到了他家，就看到他从房间里拿出一套建筑模型。那就是人家房地产开发商做的样品房的模型。

"什么啊？"洛离奇怪地问着青远，有些明知故问。但是，虽然她知道这是模型，但谁知道陈青远有没有在里面装什么机关，在她一触之后，会不会跳出什么可怕的东西吓她一大跳。

青远笑道："这别墅的模型，是我家老头子承接的工程，金城湾那片地，会被他盖成一片别墅区，说是一片其实只有几间别墅，每套别墅里配有网球场，有室内室外游泳室，这就是那些别墅的样品房模型，那里的环境好，我自然要给自己留一套当新房。"

"新房？"

"是啊，我们结婚的新房啊！"

"结婚啊？"

她那什么表情啊？不会从来没有想过吧？

"你可别说不嫁给我啊，我……我真的等不及了！好歹我是你未婚夫了，只是亲亲你抱抱你，事实上我很痛苦，我忍得快要爆炸了！"

“我好几次都准备好了，是你不继续下去的啊！”

“我也想啊！可是，我负了你一次，我不想再负你第二次，所以，我一定会忍到新婚之夜。忍啊忍啊，忍啊忍，我啊，我都要忍成忍者神龟了！”

她呵呵地笑了：“真拿你没办法！”

“对了对了！”他马上又说，“你说，我们的新房你喜欢离山近一点，还是离海近一点，还是喜欢在半山腰上？”他一脸认真地问她，她被他认真的表情给感染了，浪漫的情绪被他引导出来。她的目光越过他家的阳台，看着那不远处的高楼大厦，目光好像具有很温很暖又很有憧憬的穿透力。

“我啊，住在哪里都一样，但一定要有一间很漂亮的厨房！”她对青远说这些话时，青远一愣，他随后便笑了出来：“怎么是厨房啊？”

“因为我喜欢美食啊！我更喜欢自己做东西，所以，我要有一间很大的厨房，那里有自己酿出来的葡萄酒……”

“你会酿葡萄酒？”

“咦？上一次你不是喝过吗？喝的时候还赞不绝口呢……”

“那真是你酿的啊？”

“你喝的时候，我不是对你说过，这是我精心酿造的吗？”

他语结了：“我……我还以为你说逗趣的话呢！”

“我哪有那么无聊啊？再说葡萄酒的酿法也不难啊，把葡萄洗净，再用小刀在每粒葡萄上割一个小口，放进透明的瓶子里，放一层葡萄，再放一层糖，放一层葡萄再放一层糖。放满后，将瓶子盖上，再套上黑色的袋子，把瓶子放到避光的地方，三个月后，你可以看到很有趣的事情，葡萄都化成了水，而葡萄皮却都沉到了瓶子的最底端。”

她笑得开心：“怎样，小瞧我了吧？没有想到我酿出来的酒这么好喝吧？”

“确实好喝，难怪我哪里都买不到！”

她得意地挑着眉头，笑了。

“我还会做很多好吃的东西呢！”她的眼眸里都笑出了神采，“所以啊，我一定要一间很大的厨房，有很好的烤箱，闪亮的厨具，一个很大的冰箱，我要做最美好的食物，我要做得油光闪闪、黄光灿灿，让你看到就口水直流……”

他打趣道：“洛离老婆，女人老待在厨房，会被油烟熏老的。”

“可是我喜欢拿菜刀！”

他夸张地叫嚷出来：“天啊，我陈青远的老婆，居然对菜刀感兴趣，这么说……我每天下班回家，就看到一个拿着菜刀迎接我的老婆？如果我做错了事情，我老婆还要拿把菜刀吓唬我？天呐，我已经想到我那时的惨状了，我肯定满屋子跑，边跑边喊，老婆大人，刀下留人啊！”

他夸张地围着屋子满地跑，抱着脑袋，从床上跳到地上，再从地上跳到一边的小沙发上，学得惟妙惟肖，逗得她咯咯直笑。

陈青远的爸爸从外面回来，推门而入时，就看到儿子上蹿下蹦，他一怔。洛离与青远听到开门声也是一惊。

而后，他将公文包递给身边的保姆，边换着鞋边说：“哦，是洛离来了啊！”

洛离点了点头，说：“叔叔好！”

“正好，留下来吃晚饭吧！”他热情地说。

洛离不好意思地拒绝说：“不了，谢谢叔叔，我还是回去吃吧！”

“跟叔叔还讲什么客气？”

“不是，如果我不回去吃，我妈又会随便凑合一餐，我不在家吃饭的时候，她总是这样省，所以，我还是想回去！”

洛离离开前，陈青远也要跟着一起去，他似乎不想跟自己的爸爸待在一起。对于陈青远的坚持，洛离觉得很尴尬。

“别这样！”她拉了拉他的手说，“这样做，让我过门后很难做人！”

洛离走后，陈青远的爸爸对陈青远说：“你怎么还和她在一起？”

他冷笑着看着父亲：“我爱她，我为什么不能和她在一起！？”

“可是我和她妈妈……”

“那是你跟她妈妈的事情，跟我有什么关系？我会娶她，我会和她离你们远远的，你们的龌龊你们自己负责，为什么要用我们的幸福给你们埋单？你们这辈的错，跟我们后辈有什么关系？我为什么要因为你们的事情，迁怒于她？”

“但是……”

“没有但是，我爱她，我只爱她，除了她，我谁都不要！若我要娶的人不是她，我宁愿单身一辈子！”

父亲大怒：“你若是娶她，我就跟你断绝父子关系！”

陈青远冷笑：“你真会装啊！刚刚在她面前，怎么不把你的情绪表露出来？她走后，你才在我面前撒气。四年前撞到你们恶心的一幕，我就再也没有办法把你这种人当成我的爸爸。你让我恶心！”

父亲气得浑身哆嗦，扬起了手就是舍不得打他。这个儿子可是三代单传，就算这四年来，关系冷淡，也每个月照例打一大笔钱给他，怕他饿了，怕他冷了，有什么给什么，他要什么，尽量满足。他说大学的宿舍不好，就给他买了一幢房子，他说他在学驾照，又给他打钱，让他自己去买了车子。可是他不管怎样满足儿子，儿子都不给他好脸色看。

“你若是敢跟她结婚，你就别想继承我的家业，我的房子、我的车子，还有我的钱，你一毛都分不到！”

“行！”陈青冷笑道，“你带到棺材里去好了，我不稀罕！”

那一天，陈青远的父亲摔门而出。

而在晚上八点的时候，洛离的妈妈居然来了，这让陈青远很是惊讶。

还不容他开口，洛离妈妈劈头盖脸地冲他嚷：

“我是不会把洛离嫁给你的！”

“为什么？”

“我不允许！”

“为什么？”

“因为她是你妹妹！”

哈哈！

这世上，有没有比这更好笑的事情？喜欢的人，她的妈妈和自己的父亲有染。好不容易克制心魔想要娶她，却被告之，想娶的女人是跟自己有血缘的妹妹。

他想笑，他想狂笑：“太扯了，你就为了不把洛离嫁给我，就扯这样的谎？”

洛离妈痛苦地说：“我没有骗你！”

“我不信！”

“是真的！”

陈青远的父亲在门后现身，好像有力地证明着什么。

“我和你阿姨在二十多年前就认识了，那时候我们是知青，因为时代的特殊原因，所以，她和洛离的爸爸在一起了，有一天夜里，我们情难自禁，就做了不该做的事情，就有了洛离。”

他仍不相信：“洛离才比我小几个月，难道是在我妈怀着我的时候，你就跟她搞上了？”

他们两个没有说话，用沉默表示默认。

“你们这对奸夫淫妇，你们这对不要脸的狗男女……”陈青远忍无可忍，指着他们的鼻子破口大骂。

心突然绞痛起来，他的骂声戛然而止，他捂住自己的心口，他的表情好像心脏陡停时的恐愕。

“青远！”那男人奔上前来，这可是他的宝贝儿子啊！

“别碰我！”青远大喝，一手捂住心口，一手挥开了这个男人。

“凭什么……说她是我妹妹？凭什么说她和我有血缘关系？你们做过亲子鉴定了？你们做过 DNA 了？”他失魂似的重复，“我不信，我就是不信，我要带她去验 DNA，我不是她哥哥，我不是的！我是她老公，我会和她结婚，她会嫁给我，我们说好两年后结婚的，我们说好永远在一起的，我们……我们……”

他摇着脑袋，眼底噙满了令人心碎的眼泪。

“我要带她去医院，我要……”

他失魂般转身，更似迷了心智似的，向门外走去。

“青远，你不能告诉洛离，你若是告诉她，她会受不了的！”

“那我就受得了吗？”他大吼着，冲着拦住他的父亲发泄，“你这个虚伪的禽兽，背着我妈做出这种恶心的事情，为了自己的生意，连朋友都可以背弃，你还有什么是值得我相信的？我不带她去医院，我怎么知道你们是不是在骗我？我怎么知道你是不是为了让我去和你为我安排的对象相亲，在这里编着故事骗我？”

“如果没有事先检查过，我怎么料定她是我的骨血？”

陈青远的爸爸大吼：“就算你不相信我，你也应该相信洛离的妈妈吧？洛离若是嫁到我家，我们会亏待她吗？物质上会委屈她吗？她妈妈怎么也不会放着福饼不要，让女儿去吃苦吧？但是，洛离真是你同父异母的亲妹妹，这事……洛离亲生的父亲也有所察觉，不然，他怎会对洛离下死手？他怎么会去掐洛离的脖子差一点要她的命？若真是亲生的，谁下得了那样的手？”

是啊！

若真是亲生的，他怎么能下得了那样的手！

“怎么了？突然这么着急地想见我？”

夜已深的时候，她到了他在酒店里开的房间，很奇怪他为什么要她来这里。

在她进门后，他一句话都不说，只是紧紧地搂住了她，而后是亲吻，再而后，将她拦腰抱起。

他将她放置到床上时，她紧张地绷紧了神经。

“你怎么了？青远……”

他的眼圈很红，红到令人不解，好像哭过。他的表情也让人费解，好像迷了心智。

“我总觉得你会跑掉，我总觉得我若是现在不得到你，我会失去你！”

“怎么会呢！”

“会的！”他突然提高了音量，放声一吼，把她吓了一大跳。

“所以……”他覆在了她的身上，无比激动地说，“我现在就要你！”

他被下了催情药似的激动，她的衣物在他激烈的爱抚下，一件一件地散落到床下。他看着她横陈在眼前的玉体，不由得心神激荡。

“这是我的……”他每亲吻一处地方都说，“这也是我的！”

他说：“这些全是我的！”

她没有挣扎，她早就身心相许了，迟一步，早一步，都是他的。只是他激动得有些可怕。

他扒了她的衣服，她倒没怎样挣扎，反倒是他去脱自己身上的衣服时，她紧张地用手遮住了光裸的胸部，坐起身来。

他脱去了上衣，露出光裸结实的胸膛，再想去脱裤子时，她伸手拉住了他的胳膊。

她布满红晕的脸，让他痛苦起来。他痛苦得想要大哭出来。他无论如何都想象不到这个心爱的女子会和他有血缘关系，更恐怖的是，他深爱着她，不能告诉她，更加恐怖的是，他想背违伦理得到她，而此时此刻，却被她用手“按”醒。

明知道没有结局，还这样做，会毁掉她的，会的，会的，会的……

他痛苦地背对着她坐在了床边。

“还是不行，还是不能对你……”

他痛苦地用手捂住了自己的脸，这锈刀割肉的感觉，比被油煎还痛苦。

她裹着白色的被单，瑟瑟缩缩地看着他令人心碎的背影，只觉得很悲，却又不知道这悲从何而来。她只觉得他的背影让人心疼，让人忍不住想拥在怀里安慰，于是她真的立起身来，半跪着在床上拥住他的身体。

她柔软的身体将他环住。指上，是他为她戴上的订婚戒指。她总是看着那戒指看到失神，唇边满是抿也抿不住的幸福笑意。

“我……我没有拒绝的意思，我只是想你稍微温柔一点，因为我听说第一次会很痛，所以我只是……只是看你那么激动，我有些害怕。我真的没有拒绝的意思，我早就把自己当成是你的人了，我早就非你莫属了，我真的……没有拒绝的意思……”

她……第一次?

他以为她和关鹏在一起的时间里，早就不是了!

他正是以为她“不是”了，才强忍住没去碰她。他为此痛苦和懊恼，是因为一想到她会和别的男人发生关系，全是他一手造成的。

痛苦的感觉折磨他，所以破镜重圆后，更加地珍惜，想把他们的结合留在新婚之夜，想让她感到，他和她在一起，不完全是为了肉欲的发泄，而是为了真心实意地过一辈子。想让她觉得，为了不伤害她，他可以忍别的男人不能忍的事情。简单的亲吻和拥抱，真的令他很难耐。

竟没有想到……她还是处女。她居然还是一个完整的女子。在关鹏那种摧花高手手下还能守身如玉，她是怎样做到的?

原来她自始至终只和他如此亲密，原来她的身体，自始至终，只沾过他的气息。

他何曾不是……只对她才冲动？

他忍悲而笑，红了眼眶，噙了眼泪，双手拿住她环在胸前的手，微侧一下脑袋，与她靠在脖间的脑袋贴得更近。

陈青远微闭着眼睛，喉结上下滑动一下，似吞咽下什么苦涩。

“洛离，我爱你！”

他捏紧了她的手说：“我真的很爱你！”

她点了脑袋，耳鬓厮磨，轻应了一声：“我也只爱你。”

“所以，不管怎样，我都要跟你在一起，哪怕下地狱！”

“青远……”她心口酸涩，不明白他为何说出这样的话来。

“如果我们结婚，可不可以不要孩子？”

“为什么？”她不明白他为什么会说出这样的话来，也不知道他为什么不要孩子！她很喜欢小孩子的，两个人结婚后，没有孩子，有什么意思？有了婚姻，一个女人才能叫幸福，有了孩子，一个女人的一生才能称为完整。看着自己孩子的成长，也是一种快乐。为什么会不要？

他的眼圈红了。

他绝对不会告诉她这整件事情的真相。

但是……就算是兄妹怎样？

他只想要洛离，只想和她在一起，既然这是一个见不得光的真相，那就让它烂在肚子里。近亲不允许结婚，完全是因为世俗所谓的伦理，法律不允许血亲的存在，完全是为了健康无损的下一代。

那么不要孩子，不要那有可能存在的残缺的下一代，这一辈子，就两个人一起过。只要两个人在一起，就算死后下地狱，他也认了。只要这一辈子不再惹她伤心。

叛逆的血液在体内沸腾。

一无所知的她不懂他为什么这么说。

“为什么不要孩子？你不喜欢孩子么？”

他苦苦一笑：“喜欢……可是，我不能生……”

那一刹那，突然有道灵光闪现在脑海里，他突然有了一个绝妙的主意。

“是的！”陈青远说，“我到医院去检查过，医生说我没有生育能力，所以，我不能给你孩子，所以，我怕拖累你，所以我……”

泪逼进了她的眼底。

“所以，你才和别人在一起，所以，以‘变心’来骗我忘记你？”

她竟把这个理由与他曾经的移情别恋联想到了一起。

她的泪令他一惊，只感到她抱紧了自己的身体，在耳边低泣：“我就知道你一定有你的原因，我就知道你不会这么快爱上别人，我就知道你有苦衷，我就是知道你不会无缘无故地使我伤心。青远……是最心疼我的人，从小到大都守护在我的身边，他怎么舍得我难过呢？怎么会呢？”

她泪雨滂沱，在他耳边说：“我不喜欢孩子，我一点都不喜欢小孩子，我最讨厌小孩子了，又吵又闹又不听话，长大后还要让我操心，我还会因为生他而身体变形。我还怕你对我变形的身体失去兴趣，我的青远这么帅，我会担心他因为我丑了而变心。不要好，我也不喜欢小孩子，我们不要了，我们都不要了。”

随后而来的，是他转身后的一个很紧的拥抱，紧到她快要窒息却备感甜蜜。

亲爱的，和你在一起我只有身心俱迷的沉醉。

也只有你的拥抱，令我如饮醇酒，云端漫步，飘然欲仙，晕眩欲眠。

亲爱的！

我所有的痴情，只是为了你。

那一夜，什么事情也没有发生，他只是为她穿上了衣服，让她回去好好睡一觉。

“我会娶你的！”

他似乎说给她听，更是在强调给自己听。

“我们一定会幸福地在一起的！”

洛离与他在家的门口分别。

“明天，明天你把户口本拿出来，我们去登记结婚！记住，千万别告诉你妈妈，我们先偷偷登了记，吓他们一跳！”

她呵呵一笑：“你怎么还是这么皮啊？”

他倒更皮道：“还不是因为我忍得太久了，想那个什么的，又怕无证‘驾驶’闯红灯，你不会希望挺着一个大肚子跟我进礼堂吧！”

她的笑凝固在了脸上，突然想起刚刚说起的“无法生育”。

“对不起！”他的笑也凝固起来，甚至变得沉重，扶了她的肩，一脸歉意道，“不能给你一个孩子！”

她摇了摇脑袋，倒在他的怀里，贴着他的胸膛，听着他有力的心跳，低声说着：“只要有你就好，其他的，都不重要！”

第二天，他们拿着户口本约着在路口见面。

路口的他只看到她抱着胳膊走了过来。

“怎么了？”他一脸关心地问她。

她冲他说：“真倒霉，刚刚出来的时候，被电动车给撞倒了，摔到地上，胳膊摔破了，疼死我了！”

“你被撞到哪里了？”他焦急到了极点。

“没有哪啦，就是刚出门的时候，一辆电动车在转弯的时候刹车失灵，我也只是伤到了胳膊，擦伤而已，不碍事的！”

正说着，头顶的上方，突然砸下什么东西，她下意识地推了他一把。只见一个硕大的花盆从天而降，碎片砸在了她的脚背上，伤到了动脉血管，那乌红色的血，像喷泉似的喷了出来。

“最近真的很奇怪，运气怎么这么不好！”

她躺在病床上，指着自己被包得严严实实的脚笑着对他说：“像不像一个巨无霸的大粽子？”

“你还笑得出来？”

抱着她进医院，看医生给她消毒缝针的时候，他痛得好似内脏都挤压在了一起。

她一脸开心道：“我为什么不开心呀？如果不推开你，被砸到的就是你的脑袋，我开心，是因为我高兴还好你没有事！前几天去庙里上香的时候，我就对佛祖暗许，只要你平安，我愿意为你承受一切。佛祖果然是灵验的。”

他身躯一直，双眸惊然地看着她。

“怎么了？”

“你……说，你求菩萨将我做的错事，都报应在你身上？！”

她抿唇一笑：“你不要笑话我迷信哦！”

他突然大吼一声：“你为什么要许这样的愿啊？你知不知道你在做什么啊？”

她不解地仰脸望着他：“我自然是知道的，你终会是我的丈夫，你有什么伤痛，我都会比你疼一百倍，与其让你有什么事情，不如让我来承受，这有什么不对吗？”

“愚蠢！愚蠢！”

他勃然大怒，冲着她发了火，然后什么都不顾地离开了她的病房。

他已经做好了违背伦理的准备，他已经要不顾一切和她在一起，他打算让她什么都不知道，这样的话，即使死后下地狱，一切后果也由他来承担。

她没事去拜什么菩萨啊？

她没事去求什么佛祖啊？

她求什么不好，非要去求菩萨将不好的报应报在她的身上。

这两天的担惊受怕，这两天的意外，会不会有更恐怖的事情发生？

他不想迷信，也不想相信什么报应。

可是，他输不起，他不敢拿洛离当赌注。

若是爱得少一点就好了，若是爱得少一点……就好了！

他真的感到了恐惧。

他受不了她有什么意外，受不了再也看不到她的脸，听不到她的声音，感觉不到她的气息。

他觉得这种惩罚很恐怖，比下地狱还恐怖。

醉酒睡了一觉，却被她死去的噩梦惊醒。

梦里，他好像看到她被带进了地狱，下了油锅，在刀山上滚来滚去。

他惊恐地从床上坐起来，双手紧紧地攥住了被单，耳畔传来的是梦里她凄绝的叫喊。

“别叫了，别叫了！”他捂着脑袋，拼命地摇摆，带着颤抖的嗓音，无助而痛苦地哀求。

“这不是她的错，不是她的错，全是我！我不敢了！”

他淌着眼泪，痛哭流涕道：“我真的不敢了，我不敢再和她在一起了，只要她安然无事，只要她安然无事，我放手。”

他“啊”的一声大哭起来。

无人的房间，盈满了痛彻心扉的气息，他扑床痛哭：“我真的不敢了！”

“青远，为什么不来看我呢？”

“青远，为什么不回我短信呢？”

“青远，我真的好无聊，你来看看我吧！”

她伤口快愈合的时候，那创口的地方，奇痒无比。

可是青远那天发了脾气后就再也没有回来过。

她都不知道自己做错了什么。

“青远，我错了嘛，你不要生我的气了嘛，你来看看我嘛，我好无聊哦！”

“青远，你怎么还不回我的短信呢？”

“青远……”

她实在忍不住拨了他电话，而电话那头，却是甜美的系统声音说：“您好，您拨的号码是空号。”

血液刹那间冰凉。

“换号了么？为什么不告诉我？”

洛离的伤口好起来，能下地走路的时候，她去找了陈青远。

她一大早敲开他家的门。开门的却是一个女人，穿着睡衣，散乱着头发，一眼就看出她在这里过的夜。

那女人用警惕的眼神看着她，上下打量了一下她，问她找谁。

洛离以为自己进错了门，于是抬头看了看门牌号码，发现根本没有错，于是小心翼翼地问：“青远在吗？”

那女人转了脑袋，就对里屋叫道：“青远，找你的！”

穿着睡衣的陈青远从后面走来，拥了那个女的，漫不经心地看了洛离一眼：“你找我？”

她点了点头：“我脚好了！”

“嗯，看到了！”他不冷不淡。

她的笑容僵在了脸上。

“我还想告诉你一个好消息，我找到工作了！”

“哦，恭喜！”他说得不咸不淡。

“对了！”她直觉这不对了，却还是问他，“青远，这位姐姐是谁啊？”

“姐姐？”他嗤笑了一声，“我女朋友看上去像我姐姐吗？”

她说：“你在骗我吧？愚人节早过了呀！这其实是你家的亲戚吧？”

他冷笑："谁有心情跟你开玩笑？"

"可是，我才是你的女朋友啊！你睡晕头了吧，你……"

她想笑，去拉他的衣袖，他却一脸不耐地将手甩开。

她的胸突然就被什么划开似的，空洞洞地凉了起来。

眼泪不受控制地流下来，却还是带着颤音笑着对他说："不要开玩笑，这玩笑一点都不好笑。"

他竟双手攀了他新女友的肩，说："宝贝，你先到里屋等我，让我解决这烦人的事情！"

他说着，就在那女的唇上吻了一下。

洛离听到体内血管炸裂的声音。

"不会的！"她狂涌着眼泪说，"你说过你不会再吻别人的！你说你会疼我的，你说你会宠我的，你说这辈子会对我好的，你说我是你的宝贝的。"

他冷笑着说："都是骗你的，你不懂吗？男人想哄女人上床，都会叫宝贝的！"

"可是，你并没有……"

"那是因为你太没有魅力，我连玩你的兴趣都没有。"

两行眼泪若泉水划过脸汇合于下巴，汇集了所有的伤心，无法承重地一点一点地往下淌："你说过你会爱我一辈子的！"

他一把推开了她的身体："你烦不烦啊！这么黏人干什么？"

"你说过你要娶我的，你说过你第一次伤害我，是因为你……"

"不育是吧？"他冷笑了，笑得仰着脑袋，将眼底的泪水逼了回去。

"这么蹩脚的谎言你也信？我只是想找个甩你的借口，你居然也相信？实话告诉你，最开始的时候，我是同情你，因为你是杀人犯的女儿，看在你小时候为我说过话的分儿上，我才勉强和你接触。非典隔离的时候，我确实想和你在一起，可那也不是爱情，那只是为了弥补你。可是，我发现越和你在一起，我越反感你，所以我才哄你说我不能给你孩子。我觉得看到你的脸我就受不了你的蠢样子，你要身材没有身材，要脸蛋没有脸蛋，要钱没有钱，要家世没有家世，我凭什么要因为一时的感激，和你拴在一起一辈子？洛离……”

他的眼底迸出阴狠的光，说这话时，几乎咬牙切齿：“你让我觉得恶心。”

然后，他让她滚，滚出他住的地方，还摔了她给他折的许愿星的瓶子。瓶子摔得粉碎，咣哐一声，清脆一响，碎裂的声音好像摔回了她的神智。

“恨我吗？”他哈哈大笑着，“你就恨我吧！我若是你，我一定会好好地活着，让我恨的人后悔，让他后悔当初多么没有眼光和水准！我若是你，我就会这样！这才是对负心的人最狠的报复！你有本事，你就做给我看看！要死要活哭着求男人要你，只会让男人觉得恶心！”

他激她，这些说辞在脑海里“存档”好久，现在有机会大喊了出来。

她只是淌着眼泪，表情漠然。

“没错！”她冷冷开口道，“我正是这样想的！我也会这样做！我不会恨你！因为……”

极悲之下，她竟出人意料地笑了，笑得令人凛然一震，笑得令人措手不及。

我现在恨你恨得咬牙切齿，但是，我不会再在你身上浪费一丁点感情。

她冷笑着看了一眼那摔碎在地上的星星，再看他一眼。

一个小孩子摔倒了，他会哇哇大哭，等着身边的人来扶，可身边的人都绝情地走开时，他会自己抹着眼泪爬起来，不是渐渐地学会了坚强，而是明白了那些希望是无法指望的。

他的反复无常，令她绝望了，没有了希望，便不再指望。

她走了！

她走了！

她真的走了！

陈青远失魂丢魄似的坐到了客厅的沙发上，他的表情木讷，好像被人抽干了精魂。

他随手捡起地上被踩扁了的满天星，看着它们散得不成样子，想拆了重叠的时候，他忽然发现了什么，弯下身去，将剩下的星星全部拆开了。

每张叠着星星的纸上都像日记一样，写上了日期，日期后面都写着一句话。

“青远，我好爱你哦！”

“青远，我好想叫你老公！”

“青远，你今天的发型真的很酷唉！”

“青远，我爱你我爱你，我真的好爱你！”

“青远，我想我们永远都在一起！”

“青远……”

“青远……”

他捧着纸条，好像看到她唇角含笑地在这些纸上写着浓情蜜意的爱语，更带着幸福和憧憬的笑容去折这写好字的许愿星。他甚至知道她肯定会在将来的某一天，在他们老得走不动的年岁里，将这些星星一张张地拆开，将里面的话语念给他听。

她的浪漫，是带着绝顶的真情。

他知道她的心意，是因为他们两个早就心有灵犀。

而他们却永远都不能在一起幸福地过一辈子了。

往日的记忆涌上了心头。

一幕幕闪现眼底，刺得他心疼无比。

想想她刚刚绝情而冷至心底的目光，他再也忍不住，纵情大哭。哭着祭奠他死去的爱情，哭那个一心一意爱着他的洛离，再也不会爱着他，甚至连恨都不屑给予。

chapter06　火柴天堂

谁愿意背井离乡，谁愿意如此漂泊，谁愿意这般颠沛流离？很想做个永远长不大的孩子，永远都长不大，永远在妈妈的庇护下，永远不去想生活的苦难与艰辛。

洛离远离自己所在的城市，去了一家文化公司。她其实文笔很不错，大一的时候，就在网上连载小说了。

当然，这里的小说写法很奇特，那是洛离第一次发现小说还可以这样写。

就是给你故事大纲，给你人物性格，再给你一些分集提纲，让你进行创作。而小说的男主无一例外是帅气、高大、多金、有社会背景，是某集团或企业家的儿子。女主无一例外的都是那种走路都会撞电线杆子的白痴。而那种小说的写法，就是让你把那种提纲编成故事。

洛离觉得这不像小说，因为所谓的小说，作者亲自构思亲自去想，才能算数。在她的意识里，写小说是一件很神圣的事情，不是这种流水似的填空。

公司里的人说："洛离，我们是在网上看到你的文笔，觉得你不错，所以才找你的。你也发现了，网上写手那么多，你想成名，那是不可能的，唯一能做的就是找人包装你，怎样包装呢？你首先得拿出作品吧？你一定要写得很快吧？你别看这些提纲俗，你要是能在俗里创新，也会渐渐形成你自己的风格。而且，这种灰姑娘和白马王子式的故事，就是畅销的模式。你先写俗气的，等大家都认可你了，你再拿出自己的风格，就一定会被人接受了。现在呢，你就当是在练笔，再说，我们这书是做成系列的，老板是花了大价钱的，要不急着要，也不会封闭式地写，所以，机遇啊机遇，你可别错过了。”

洛离听信了，在一间小房子里写着，那种小说写起来真的很快，不到一个月的时间，一本十三万字的小说就写完了。

等那部小说上市了，她才发现自己上当了，因为那本书上作者的署名根本不是她洛离。书上的作者，竟是图书出版公司老总的女儿！

“这到底怎么回事？”

她气得问公司里的人，公司经理笑道：“不就是当了一次枪手吗？一回生二回熟，有钱拿就是了，虚名要着也没什么实际意义。”

她气得浑身发抖：“这不是坑人吗？为了包装老总的女儿，我就这样当了她的枪手吗？”

那人嘴一斜，冷笑道：“谁让你没有摊上一个有钱有势的爸爸！”甚至还说：“你去告好了，谁证明是你写的？说不定你官司没打赢，走在路上莫名其妙地被人打了，被车撞了，被人砍了或者被泼硫酸了，我可是……会觉得很可惜的！”他说着，就有了威胁的味道。

洛离气得浑身发抖。

那位经理笑了：“洛离啊，在这世上想闯出一条路，不是那么容易的，青春小说作者多得跟头皮屑似的，新陈代谢太快，没有实力、没有财力、没有背景，是火不起来的！不过……”

他的手竟搭在了洛离的肩上，好像安慰似的一搭，观察着洛离的神态，试探地说："不过你很有潜力，不然当初我们也不会看中你，而且你和那些只会写东西的女人不一样，你有种说不出来的感觉，这种感觉令人越品越有味道，如果有人肯出钱出力捧你，你一定会红起来的，不如这样吧，晚上我们去找个地方好好谈谈。"

他说着，搭在洛离肩上的手暗暗地用了力。

"这一行，也有所谓的潜规则么？"她转身看了经理，用很淡的口吻问着。

经理以为自己点中了她的七寸，以为可以马上得逞，以为她像一些名利心很重的蠢女生一样，所以，又进一步地将手紧了紧，硬是将洛离搂在了怀里。

"什么潜规则啊？洛离，其实从你进我们公司的第一天起，我就觉得你特别单纯，特别到有一种说不出来的魅力。而且，你确实很有潜力！"

他说着，脑袋近贴近了洛离的耳朵，极其暧昧地说："晚上我们找间房间慢慢谈！"

她笑了，笑得"恍然大悟"，笑得如梦初醒，笑得讽刺与滑稽。

她推开了那个男人的脑袋，狠狠地推了他一把，愤然道："你让我觉得恶心！"

她摔门而走，身后，那人朝外啐了一口，极其不屑地说："给脸不要脸，幼稚！"

其实，当时那间办公室里有把裁纸刀，面对那男人恶心的嘴脸时，她很想将那个男人捅死，大不了一命赔一命……

可是，妈怎么办？

妈怎么办？

我们生活的环境，磨去了我们的脾气与性格。

我们原来不是这样，也不是那样。到底应该是怎样，真的与当初所想相去甚远。

有很多道理我们都是懂的，偏偏不知道自己在干什么。

南辕北辙、背道而驰，竟在这个时候，令人有了很深刻的体会。

有时候活着，竟是这般的压抑，有时候活着，竟这般的疲惫与憔悴。

到底是什么让那群王八蛋这般有恃无恐，做出这般恶心无耻的事情？

到底是什么啊？

“没有什么的！”她自我安慰道，“我只是运气不好，只是运气不好而已。”

人生的路总是崎岖不平的，人总是在摔几个跟头后，才能学到聪明与防备。

从那骗子公司搬出来后，洛离拖着行李，去了房屋中介租房子。像样的房子她是租不起的，她摸了摸自己的荷包，知道自己只住得起地下室。

那地下室是一间大厦底楼的停车场喧哗而吵闹，没窗没浴室，整天湿湿的，而她就住在那里。

单纯地写作是养不活自己的。但现在已近年关，投出去的简历如沉大海，不管怎样，都得等到过了年后，各个公司才会进行人员招聘与人事更替。

她没钱回家。

眼看着要过年了，她却连买火车票的钱都没有。

出来打拼，没有给家里寄一分钱，还要向家里要，她开不了这个口。

2004 年的冬天，在新旧交替的大年三十的夜里，她踩着厚厚的雪，到门外的 IC 电话亭里打电话，这情这景很应她随身听里播放的歌曲：

走在寒冷下雪的夜空
卖着火柴温饱我的梦
一步步冰冻一步步寂寞
人情寒冷冰冻我的手
一包火柴燃烧我的心
寒冷夜里挡不住前行
风刺我的脸雪割我的口
拖着脚步还能走多久

有谁来买我的火柴
有谁将一根根希望全部点燃
有谁来买我的孤单
有谁来实现我想家的呼唤

每次点燃火柴微微光芒
看到希望看到梦想
看到天上的妈妈……

听到这里，实在没法应景下去了，因为妈妈还活着呢，怎么可能有“天上的妈妈”呢？

不过，她真的很勇敢，真的很坚强，也没有害怕也没有慌张，只是有点想家。

拿起电话，拨了闭着眼睛都能背出来的电话号码。

妈接的电话，她便努力地笑着说：“妈，新年快乐。今年过年我不回来了！”

然后，听妈妈唠叨了几句，她好似不耐烦地说："知道了知道了，我又不是小孩子了，这些我都知道了，我挂电话了。"

挂上电话的一瞬间，她哭了，她早知道装不耐烦也是需要定力的。听到妈妈声音的一瞬间，她真的感觉自己要崩溃了。

城市里的外乡人早已回去，居民们又在那透着光亮的房子里看着电视剧。

她听到电视里，春节晚会的主持人在那里"9，8，7，6，5……"地倒数。

当新年的钟声敲响时，她仰望着天空，看来自广场跃入空中绽开的烟火，她只觉得，很美，很美，美到心底无比酸涩。

美到眼泪疯涌下来凑起了热闹，明明是在哭，脸上却挂着笑容。

她想她应该许个愿，许个很美好的愿，双手合在一起，让唇贴近冰冷的指。

脑海里却一片空白。

她希望自己得到幸福，可是幸福到底是什么？

她微合了眼睛。

晶莹的眼泪滴落下来。

年夜，洛离回到居住的地下室，面对着家徒四壁又没有暖气的地下室。那年的年夜，过得异常凄凉，为了省电，她只舍得点蜡烛，为了省钱，她只有吃泡面。吃着泡面，只觉得那种味道闻起来都令人作呕。划燃一根火柴去点蜡烛时，她无比凄凉地想到卖火柴的小姑娘。

四天后，是她生理期的第一天。

她疼得不行，拼命地咬住牙齿，豆大的汗从毛孔里渗出来，一颗一颗往下掉。

她感到自己好像泡在了盐水里，连衣服都汗湿了。她对自己说，洛离，忍一下，不疼的，只要想想别的事情分散注意力，就一定不会疼的。

她想喝热水，可是，起床拿热水瓶的时候，唯一一个瓶子咣当落地，银色的内胆碎了一地，那冒着热气的热水，全浇在了她的右腿上。

她没有去打止疼针，她根本没有钱去打止疼针，她现在每一分钱都要精打细算，却没有想到这一次会疼得这么厉害。

腿被烫伤了，热水袋里的水也凉了，她用不起天然气，她没有热水壶没有饮水机，只有热得快，而唯一的瓶子被摔了，她连口热水都喝不上。

她倒在床上，弯起的身体，像被人煮过的虾米。

房间没有暖气，床上是很薄的被子，衣服汗湿着贴在身上，一天没进食，没有一口热水，她竟这般死尸似的躺了一天。

每次疼的时候，都会想起他，每次疼的时候，都会念着他的名字。

这一次太疼了！

她弓起身体，悲痛交加地喊："我想回家……我想回家，妈……"

洛离醒来的时候，口里干燥发苦，舌头抵住上颚再平下的感觉，就像撕掉粘在墙上的贴纸。

她觉得自己再不喝水，就要死掉了，于是她挣扎着爬起来，想去超市里买杯热牛奶和一个新的暖水瓶。

等到了超市，弯身去货架最底层去拿水瓶起来的那一瞬间，眼前一黑，整个人就不省人事了。倒地的一瞬间，她脑子一片空白。

洛离醒过来时，竟看到了妈妈握着她的手落泪……

她后来才知道，她晕倒在超市里，超市里的工作人员将她送进医院时，从她手机里翻出她家里的电话号码，打给了她的妈妈。妈妈坐火车连夜赶到了这里，而她竟昏死过去了三天。

以往是痛经，这一次是血崩。

她算是到阎王殿里走了趟，侥幸捡回来一条命。

她虚弱至极，连抬手都没有力气。得知自己九死一生时，她不由自主地伤心落泪了。

好像晕迷中，真的看到了一座青石桥，那是传说中的奈何桥么？

她应该再往前走一些，她应该找到孟婆，向老人家讨碗孟婆汤，喝上一大碗后再回来。不需要忘记所有的事情，只需要忘情就好。

医生诊断说，她长期心理焦虑，加上营养不良，患上了生理性贫血，对于女性来说，这是非常严重的。这代表她这一生都会手脚发凉，干不得重活，一遇到供血不足，就会眼底发黑至晕死过去。

关于她痛经的事情，医生很早就说过，你先吃药调理吧，姑娘家都会有一点的，结婚后就好了。

那年母亲随着她去住的地方整理行李的时候，看到洛离所住的环境，放声大哭。她哭着搂住了女儿："离子，这一年里你遭的什么罪啊！"

可是，当她熬出头，回忆那段日子时，很是打趣地说："很浪漫，每天晚上都在吃烛光晚餐！"

多么可爱的牛牛，忆苦思甜，唯有她们才能在绝望里看到希望的曙光，并如此坚强地活下去。

那年，回到有家的城市，路过地下通道的洛离在吹着原创音乐的萨克斯手面前的帽子里，放了十块钱。

每天从这里经过，萨克斯手都在那里吹着，人们只是从身边匆匆而过，根本没有什么心情听他的吹奏。有好心的人会掏出一毛或者一块的硬币，向前随意一扔。那不是欣赏，而是一种难言的施舍。

当洛离将那十块钱放到他面前倒放的帽子里时，是弯下身子，将那钱正正规规地放到他的帽子里，然后，站在那里，听完了萨克斯手的音乐。听完后，她给他鼓起了掌。

然后，她笑了，她说："对不起，我不是很有钱，我能给的只有这么多，但是，音乐真的很好听！这是我听过最有感染力的曲子。”

不久后，这位萨克斯手在酒吧里演奏时，被某位音乐人发现了，他经过自己的努力，成为了很有影响力的词曲作者。当媒体采访他时，他说，当初他在地下通道演奏时，没有人真正停下来欣赏他的音乐，他很是心灰意冷。可是有位女孩子站在他的面前，为他鼓掌给了他鼓励，对他说这是她听过最有感染力的曲子时，他觉得心灰意冷的感觉被希望取代了。因为她的眼角湿漉漉的，好像真的听懂了他音乐里所要表达的意思。

而洛离那时湿了眼睛，不是真的听懂了什么，而是触景生情想到了自己。没有钱没有背景，想要改变自己人生的人，竟都是这般的不容易。

2005 年，大年初十过后，洛离同妈妈坐上回程的火车，一路颠簸令她极其疲惫，她便在软铺上睡了过去。

出站的时候，拎着行李的她深深地吸了一口气。

随身听里，放的是情歌王子费翔的《故乡的云》。

在她惆怅失神之时，只感到手里的行李被人拉了一下，洛离看过去，妈妈在一边轻声道：“这里的计程车不好拦，我们去那边吧……”

到了夜里十点的时候，洛离来到客厅，将一道布帘拉开，那个角落就是她的房间。

墙上还挂着《灌篮高手》流川枫及樱木花道的海报。

这里归置的东西，还跟她离去的时候一模一样。

一年的时间，她在外漂泊。

一年的时间，她就此归来，明白了什么叫物是人非。

拉开那两米长的沙发，就是她的床。

她的家太小太小，小到连自己的房间都没有……

“你说我们的房子刷什么颜色好呢？”

“啊不是吧，我陈青远的老婆居然只对刀感兴趣？”

洛离的唇角不由自主地扬了起来，眼底的泪珠更情不自禁打着转。带着一点惆怅，带着一份辛辣，一份自嘲，说不出来是哭还是笑，说不出悲伤还是难过。

她坐在床上，缩靠在墙角，抱着枕头落泪。

为什么……

为什么我又要想起你？

想得濒临崩溃？

2005 年，洛离通过面试与笔试考进了邻市的一家杂志社，在那里任职文字编辑。

再次告别妈妈时，妈妈拿出自己的积蓄给她，对她说：“离子啊，在外面别委屈自己了。”

说着说着，妈妈的眼泪就掉了下来。

她搂了搂妈妈：“妈，我走了！”

她起身，望着妈妈笑了：“妈，你的离子一定不会让你失望的！”

妈含泪而笑，点了点头。

坐上火车的那一瞬间，母亲跑到她座位下的车窗下。

“离子！”她双手一举，递过来什么东西，“这是茶叶蛋，刚刚买的，饿了记得吃。”

火车长鸣后，就隆隆隆地启动了，别样的生命之旅又起程了。

妈还在后面跟着车追：“离子，没钱了找家里要，混不出人样来妈也不会怪你，我就要一个手脚健全的孩子，你做什么都是我闺女。别再苦着自己，听到了没有，你这个傻孩子！”

孩子？

她冲着车窗外挥手苦笑。

她都二十三岁了，还是一个孩子么？

她跟妈妈挥别后，坐在火车里，敲开了茶叶蛋，咬了一小口，觉得很苦，很苦，苦到心底一阵酸涩，她似再也忍不住这排山倒海的分别之情，情难自禁，哑然痛哭。

谁愿意背井离乡，谁愿意如此漂泊，谁愿意这般颠沛流离？

很想做个永远长不大的孩子。

永远都长不大，永远在妈妈的庇护下，永远不去想生活的苦难与艰辛。

chapter07　新娘不是我

无力挣扎的时候，她感到自己好像死去了，刺痛下，她只是茫然地看着头顶白色的房顶。任那个男人激动狂喘，她只是空洞地看着头顶上方。

金牛座最可贵的是，非常坚强。

她自我安慰能力比较强，情绪变幻似云似风也是雾，过去了就过去了，不会追究，也不大重温。

她很现实！

现实没有什么不好！

比方说，她要赚钱，她要生存，她要活在这世上，她要有品质地活着。

她生存能力强，她懂得赚钱，赚到钱后，懂得花钱。

还有一点，金牛座的女生都非常自信，这种自信让人觉得眼前一亮，没有办法忽视。

而且，金牛座的女生和男生不同，她们的口才很好，很有艺术细胞，有非同一般的鉴赏力。她们在综艺、主持、文学、摄影上的突出才能，极为明显。

所以，洛离应聘到一家杂志社，经过面试，笔试，层层筛选，她入选了。

洛离做的是《时尚前沿》美食方面的采编，就是推荐各地的名味小吃，需要到处跑，到处去找相关的资料，再将图片配上文字。

当然，为此她饱食了不少美味。

她给人的感觉很踏实，有独特的艺术品位和手法，所以经她处理的图片，都是相当精美，勾人口水。以前是她向外跑着要资料，现在是人家纷纷将资料送上门来，为了争取“曝光率”，还有了“广告版面费”，天知道那版面以前根本不收钱的。

她刚到那里一个月，看她太拼的主编有意无意地提了一句额外话。

“洛离啊，常加班加点，不要冷落男朋友啊！”

此话说得语重心长。同为女人的主编知道，到了她这个年纪，什么是“重”，什么是“要”，她要好心地提醒提醒。

主编一点都不八卦，只是有些人习惯性地触景生情想到自己。或者，她在洛离的身上，看到了当初自己的影子。

洛离笑了，告诉主编她还是一个人的时候，主编扶着眼镜，把眼睛睁得大大的，更加语重心长：“女孩子的终身大事是大事，个人的事情更重要啊！”

上司很好，也很关心她，可是再怎么和蔼可亲的上司，交谈时总有一点压力，无论如何都没有办法做到知己般的随意。

服饰版 Juice 同洛离一起从主编室里走出来，边走边呵呵直笑。

“洛离，你的眼光不要太高啊！”

洛离说：“我的眼光什么时候高了？”

Juice 说：“那帅强话中有话约你时，你为什么要拒绝呢？”

帅强？洛离在想他是谁。

Juice 说："你不会忘记了吧？就是帅强啊，我男朋友的同学，昨天你们见过的！"

哦，他啊？

就是 Juice 男友的同学嘛。

昨天他和 Juice 的男友来接 Juice，看到了一起下来的洛离，就一脸惊艳。

其实洛离长得根本没那么惊艳，可那个人的眼底就是有了惊艳的光。有的人明明长得很平凡，可有些人看到她的一瞬，心口会猛然一震，似曾相识。

Juice 说："你是不是不喜欢帅强啊？他的条件很好哦，父母都是教授，他又是独子，做 IT，人长得又好，以后前途无量，是潜力股哦。"

洛离笑了，条件那么好，又会不会多出令人头痛的细枝末节？什么前女友或前情未了的，她一定应付不了。多一事不如少一事，算了算了，懒得惹那种麻烦。

Juice 见她不回话，便说道："我在跟你说正经的，同事一场，我不会害你的！"

洛离笑道："他条件很好，可是我条件不好啊！"她呵呵地笑着。

"什么条件好不好？女人的能力只要能养活自己就好，男人的能力就是要能养家养老婆还有儿子及丈人丈母娘。"

"谁说的？"

Juice 说："我说的！"

洛离笑道："真逗！"

"不过说真的，你到底对他有什么不满意啊？"

洛离笑道："我是对自己不满意啊！"

"为什么啊？"

"因为我都快二十五了，马上要老了，人家男的却越老越有魅力，没听过女人三十豆腐渣，男人四十一枝花吗？”

“乱讲，你二十五？我觉得你才二十出头呢！”

洛离只是笑了笑。她本来就没有二十五，不过，这里的名字保密，工资保密，就算年龄也是保密的，除非很熟，否则彼此都不会知道的。

对于她的夸大其词，信以为真的Juice笑了：“哦，你是怕你短暂的青春期过去后，就是扰人的更年期吧？怕人家看上你只是一时新鲜？”

Juice又乐了：“所以……我们时尚杂志的存在是为了什么呢？就是为了让女人的魅力最大限度地发挥出来！”

多嘴巧的家伙，随时随地借题发挥给自家的杂志打广告，难怪主编喜欢。

Juice锲而不舍地问：“你到底觉得他怎样？”

洛离微微一笑。

“抱歉，真的没有感觉。”

“那我给你介绍一个新朋友！”Juice还是锲而不舍，怕是当媒婆当上瘾了。

“双汇火腿？”

Juice一怔，马上笑眯了眼，用肩耸了洛离一下：“洛离你也太逗了吧，你崇拜葛优，也不用拿他N年前的广告来噎我吧？唉，你考虑一下，他的条件真的很好哦！”

“你说葛优啊？人是丑了一点，不过要人家看得上我啊！”

“唉我说你故意跟我找碴儿啊？”Juice都快笑得喘不上气了。

“你倒是考虑一下啊，要别人的话，我才不想管这种闲事呢，就是因为是你，才觉得可惜啊，不然我们一起出行，也不知道带不带你！成双成对的多好啊，当电灯泡就没意思了啊！”

洛离笑了笑：“知道了！”

Juice还在喋喋不休。

知道她好心，可是……只觉得心底，空了那么一块，像无底洞似的，透着寒彻骨的凉风。

洛离觉得自己的生活很平静。她喜欢这样从公司回出租房的安宁。她开始偏好星巴克，LV。

她搭配衣服，可能上面是名牌，下面是不起眼的地摊货。

可是，怪就怪在，怎么配都好看。

她非常随意，而且搭配衣服时，随心情而定。

她刚去杂志社时的工资并不高，可奇怪的是，她可以规划得很好，房租、水电等日常开支后，她还能过得有滋有味。

Juice 有一次实在佩服到不行地说："你太厉害了，你就是天生当老婆的料，太会理财了吧！"

洛离也笑："哪里，我其实挺克制的，常常都有想刷爆卡的冲动。但担心自己会住在大街上，就忍住了！"

那是四月的某一天，正在工作的大家怎样也没有想到会发生这样的事情。

一位二十多岁的女人从会客室里冲进编辑部，冲到洛离的办公桌前，砸了她的东西，骂她婊子。

那女人强势得要命，突如其来，弄得她措手不及、茫然无措，弄得她连反驳的机会都没有。

这家杂志社确实只有工作证才能进来，但是，这杂志的《真情倾诉》一栏，读者是可以约好编辑，到会客室里交流的。

情感版的编辑怎么也没有想过这个约她见面，说要倾吐心事的女人，会借着"上洗手间"的机会，冲进编辑室。

那女人对着洛离破口大骂，说什么她勾引她男朋友，骂的话极其难听，用的词其极恶劣。被保安拉住的时候，她还扬言要在网上发帖，说咒死这个不要脸的小三，让她不得好死。还说什么，这什么烂杂志，什么人都用，就让你们杂志社的名声跟她一起去见鬼吧。

女人被保安拉开了，主编在洛离收拾东西时，说："洛离，你回去休息几天！"

洛离有些慌了，她对这份工作很投入，同时，她也很喜欢这份工作，她就要被踢出局了么？

主编笑道："别担心，只是让你休息一下，你啊，也够忙的，都没有休息过，这一次就算让你补休，还有很多事情让你做呢。可别让这点事情影响你的心情啊！"

洛离做事，给人的感觉就是细心与踏实，富有创意，她要走，主编还会舍不得。主编也算厉害，借此机会，卖洛离一个人情。洛离向来是感性与理智的结合体，自然很感激。

补假的条子批好了，上面也签字了，休息五天，不算短了。

她清理了一下东西，把它们放进一个纸箱子里，从办公楼出来的时候，她有些难过。

这到底是怎么回事？

她当了谁的第三者，抢了谁的男朋友？

莫名其妙！

当那宝马停在身边时，一切真相都大白了。

银灰色的车身，刺得人的眼睛发痛，前排里浅茶色的车窗摇开了，那戴着 DFE 眼镜的女人，妖媚地撑在驾驶座上，性感地微扬起手来，对洛离说："Hi！"

洛离惊了！她惊愕地发现，这个女人是一年多未见的胡蒂。

"好久不见哦！"

她性感而冷艳地笑着，笑的时候，那浅褐色的太阳镜镜片闪着寒彻人心的光。她涂着很夸张的唇彩，说了一句话，那句话更是让洛离惊大了眼睛看着她。

“这么快就被炒鱿鱼了？离刚刚闹事才不过十五分钟，你们的主编办事可真有效率！”

“是你……”就算傻瓜也听明白了，她抱着箱子气得浑身发抖，“刚才是你捣的鬼！”

以为她会否认，没有想到胡蒂很大方地承认了：“是我啊，对这份大礼你喜欢吗？”

“你为什么要害我？”

“哪有……”胡蒂冷艳地娇笑着，“我只是给你送份大礼嘛！再说，你本来就抢走了我的男朋友，这一点，你也没有必要否认吧？”

“我……”

“还有，你怎么没和你那个亲爱的在一起啊？”

她不再说话，只是抱了纸箱，向路边走去。

胡蒂启动了车，缓慢地前行，保持与她视线平行，撑着方向盘冷笑着讥讽她：“你们怎么没有天长地久啊？你们怎么没有生死相随、断子绝孙啊？”

洛离停下脚步，深吸了一口气，竟露出令人惊异的笑容，那笑容冷静得令人感到可怕。

“我被他甩了！就像他甩你一样，把我甩了，你满意了？”

她继续抱着箱子往前走，胡蒂脸色有一秒钟的青白，却在一秒过后，仰首哈哈大笑：“好啊好啊，这么说来，我们同是天涯沦落人了，那我就给你第二份大礼吧！”

她说着，从车窗里递出什么东西来，像巫女拿着掌控人命运的塔罗牌，斜拈在手上，似漫不经心地说：“很重的哦，是你的陈青远的结婚喜帖哦！以后我一定会给你更多的意外惊喜！”

“胡蒂，你到底想干什么？”

“不干什么啊？因为很恨你，所以，只要我找得到你，我就给你意外的惊喜啊！我的目标就是让你身败名裂！”她轻描淡写地说。

她摘了墨镜，性感地咬着镜角，竟笑道：“这是你招惹我的代价，你和陈青远把我当傻瓜的代价，我要从你身上加倍偿还！

“别恨我，要恨去恨陈青远。我这么恨你，全都是因为他。你好好享受这红色炸弹吧，拜拜了！”

那红得刺眼的喜帖，狠狠地刺痛了洛离的心。

她憎恶地看着那平摊在地上的那对男女时，她竟控制不住自己，弯下身去，将那喜帖拿到了手里。

然后她出人意料地冷笑，将那张喜帖撕碎了，碎片被她丢进一边的垃圾箱时，她滑稽地想：陈青远和谁结婚，跟我洛离有什么关系？

“喂！洛离吗？”

洛离一下火车就接到一通电话。

洛离接过电话，通话后，才知道是鑫源大酒店的老板。几番客套，他知道她回家休假了，于是他说参加朋友儿子的婚礼，正好也是这座城市，无论如何，要请洛离聚一聚。

盛情难却，洛离应允。就像酒桌上喝酒一样，不喝，会驳人面子，不见，会使得人不快。

洛离回家，和妈寒暄两句，下午去见那位老总。

这家五星级酒店是陈青远家的，他正是在这里举行婚礼。

这里处处都透着一种喜气洋洋。那边是酒店用餐的地方，而这边只是客房。她离开前，只是向那边望了一眼。

离他那么近，近到可以看到他立在门边迎客的背影。

而他背对着她，毫不知晓她就在身后。

她将斜背的包包紧了紧，就要离开的时候，那错身而过的男人，突然唤了一声：“洛小姐！”

那个男人，就是洛离在杂志社做采编时认识的美食老板程忠。她为他酒店里的菜肴做过图文处理，把它们登在杂志上，他还打来电话说，做得很好，想请洛离吃饭，洛离和他见过几次面，也都是业务来往。

这年将四十岁的男人有些发福，但西装革领，很有风度。

“程总！”

那程忠笑道：“洛离小姐，是越来越有魅力了！”

洛离谦虚一笑：“哪里哪里！”

不知道为什么……

洛离觉得自己的笑容很假，嘴角噙了化不开的苦意，也说不上来为什么，心口涌上一阵恶心。

唇也干了，好像瞬间都起皮了。

程总做了一个伸手动作：“去上面的咖啡厅坐会儿吧！”

洛离才走了两步，整个人就瘫坐在了铺着红色地毯的地上。

“洛小姐？”

程忠靠过去，将她扶了起来，只见她眯合了眼睛，有泪从眼角滑落。

这让他很意外。

“你这是怎么了？”

刚刚还好好的，有说有笑的，怎么摔了一跤，就泪流满面？

洛离虚弱地摇了摇脑袋，低声地说了一句：“对不起，我突然感觉很不舒服！”

身后的住宿前台区好像发生了什么事情。

陈青远下意识地回头，眉头便微蹙了起来。

“怎么了？”他奇怪地问身边的人。身边的人弓着身子说：“好像是住宿区有人不舒服，摔在了地上！”

他大婚的日子里，这酒店宾馆上方的住宿处，只招待远道而来的朋友。他没有下喜帖给洛离，自然不会想到那个摔倒的人就是她。

近在咫尺啊，近在咫尺！

他转首相望的时候，那边围住的人墙挡住了他的视线。

“不用担心！”身边的人对陈青远说，“客服部的人会处理的。”

他原来想要一探究竟的脚步，就停了下来。

洛离随着程忠来到了酒店的住宿套间。

她说：“真的对不起，连夜赶回来，所以一宿没有睡，让您带我上来，真的过意不去！”

程忠笑道：“你先在这里睡一下吧，看到你的黑眼圈，就知道你肯定没睡好，你眼球都充血了，红通通的，真像兔子！”他说完就笑了，然后，扶着洛离在床上躺下去，还为她盖了被子。

“我去楼下喝喜酒去了，应付一下就回来。你躺在这里，好好休息一下，等好了，我再送你回去，实在不行，我就再帮你开一间。”

她点了点头，下巴夹着白色的被子。

门一关上，她竟真的沉沉地睡了过去。

这一觉睡得极沉，她以为会梦到陈青远，梦到她短暂的初吻，那青涩甜蜜的初吻，可是，她什么也没有梦到，只是很累，很累，累到沉沉睡去。直到梦醒时分，有谁的温厚的手掌抚在了她的额头上，她挣扎着睁开了眼睛，只感到目光有些蒙眬。那个人模糊的轮廓在眼眸里不停地晃荡。

“洛小姐，你好像在发烧！”

那个人开口了，她恍然才记起发生过什么事情。看到程总坐在床边，黑暗的房间里，只有微暗的床头灯亮着，她感到浑身无力，更感到额头有些烫。

程忠起身，去拿了自己的包包，从里面掏出一些药，再倒了一杯水来到洛离的面前，将她扶了起来。

“来，把这些药吃了！”

她虚弱地摇摇脑袋 :“我不吃药！我不吃！”

身上有了酒气的程忠扶起她的身体，再坐到了床上，让洛离靠在了他的怀里，笑道 :“吃药还要人哄啊？”

她只是摇摇头 :“不想吃，苦！”

他再次笑了 :“苦？不苦不苦，这药外面包着糖衣呢。来，含在嘴里，喝一口水，眼睛一闭就咽下去了！”

他不由分说，将药塞进她的嘴里。她顿时皱紧了眉头，痛苦得连眼睛都闭了起来，像瞎子摸象似的，双手在半空摸着 :“水，水！”

她苦得连嘴巴都扁起来了，那个样子着实令人感到有趣。

程忠忙把水递给了她，她大口地喝了一口水，仰了脖子，拼命往下一咽……

没咽下去！

再喝了一口水！

天才！

她的药居然还没有咽下去！

嗓子眼也忒细了一点吧？

药没咽下去，包在药表面的那层糖衣却被水冲淡了，苦味顿时布满了口腔，她苦得都要呕吐了。最后，她干脆把杯子里的水全灌进了口里，豁出去似的一仰脑袋，那药终于吞进了她的嗓子里。

整个过程下来，眼泪四溢。身边的程忠在包里掏出什么东西，三下两下扒了外面的包装，趁洛离还闭着眼睛用手顺着自己的胸口时，将那东西喂进了洛离的嘴里。

洛离下意识地含住了，是甜丝丝的奶香味。

甜得她睁开了眼睛。

程忠看着她气喘吁吁地依着他喘气，便笑着说 :“我还真没有见过吃药吃成你这样的。看你痛苦的样子，呵呵，还好有这几颗代表喜糖的巧克力，不然，我还真不知道怎样帮你解苦。”

他说着，又从包里将那些巧克力掏了出来，一把放进了洛离的手里：“苦的话，就再吃一粒！”

那红色的巧克力，静静地待在了她的手掌心里。

静静地依着她掌心里又长又深的爱情线。

这是陈青远的喜糖！

这真的是陈青远的喜糖！

为什么她会想笑？

为什么她会这么想笑啊？笑得连身体都微微颤抖起来，笑得连手心都在颤抖。

为什么要抖？

为什么要抖呢？

不就是他的喜糖吗？

有什么好哭的呢？

为什么要哭呢？嗯？洛离？

眼泪不由自主地从眼眶滑落下来。

“怎么了怎么了？”程忠一脸不解，低头时，双手按住了洛离的背。

她痛苦地哽咽，又说不出自己的痛苦，只觉得这一年来，所有的心酸和委屈，在这一刻一起涌上心头，她淌着眼泪说：“没什么，只是想到好久都没有人对我这么好了！”

“以后程总对你好！”

程忠双手搂着洛离，她嗅到他身上的酒味，更是感觉他抱紧自己时，在耳边的呼吸也带有酒的味道。说话的时候，他的手带着情欲般不规矩起来。

而后，他竟在她的脖间亲吻。

洛离被刺了似的，慌乱地推着他：“程总，程总，你要干什么？”

那个男人，像牛一样喘了起来。

“洛离！”他急迫地亲吻着她，急迫地说，“以后我对你好，你就依了我，依了我！”

事实证明，千万不要跟男人独处。

千万不要跟喝过酒的男人独处。

根本就是没人性的。

事后他可能大哭，骂自己是畜生，或者扇自己耳光，说对不起你，但你失去的，永远都回不来了。

陈青远永远都不会想到，他的新婚之夜，他心爱的姑娘，被一个大她将近二十岁的男人糟蹋了，这男人像一架巨型的碾肉机在她的身上碾来碾去。

那隔音效果极好的房间里，她失去清白之身的那一刻，叫得凄惨……

无力挣扎的时候，她感到自己好像死去了，刺痛下，她只是茫然地看着头顶白色的房顶。任那个男人激动狂喘，她只是空洞地看着头顶上方。

奇迹地想到那年，那纯白的雪景……

想到十七岁的青远，想到他们的初吻，想到他送她的玫瑰，想到一切甜蜜的东西。

眼神依然空洞，嘴角却带着笑意。

青远，我再也不会为你疼了！

完事后，她去洗澡间洗澡，莲蓬下，她洗着自己的身子。

“这是我的！”

“这些全是我的！”

他曾说过的话，回响在她的耳畔。

她突然有种自虐似的快感，这种快感，让她感到了报复后的痛快。

莲蓬下的水像一道道蛛网，似将她的身体分裂。

她居然笑了！

出人意料地笑着："这些全都不是你的了！"

话毕，心竟刺痛起来，她蹲下身子，终于失声痛哭。

出来后，那穿了衣的男人正掀着被子看她留在床上的印记，见她出来后，竟看着她的眼，隔了那暧昧的灯光对她说："我会对你好的，不会亏待你的！"

这个男人承诺的不是婚姻，而她竟垂眸，勾起唇角来，冰冷一笑。

这就是成熟的代价么？

再悲的事情，竟也可以波澜不惊地面对了，心绪竟没了悲愤，竟这般无痛苦，无起伏了。

她的幸福就这般，全盘毁掉了。她竟没再觉得痛了。

chapter08　爱的告别式

明明那么近，明明几步之遥……甚至触手可及，可他们就像平移的坐标轴，他再也无法接近她。她已透明到完全看不见了，好像从来没有存在过。

时间飞快地转到了2008年。

过去的事情，不堪回忆。

想忘记那段噩梦，只当被一条狗咬了一口。

Juice介绍给她的男朋友，她试着相处两个月，却因为她的怀孕而分手。

这段短暂的爱情，最后只得到一记耳光，和一些难听的评价。

这事儿让Juice对她有了看法，渐渐地，公司里的人看她的眼光，都有些怪异了。

老实说，她待不下去了，也有成立自己工作室的想法，于是找到合伙人，出来单干了。

这家文化公司，是专做图书出版的，包括接影视公司的剧本。

一件很奇怪的事情，洛离给人的感觉，就是值得信任，无论是谁，都愿意跟洛离合作。

也不是多么火爆，但她做出来的书都很畅销。

她的策划还有包装，确实打造出了某个作者。

她一直很低调，华丽的低调。

她的人生，就像一曲乐章，不会太突兀，一直很平稳。不管遇到什么事情，过去了就过去了，只是偶尔回忆。

这年，工作室接了一部剧本。影视部说得很模糊，说要拍一部都市剧，大纲还有创意，都由洛离工作室出品。

洛离亲自操刀，忙得晕天暗地的时候，她觉得自己不大对劲了。

这天回家后，洛离开始感到疲惫，夜间刷牙牙龈出血，肢体碰伤久瘀不散。

其实在骨头疼的时候，洛离就已经病得很严重了。医生问她为什么不及时来就医，为什么这个时候才来时，她笑着说："脖子疼的时候我以为得的是颈椎病。"她再捶了捶背说："后背疼的时候，我以为是腰椎病，肋骨痛是肋椎病。呵呵，真够傻的。还以为自己创新了一个医学术语，准备申报医学词典呢！"她说着说着，就笑了起来，一点都不觉得事情严重。

最开始，医生当然是隐瞒她的病情的。她做完骨穿刺，拿到结果，再去拿药，再去问医生病情的时候，医生只是说，是常规性贫血。

她竟皱了眉头，一脸正经地说："医生，您也太不可爱了。都知道我是做编剧的了，还当我是小孩子哄我，写女主得癌症的戏，我可是写得烂熟了。为了了解这病，我可是抱着医学宝典啃了的。吃什么药有什么反应，我都是了如指掌的。对了！医生没有看过《一公升的眼泪》么？您应该向里面的医生学习，我真的很严重的话，不要瞒着我呀！至少，我可以知道自己时间不多了，可以鼓起勇气来做我最想的事情！医生，《一公升的眼泪》很好看，是根据真人真事改编的。第一次看的时候我没有经验，只拿了一包纸巾，结果哭得没有了力气，坐在电视机前，连睡衣都哭湿了。拿那些眼泪制咸菜都不用盐了。”

她不哭不闹，也不感到绝望，更没有天好像塌下来的感觉，还好笑地讲了一大堆话，把白胡子的医生噎得半死。您是唐僧的徒弟吧？传销魔窟里的顽固分子吧？医生老爷爷目瞪口呆了，医生老爷爷彻底无语了。

她是晚期，只有两个月的生命。

她没有悲伤，她感到“悲伤”都是奢侈。

从医院里出来的洛离站在人行道前，水泥地上的白色涂料，一条一条的，真好看。

远处的红灯也由黄灯跳转成了绿色，马路边上的人便在人行道上穿行起来。

她不走了！

她亦不动了！

她发现，这些年里，她一直走啊走，在不同的城市里，面对着相同的斑马线，来回地穿梭着。

那像一架巨大的钢琴，好像在那黑白相间的人行道上，谱写着似曾相识的乐曲。

似曾相识让她觉得恶心，这种似曾相识让她疲惫。

站立着的她，身边走过了一对情侣，那女孩子娇俏可人地撒着娇：“我不想走了嘛，你背我嘛！”

那男生一脸无奈，却也宠爱地背着她过了马路。

从她身边经过的人，居然都是一对对的。

她突然感到孤独。

像以往一样自己环抱住自己，却发现这种安慰比孤独更可悲。

身体又在痛了，骨头又像虫子钻心似的痛得尖锐起来。

她腿软着蹲在了人行道的边上。

泪一滴一滴从眼底滑落，滴溅在脚边的水泥地上，滴出一个暗色的泪点。

觉得自己有些可怜！

只是一点点！

灯亮着，人笑着，她突然在人来人往的街上哭泣起来。

她第一次失控，好像把一生的眼泪全哭了出来。

她哭着抱住酸痛的膝盖，她哭着，失控似的喃喃自语："我想你，我真的好想你！"

那人来人往的人行道上，任你大声哭泣，也不会有人上来表示关心和安慰，纵然坐在同一张餐桌落泪，也不会有人靠近问候。

她哭了！

路上的行人，只是奇怪地看着她，走出很远的时候，再看看。人们的眼底，只有疑惑、好奇、天马行空的猜测。

那人来人去的背影于她而言，都成了异时空般的幻影。

洛离想，该为自己一生的情缘做个了断了。它们如隐形的寄生虫，生根、掠夺、紧密无间地绕着她的躯干，汲取着生命的养分，好似至死方休。

她应该去见见他，为她的生命及爱情，做一个爱的告别式。

洛离这次回来，是刻意的，她提着拖地式行李箱走出了车站口，在形形色色的人群里，她回首看了看身后的火车站。

扑面而来的感觉陌生而又莫名的亲切。

是夜，没有星斗。

那是皇宫酒店。

她在空旷的大厅边的沙发上坐了好久，才等到陈青远从内厅走到大厅。

她缓步来到他的身后，轻轻笑道：

“Hi，陈经理！”

正统深色制服的陈青远正对着身边的人说着什么话，突然听到有人唤他，于是他转过头，随后便一脸惊讶。

陈青远看到她，陡然一惊，没有想到她会这样出现在自己面前。

洛离穿着一件白色的翻领毛衣，像白色的云朵衬了她小巧的脸，齐眉的刘海，盘起的头发，发际里还斜插着很亮眼的水钻头饰。

她就像一瓶精致的香水，一旦置于空中，便散发出一种久经酝酿而具有内涵的香气。

洛离化着很精致的淡妆，细长而在尾端挑起的眼线加深了她瞳孔的深度，长长的睫毛浓烈了眼睛的美丽，她带着笑意的眼角，又为她平添了一种顾盼生辉的风采。印在地板上的那些小灯影，闪亮至极地将她的美点缀得更华丽。

他的心神有了刹那间的恍惚。这么多年过去了，她竟越来越有一种说不出来的韵味。

他竟真的以为那是错觉，以为不会再看到她了，她这般出现了，令他措手不及，他一时间失去心智，惊艳下竟怔了过去。

洛离笑了，眉眼间都是化不开的深情，好似远道归来，终于回归故里的好心情。

“好久不见！”

真的好久。

六遍寒暑，南归的大雁，六个来回！

“呃……好久不见！”

他有些意外地惊喜，这惊喜稍纵即逝，被随后而来的客套取代。

“请问有什么需要帮助的吗？”

陈青远看到洛离手里提着拉杆箱的拉手。她顺着他打量的眼神看过去，发现他所打量的东西，于是笑道："我刚刚出外景回来，可是我妈妈回老家的外婆家了，出门前我忘记带钥匙了，请开锁师来开锁的话，我妈肯定要唠叨我粗心大意，我想……不如住在酒店里，五星级酒店我还没住过呢，我可以在你的酒店客房里住一晚吗？"

他知道她是编剧，有时候要跟着剧组跑外景，然后根据外景更改剧本。

所以，他很职业也很公式化地笑道："当然，欢迎光临！"

弥漫在大厅里的是悠扬舒缓的钢琴独奏《献给爱丽丝》，轻轻脆脆的敲击声令满身的细胞都轻快起来。她听得心情大好，所以一直面带微笑，笑着以她打趣的口吻说：

"陈大经理，那你要为我打折呀！！"

他笑了，笑得很好看，他说："保证最低折扣！"

她浅笑："那我便宜可占大了！"

他带她到前台，登记了一间房，拿了卡。高挑的服务生来到她面前，微欠了身，展手礼貌地说："请随我来！"

洛离站住了，望着陈青远打趣：

"就这样对待老同学啊？我要投诉你！"

他怔了怔，她却很快地笑道："吓你的！"

她即使投诉他，也吓不住他的，他只是奇怪她孩子般的语气。

她看着他，保持微笑，更是轻声道："知道你很忙，但真的好久不见了，亲自带我上去，好么？"

那声音轻柔而婉转，细细地刺入人的耳膜，柔化了人的心，加以那期待的眼神，任是铁打之人，也不忍心拒绝。

洛离微笑，她走到哪里，都给人温和、谦逊、古典的感觉，那如微风似的气息，像轻风掠过盛开的郁郁葱葱的山林，迎面而来是舒服与安心，还有极度香甜的香气。

陈青远微点了头，右手背到身后，左手向前一展："请跟我来！"

洛离跟在他的身后，静得就像一条悄无声息的尾巴。

"到了！"帮她开了房门，插卡取电，按开房灯……

"这是您的客房，希望你满意！"

他在2004房门前停下，一回首，就看到她低首看着铺在过道上的红地毯。

她若有所思，好似陷入了什么回忆，他一句"到了"，将她的沉思打断了，进而，她冲着他很灿烂地笑了："谢谢！"

她拉着行李走上前来，近到他可以嗅到她身上淡淡的香气。

他帮她把行李拉了进来。

她随后关了房间的门，门关上的瞬间，他似惊了一下，抬起头来。

这般与她相望着。

她深深地吸了一口气，泪眼盈盈地望着他。

"青远，你成熟得我都不敢认了！"

他怔然片刻，笑道："是吗？都快奔三的老男人了！"

"不老！"她含着眼泪微笑，"还是和当年一样，就是有些胖了……"

她似乎还想说些什么，却见他起手做了一个手姿，对她压了压，说："稍等一下，我有电话！"

他起手一止的动作，像一把冷刀，硬生生地斩断了她的情思。

"喂？在外面，嗯，在工作……"

他打电话的时候，是转到一边侧着脸讲话的，讲话时眉峰微动，表情温和。他的电话打完了，收好手机后，好像才想到她似的，轻挑了一下眉毛，职业而公式化地笑道："我还有事，先出去了，有什么事情，你可以打内线电话到服务台。"

"先别走！"

泪已在她的眼底转动，越积越满，仿佛她一眨眼睛，眼泪就会掉落下来。她努力地笑，拼尽全身所有的自制力去笑着轻声道：“你可不可以告诉我，你为什么要这样对我？”

他别开脸，好像听到一个蛮好笑的笑话般笑了：

“老同学，这房间是 VIP 级的，我已经很对得起你了！”

“你明知道我问的是什么，你为什么要转移话题？”

她的眼圈红着，胸脯剧烈地起伏着，她周身好像围着一团火焰，刹那间将他脸上若有似无的笑意熔化。

那一刹那，他被她的样子惊住了。即使伤害了她，做了对不起她的事情，也从来没有见过她这般愤怒过。

她已不像温顺的绵羊，倒像被斗牛士用红斗篷连番激怒的牛。

他差一点忘记了，她正是金牛座的，温顺起来，非常温顺，发起怒来，她也会像发怒的牛般，用角顶人的。

“陈青远！你就当我要死了，你能不能让我死得明白一点！”

她死命地盯着他的脸，盯得他有些心虚。她的怒吼让他胆战心惊。

她活不长了。

能不能让她死得明白？

她还爱他吗？

分明恨着。

真的恨吗？

却隐隐地爱着。

爱与恨成了一张交织的网，将她罩了下来，那网像《西游记》里，菩萨化作美女给猪八戒织的珍珠嵌锦汗衫儿。

若是单纯地爱着，或是单纯地恨着，都不会这么痛苦。痛苦的是，爱恨交织的网，越束越紧，紧到她呼吸艰难。

这些年，她真的很不容易，她靠着自己一步一步走到现在，真的拼尽了所有的力气。

可悲地活在这个世上，庆幸又多活了一天的时候，死亡的漏斗却一刻未停息地进行着倒计时。

她看到自己生命倒计时的秒表。

她不觉得恐慌，她想弄清一些事情。

这么多年，她仍走不出感情的旋涡，还是像陷入无法自拔的泥潭，疯狂地自问着，为什么你要这般对我，为什么你要如此这般地伤我？

如刀刻骨！

这到底是为什么？

而他只是深吸了一口气，用了他惯用的手法去转移话题。

“我想你现在需要冷静一下，老同学！”

他的手握住了她的手，在她还未来得及感到他掌心的温暖时，他便将她放在胳膊上的手拉开了。

他怎么说得如此云淡风轻，他又怎么可以将“你伤害了我，还一笑而过”做得如此炉火纯青？

眼里刹那间聚集了滚动的泪珠，她强咽下心头的酸楚，强迫自己笑着，轻声道着：“毕业那年，曾经有一个人说要娶我，可是他现在成了别人的丈夫，你说我该怎么办呢？”

他强作冷漠道：“这不在我服务的范畴。”

“可是，那个说要娶我的人是你啊，你怎么总是做这种给我希望又把我推入绝望的事情？”

他的身躯背对着她，毫无反应。

洛离哆嗦着上前一步，抱住了他转身而去的身体。

他感到她贴着他的身体，哭得不能自已。

他的牙关咬紧了，他心口的猛兽在不断地撞击着，他很想狂啸，很想握着她的肩求她，不要哭，求你不要哭，求求你不要哭。

而他竟这般硬生生地忍住了。

彼此都已过了青涩的年华，步入社会所戴的面具，已敛住了他们的喜怒哀伤，它连着他们伤痕累累的伤口，与皮肉连在了一起，纵使是面具……也无法适时撕扯下来。

为什么你不懂呢？为什么你还要相信真情？为什么你还在想着我？为什么你还没有把那段过去给忘记？

他吁了一口气，极无奈地说："老同学，世界是万变的，某些人随口说说的事情，怕是连他本人都忘记了，做人不要太认真，感情不要太投入，否则吃苦的只有你自己！"

然而他一转首便见她的眼底蕴含着不舍与凄美，那似千言万语的深情，无从述起。那眼神似一把利刃刺入心底，却因怕打破这眼前镜花水月般的相聚，而忍痛含悲地微笑着。

揪心的感觉，一波一波袭来。

装潢得很美的窗棂外，是黑夜，被万家灯火点缀了，那远远一片的灯，好像一片火海。

作茧自缚的是她自己，他没有义务助她破茧成蝶。道理她都懂，可是生命竟是这般脆弱，脆弱得一塌糊涂，她发现自己根本没有想象中的坚强，原来她竟是这般的脆弱。

这是她最爱的人啊！

这是她付出感情最真的人。

这是与她从小长到大，青梅竹马十六年，深爱了近十年的男人啊！

洛离允许自己有生之年，唯一一次如此任性，压抑了六年的思念，压抑了六年的感情，以及这些年奔波的苦累与委屈一并爆发。

他被拥抱的那一瞬间，好似被有毒的水母刺中，好似毒已浸入血液，麻痹了他的身体，他呆呆地任由她抱着哭，好像她是易碎的娃娃，陡然转身，她就会被摔碎了。

他好似很痛苦，连眼泪都逼近了他的眼眶，强忍了半天，才把眼泪与心酸逼回去。

她没有看到，也没有机会看到，即使看到，她也一定以为那是她过度悲伤产生的错觉。

这悲伤时刻，她竟看着他的脸，很妩媚地笑了一下，媚眼如丝，很有诱惑的味道。妩媚的眼神却显现在泛着泪花的眼底，竟有一种难以述明的风情。她轻轻踮起脚，若神召唤，迷离了眼睛，微凉的唇，触了触他的唇。她笑了，笑得如此妩媚惑心。

“我想你，我真的好想你！”

她的唇游移到他的脸上，细细碎碎地吻着，身体的重量一点一点地交给了他。

她轻轻地吻上了他的脸，他的脖子，他的耳垂……

那是他最敏感的地方，他很怕痒。

他的牙关咬紧了，好似享受，又好似很受折磨。

她了然于心地笑了，贴近他的身体，脸上泛起醉人的红晕，神情妩媚，带着诱惑的味道，吐气如兰，贴近他的耳边，她说：“我需要你！”

她双手搂住他的脖子，眼睛迷离妩媚得像一只猫。

刹那间，陈青远的神情惊痛起来，好像被针刺了，陡然间惊大了瞳孔，更是陡然间甩手推开洛离吼道：“你犯贱啊？”

她被他毫不怜香惜玉地陡然一推，妖媚的表情好似清醒大半，半羞半恼，干脆也吼回去：“我犯贱！那又怎样？”

“你想犯贱，我没工夫陪你！”

“那你为什么可以背着你老婆和别的女人上床，你就是不要我？”

她好像用尽所有的力气去放弃尊严，放弃人格，放弃一切。她的唇微颤着，像蜂鸟频扇的翅膀，声音也不由自主地颤着，好像蒙尘的唱片机变调的唱音。眼底涌上不明的情绪，好像激动，又好像有些愤懑。

她与他形同陌路，可是，他的事情，却是班级圈子里谈论的话题，什么他又和什么女的在一起了，他又去了什么夜店，他又和什么不入流的小明星打得火热，他身边又换了新的女伴，这些她都是晓得的。

现在他装什么纯情和负责呢？

她又不要他负责，她又不要他娶她，又不要他许给她未来，又不要他许给她家庭，他有什么好顾忌的？

我要死了，我只有两个月的生命，我只想和你在一起，一晚，就算什么都不做，就一晚，不行么？

几欲脱口而出的话被酸楚打断，她哽咽得说不出一句完整的话来。

“为什么你什么女人都要，就是不要我呢？”她痛哭着，“我就那么不堪么，我……”

他笑得讽刺：“不是你不堪，是你太好了，我糟践不起！”

“糟践？”

她狠狠心，咬了咬唇，淌着眼泪说：“我不是第一次，你也不是我第一个男人，所以没有关系。”

他笑了，笑得将脑袋仰了起来：“原来你是个二手货啊？！”

二！手！货！

她的心刺痛了起来。

“是……我是！你也不是什么身家清白的人，何必五十步笑一百步？你又以为你是谁？你又凭什么觉得我被你背叛后，就没有力气和别的男人在一起？你实在是太看得起你自己。这个世界，谁有义务为谁终身不娶，又有谁会为谁守身如玉啊？”

“那我更不会碰你。”他居然讽刺地笑道，“我凭什么捡别人玩剩下的？在你们这个圈子里做事的，有几个是干净的？有几个不是淫男荡妇，谁知道你被几个男人玩过，谁知道你有什么性病，谁知道你是不是对我怀恨在心，谁又知道你是不是想把恶心的病传给我？”

她感到自己的心被撕碎了。她只是一个小小的编剧，连署名权都没有的枪手。她不用上戏不用讨好导演及制片，她甚至不用跟他们见面，她出卖的是脑力劳动不是色情。

原来，她在他的心里，比不堪还不堪。

“你走——”她终于冲他吼道，“走出这个门，当我没来过，当我从来没有出现在你的面前，我们永生永世都别再见面。我永生永世都不想再见到你。”

门砰然一响，他离开了这里。

按正常的发展，摔门而走的应该是她，这是他的地方，该滚的也是她。

可是，她怕自己走不出这扇门，她的骨头又疼了起来，刚才激动的时候，她就像身体被人凌迟，一片一片地切，一刀一刀地割。她真的忍了好久，终于忍不住了。

身体疼得厉害，她就像动画片里被哪吒抽筋的龙王三太子。她倒地的瞬间，身体奇异地扭曲令她环抱在了一起。疼得晕死过去，汗已浸湿了地板，她全身湿嗒嗒的，像被人用盐撒过而脱水的鱼。

你说，带我去巴比伦。

我说，好！

你说，我们一起去看传说中的空中花园。

“我们”两个字，甜蜜到人的心里。

你说什么我都说好！

我们想象着那花园的样子，你用手在空中兴奋地比划。

我静静地看着你，只感到时间停止般安宁。

只要有你在身边，哪怕是残垣断壁、古堡废墟都是美景。

只要静静看着你，哪里都是我们巴比伦的约定。

然而他绝情离去，如歌所唱，从此飘萍断梗，几许深盟密约，句句都无凭。

下班之前，陈青远进行了最后一次巡房。巡视客房时，有对年轻的情侣从房间里走出来。男人锁上门后，揽住身边的女人亲了一下。女人用手轻推了一把：“别亲了，感冒了，会传染给你的。”

男的笑道：“感冒就感冒呗，你的痛苦我来承担啊！”

女的娇嗔地白了他一眼，似怒非怒又极其弦外有音道：“还好意思说？都是因为你……”

男的笑了，再紧紧揽住她，一脸检讨似的说：“都是我都是我，做了活体鼓风机，让我亲爱的着凉了！”

女的羞红了脸，对男的又是一顿数落。

望着他们越走越远的身影，陈青远想到曾经也有那么一个人，在他感冒发热的时候，与他贴得那么近那么近。

老实说，他好久都没有想起“那个女人”了，时过境迁，他真的不大记得她了，只是埋在了心底的某一处，深到无处可寻，就真的忘记了。

今天，陡然相见，竟有了恍若隔世的感觉，竟有了“你我原识”的滑稽感。

他的唇角勾出一抹冷笑。

去你的！老子早就不是以前的陈青远，老子早把你忘得一干二净！

你是谁？

老子不认识你！

你跟谁上过床，跟老子有什么关系？

出来前，面对她的悲痛欲绝，他还有丝丝的心裂感。而此时，这种心裂的感觉，像手指划过的水面，指过印消水无痕。

陈青远来到酒吧，一位妖娆的女子靠近过来。

“可以请我喝一杯么？”

那女子手抵在吧台上，轻挑了一下眉头，媚眼如丝。

“Sure！”陈青远的眼神上下打量一下她，好似猎人打量猎物，眼底闪着满意的光，立马点头，很有风度。

“我想要杯初恋情人。”女人的声音慵懒，眉梢微挑，很有诱惑的味道。

他已接受了那女人的暗示，与她眉眼传情。

他的欲望膨胀起来，再次打量着女人的身姿，联想着她在床上的风情万种。

他已然是个情场老手，看中了女人的脸后，随后就是看女人的腿和臀部，打量着女人的眼神，绝对是邪恶且诱惑的。

筋疲力尽后，他坐在床头吸烟。女人依过来，抱着他的身躯，声音慵懒地问：“刚才，你不停地叫的是一个女人的名字吧？”

他夹烟的手稍稍停滞。

那个女人的直觉是对的，事实上，如果一个男人抱着你上床时，意乱情迷时重复着两个字，那肯定是某个女人的名字。

“不是！”他下意识地否认。但事实是，除了他与洛离的“第一次”和这一次，他真的没有在床上念叨过洛离的名字。

这一次干吗？

呵！

他的心底都在冷笑了。老子早就忘记了你，老子怎么知道这次为什么会叫你的名字？老子又不是神仙，老子怎么会知道？

“难道是男的？或者是宠物？那可是有悖伦理的。”女人被自己的幽默感弄笑了，她用手搅着自己长发的发梢，将发丝一圈圈地卷在手上，好似戏谑地讲，“真不爽，本来是来找刺激的，没有想到被人当成替代品。”

他将半截烟摁熄在床边柜的瓷烟缸里，拿出钱包取出几张钱来，放在了床头，披了衣服，准备下床离去，那女人突然坐直了身体，从背后靠了过来。

“干什么啊？我又不是出来卖的！再说，你这么急着走？我可是舍不得的！”

女人慵懒的腔调，软若无骨的身躯紧紧地贴住了他的身体。

那个拥抱，奇迹般和洛离绝望似的拥抱重合在一起。那令他浑身僵硬，面部表情痛苦地扭曲起来。他猛然地转过身去紧紧地抱住了这个女人，抱得她感到身体被铁箍箍住般生疼起来。

2008 年 4 月，洛离给自己签约的影视公司交了部作品梗概。

那是一部悲情的都市剧，在她住进隔离病房前，她对公司的老总说，我有一部新剧，剧情是：一个男人在外面有了小老婆，听信了小老婆的话，把公司的财产进行了转移，再骗自己的老婆，说做生意做亏掉了还不起银行的贷款，让老婆和自己离婚。贤良的女人死都不离，想尽一切办法去筹钱还所谓的债，最后，男人的小老婆逼急了，男人跪在了原配面前，道出真相。原配心寒地离婚了，男人也遭到了报应。他转移到朋友手下的财产，居然被朋友给吞了，朋友还拿着他打的假欠条，说他还欠他很多钱，情急之下，那男人把朋友给杀了。于是，他们的女儿就成了杀人犯的女儿，可是她很争气，历尽苦难，终于成为有名气的编剧，也因此找到自己的幸福，如王子和公主般，很幸福地生活了下去。

老总听后，当场就感到有兴趣，赞扬这是一部中国版的《阿信》。说现在就缺少这样题材的电视剧，因为现在的孩子一有不顺，就全怪自己的父母没有能耐，写一个杀人犯的女儿自强不息的故事，可以告诉别人，一切都要靠自己。

老总觉得这个题材棒极了，他恨不得马上让洛离把成形的剧本交出来。

看到他像打兴奋剂似的激动，她苦笑着，除了那杜撰的爱情，其他的根本就是原版的洛离。

亲爱的，我想告诉你。

沧桑的女人很难动笔去写下新的作品，因为字里行间会不由自主地带入自己，恐怕别人的猜测，惊惶泄露于字间的秘密，害怕那些人通过文字看透自己。

如刀刻的伤通过文字表现出来的时候，那已愈合的伤口会奇迹般尖锐与刺痛，让受伤时的痛楚放大千亿倍。

我想写下我与你的故事，我想改变小说里男主与女主的结局，就像我在剧本里写的每一句“我爱你”，都会不由自主地想到你在耳边的喃喃呢语。

然后，心只会抽痛一下，便如石沉水中，不会再有任何涟漪。

祭奠我们逝去的青春，允许自己最后一次想你。

我有些厌憎自己，为什么每一次想起你，都会告诉自己这是“最后一次”？

2008 年 5 月，洛离通过电子邮件交上了剧本。这时的她经过一个月的化疗，如丝绸般的青丝剪短了，头发大片地连根落掉。仅仅一个月，她已经全然成了另外一个人，药物的副作用，令她看上去丑陋至极。

她不得不住进隔离病房，辛小雨和沈若榛进来的时候，还到消毒室里去消过毒。辛小雨与沈若榛是和洛离一起写剧本的，算起来洛离还是辛小雨和沈若榛的师傅。

小雨一推门进来，就扑到洛离的床上，握住洛离的手，开心地说：“洛离，告诉你，我们的剧本通过了，通过了唉！制片和导演都很喜欢，公司说，只要这部戏火起来，我们下部剧就有署名权了！”

作为入行不久的编剧，是没有署名权的。

这一次，命运给了她一次可以署名的机会，可是，她如今这个样子，还有力气写吗？

但是，听到小雨这么说，洛离也配合着欢喜。

“真的么真的么？”她像孩子一样高兴起来，却笑得虚弱极了，“真好，终于等到这一天了，只是，我怕我会等不到了！”

小雨立马瞪圆了眼睛反驳：“乱讲，不会的！你可是我和若榛的师傅，没有你，就没有我和若榛的今天，不管怎么样，你一定会好起来的。”

洛离的身体开始痛了。

那痛好像一双手在活生生地撕扯着她的身体。

她知道，她最多只能活过这几天了。

在一阵急救后，洛离拉住了沈若榛的衣服，轻轻地问她：“你可不可以帮我做件事情。”

一件很重要的事情。

草坪上，一个彩色的小皮球滚到了洛离的脚下。

初春的季节，洛离坐在轮椅上，穿着长长的风衣，戴着大大的口罩，还顶着一顶超大的帆布帽子。要来捡球的小男孩来到她面前，突然就害怕得大哭起来。

陈青远匆匆地从后面赶了过来。

“怎么了？小宝？”他蹲下身来，用手抚了抚小男孩的脑袋。

小男孩哭着嚷：“爸爸，狼外婆，吃人的狼外婆！”

坐在轮椅上的洛离弯下身去，用骨瘦如柴的手捡起了那漂亮的彩色小球。

“对不起，先生，因为我得了癌症，化疗后才变成这个样子，吓到您的孩子了！”

“哦，没关系，小宝的胆子小，昨天又跟他念了狼外婆的故事，所以才……”

陈青远起身，接过洛离递过来的小皮球时，指尖触到了洛离的指尖。

球悬在了半空中。

陈青远不明白她为什么在他要拿回球的时候，又用力把球抱住。

他不解地看向洛离，只看到了一双浑浊无光的眸子。

“呃……”

他突然不知道叫这个人女士还是先生，因为她的声音粗哑得让人辨不清性别，他只有支吾道：“球……可以还给我吗？”

洛离好像从恍惚中惊醒，眼泪快要流淌出来的时候，她忙低下了头，待滑下来的眼泪被厚重的口罩吸收后，她扬起头来，笑着对他说对不起。

球还给陈青远时，她看了看他身边的小孩子。孩子很怕她，看到她看过来，吓得缩到爸爸的身后，抱住了爸爸的腿，将脸埋在陈青远的裤管里，哭着催着：“爸爸，快走，快走！”

哭得脸都皱了。

陈青远一把抱起儿子，就要转身离开……

“先生……”

他转过身来，用不解的目光看着洛离。

她想要站起身来，双手已经撑在了轮椅上的扶手上。腿发颤，她还是站不起来。

“您的儿子很可爱！”她只有坐了回去。

陈青远笑了，他对洛离说：“谢谢！”

他走了，走远了，远到看不见了，她才收回痴痴的目光。她将眼睛看向他不经意触碰过的右手，弯曲的手哆嗦着合拢，越捏越紧，好像捏着自己的幸福。

拿着相机的若榛从不远处的小亭的柱子后面走了出来。洛离听到脚步声，脸上绽出了外人看不到的笑脸。

她一定是在笑的，因为她的声音里带着笑意。

“若榛，谢谢你！”

若榛有了重重的鼻音，红着眼睛说：“不客气。”

沈若榛将 PS 好的相片交给洛离时，她笑得开心极了。

“婚纱照唉！”她笑着将脸转向若榛，“不好意思呀，若榛，让你从网上下载人家的婚纱照，把他的脸移到人家的脸上，把我生病前的脸移到这位新娘的脸上，真是辛苦你了。”

“不过呢……”洛离又说，“这位准新娘的身材没我好，胳膊那里有好多小肉肉啊！我的脸形和气质穿这种婚纱真的好漂亮！”

她说：“我洛离终于穿上婚纱了！”

她说：“我终于有婚纱照了，真的好幸福，好幸福呢！”

她不停地说着好漂亮，她在微笑，笑得沈若榛满脸泪水从病房里冲了出去。

她这么多年来，都是居无定所的一个人，一直都是！

孤独的时候，没有人陪在身边；痛苦的时候，只有自我安慰。

她总是在为别人着想。

若榛与洛离的相遇是在一家文学论坛。

洛离看了她的文字，问她愿不愿意合作写稿。

若榛答应了。

洛离全心全意地教给若榛一些文字上的技巧。

若榛总是问她：“洛离姐，你为什么要对我这么好呢？”

洛离说：“因为我觉得你需要帮助，觉得你很像几年前的我。我知道你这个时候，需要有人帮你一把！”

她对朋友总是推心置腹的。

萍水相逢，她也会拔刀相助。

这样一个人，为什么要有这样的结局，为什么呢？

若榛哭着向着门外冲了出去，她怕自己再待下去，会大声地哭出来。

而门外似乎还守着一个人。

“若榛，你告诉我这到底是怎么回事？”躲在门后的辛小雨忍不住揪着若榛问了起来。

若榛惊了一下，想掩饰，急性子的辛小雨将她拉到一边说："你别瞒我了，我都听到了，就是不确定，你当不当我是朋友啊？当我是朋友你告诉我啊！我们都是洛离姐带出来的，你这样……让我很不爽！"

若榛不想哭，却管不住眼泪，她只好深深地吸了一口气说：

"没有怎么回事，因为我也不知道到底发生了什么，我只是觉得洛离很可怜，说不出来的可怜。这照片的男人，肯定就是她今生挚爱的男人。洛离大概是在自己生命临近终结的时候，用自己的故事，编织了一个最美的童话，给自己悲伤的一生，安排了一个最完美的结局。"

洛离给人的感觉，就像无根的浮萍，颠沛流离，渴望爱的心从未得到过安定。

辛小雨聪明地想到了什么。

"难怪洛离的眼神里总是有一种说不出来的悲伤，难怪她每次笑得灿烂时，总有说不出来的伤感，原来她并不开心，原来她并不快乐。"小雨愤然，"难怪我觉得这次写的故事结局完美得过分，原来根本是假的！怪不得上次来看洛离姐的时候，她睡梦里哭着说'你为什么这么伤我，为什么要这样对我'！这个男的！这个该死的男人，一定是他对不起洛离姐，这个混蛋，洛离姐这样了，他都不来看看她，这个混蛋，这个王八蛋！"

辛小雨说着便往外冲，若榛拦都拦不住："你要干什么啊？"

辛小雨在十几步外转过脑袋，咬牙切齿，冷哼道："我很不爽，我要去扁人！"

如果若榛知道她来找陈青远，她一定会拦住冲动的她吧。

辛小雨自然知道陈青远在哪里，上一次若榛和洛离偷拍陈青远的时候，她就偷偷地跟来过。在洛离和若榛离开的时候，她也向边上的人打听过陈青远。她自然知道他在哪家酒店上班，然后她径直冲了过去。

火爆的辛小雨在酒店门口拦住陈青远，冲着他一顿大吼。陈青远一脸莫名其妙，这人是谁啊？莫名其妙地冲到大厅里，对着他嚷：“良心被狗吃了，欺负一个女人，算什么男人！”

她说着，就向他肚子击了一拳，陈青远万万没有料到这丫头会打人，更没有料到她看上去清清爽爽、干干净净，身手这么麻利还这么大的力气，一时间，竟疼得将身体弯了下去，

陈青远忍了疼，让自己直起身来，想保持镇定，没想到这丫头又是一拳，打得他又弯下了身去。

辛小雨是练过的，当她还是初中生时，就可以打得七八个高出她一个头的男生哭天喊地，区区一个陈青远，她怎么会放进眼里。

公司分派她写洛离的新剧时候，她就觉得这故事根本不像刻意编造的，这种职业敏感就像设计师看待名牌的眼光，正版仿版，一眼就能识出。

陈青远便这么莫名其妙地挨了两拳头。

两个穿着制服的警卫冲上前来，在大堂经理的带领下，两个大男人上前把辛小雨给架住了。

辛小雨忍不住起手挣扎：“我警告你们，我可是有功夫的。”

辛小雨刚想显露身手，只见陈青远厉声而喝：“怎么能这样对待我们的客人，放开她。”

他的样子过于严厉，两位警卫不由自主地放开了辛小雨。

辛小雨一得到自由，就急忙甩了甩自己被扭疼的手。

“我想，这位小姐是不是认错人了？”

“我绝对没有认错你！”

“可是……”他打量着这个冲他翻白眼的女孩子，他真的想不起来，就算他私生活糜烂，就算他也弄不清楚自己有过多少女伴，但他也清楚自己绝对不会和这种类型的女子有染。在挑选女人方面，他绝对不会选择这种类型。

陈青远打量着辛小雨，这清清爽爽的女生，绝对不可能与他有过关系，于是他的语气由犹豫到肯定，说道："我真的不认识你！"

"谁让你认识我了？"辛小雨的气不打一处来，"你认识洛离就可以了！"

他只感到心微微地刺疼一下，随后笑着承认："是的，我认识，我以前的同学！"

"就这么简单？"

"就这么简单！"

"再没有别的关系？"

"只是同学关系，曾经同桌过一学期！"

辛小雨看他那么肯定的回答，单纯地无地自容了。因为他看上去那么从容，甚至没有什么表情变化，该不是……洛离念书的时候暗恋人家，所以才让若榛去偷拍吧？

至于洛离那天说的梦话，她想，该不是她在做梦的时候还在编故事，在背台词吧？

辛小雨真的非常口快心急，还记得有一次，她们在工作室里讨论剧本的时候，辛小雨接到一通电话后，也没问清对方是谁就很烦躁地说："你有完没完啊？不就是你男朋友动手打了你吗？一点破事，从昨天讲到今天！既然在意他动手打你，你就跟他分手嘛。你自己舍不得分，还一个劲地唠叨他打你是情有可原，他打你是小时候受过家庭暴力。你烦不烦啊？刚劝你，你就一一解释，说他童年可怜，身世可悲。你是圣母吗？你用得着用爱感化他吗？你愿意犯贱，谁还拦得住你啊？一个手贱，一个骨头贱，你们俩天生绝配，你千万别跟他分手，趁早把婚结了，你要当圣母就当到底，省得他去祸害别人！"

还有一次，是在讨论剧本的时候，有人说让有钱的男主的妈去开支票给贫穷的女主，让她离开他。

辛小雨当场就嚷："别搞笑了，这是大陆，大陆公司里的财务人员都知道，超过五万块钱的额度，是要向银行写申请的，没盖过章的支票是无效的，到银行也取不出钱的。台湾言情看多了吧？"

她的脾气很冲，做了不少令人啼笑皆非的事情。

难道这次又是冲动惹的祸？

辛小雨为自己的冒失惊出一身冷汗，随后瞟了一眼陈青远，越看越觉得他不像那种负心的人，难道……她的心里咯噔一下，难道打错人了？

"我……"辛小雨一急，说话也结巴起来，表情极不自然，真的不知道怎样给自己找台阶下了。她两眼左右转着，想着怎样给自己解围，最后竟硬撑着强词夺理道："我就扁你！作为洛离的同学，居然不知道洛离得了癌症，你们算什么同学啊？她一个人待在医院，除了我和我同事，你们同学都没有一个人去看她，还有没有一点良心啊？你们……啊……"

千想万想，辛小雨都没有想到这个看上去一脸镇定的男人，在她这番话后，一把扼住了她的手腕，力道大得她忍不住叫出声。

刚刚还极其镇定的陈青远，此刻眼底布满了焦急。

"你说什么？你再说一遍！"

辛小雨竟被这眼神和语气吓到，她向来压得住人的气势竟矮下几分："我……我说……洛离病了，你们作为同学都不去看她。"

"什么病，她得了什么病！"

"血……血液方面的，在……在医院做化疗。可是是晚期了，治疗已经没有什么用了。"

他的心口好像被匕首刺中，他感到无比震惊和悲痛。

他终于明白那天她为什么来找他，他终于明白她为什么会抱着他的背，哭得那么伤心。

她是抱着怎样一种绝望的心态来见他的！

他突然懂了，他的心更疼了，她想要最后的温存，想和他留下一段没有遗憾的回忆，而他竟硬生生地推开了她，还羞辱她，骂她犯贱。

“为什么你什么女人都要，就是不要我！”

“是你太好了，我糟践不起。”

“我不是第一次！”

“我凭什么捡别人玩剩下的！”

她最后哭着让他滚，说永生永世不要再见面。他突然想到前几天，那草坪里遇到的“狼外婆”似的女人。

是洛离，一定是洛离！

他感到身体冰凉起来。

“这不是真的！”他猛然甩开辛小雨的手，放声一吼，“她不可能得那种病的！”

他激动地扶着辛小雨的肩膀：“告诉我……她在哪家医院，告诉我啊！”

他的眼神可怕到了极点，震得辛小雨顿感恐怖，她缩着肩膀，支吾着说：“在……民生医院，血液科……”

他几乎是狂奔到医院，从奔驰上下来时，他恨不得自己长了翅膀飞上去。

“洛离，洛离你不会有事的，小离子，你别怕，我来看你！”

他乘电梯来到血液科，金属色的电梯一开，他便迫不及待地冲向了值班室。

值班的是位女医生，四十岁左右。

“医生，我想问洛离的病房！”

医生被眼前这位西装革履的男子的焦急吓到了，只见他满头是汗，眼眶都红了起来，一脸狼狈，快要哭出来的样子。

医生看了他一眼：“院里是有名叫洛离的女士，请问你是她什么人？”

“我……我是她以前的同学！”

“不是直系亲属吗？”医生又问。

他直感到汗湿了的背后，一阵冰凉，他除了是她的老同学，就什么都不是了。他做了一个吞咽的动作，咽得有些艰难，他再次抬眼时，望了医生一眼，摇了摇头无力地说：“不是！”

“那真的很抱歉！”医生一脸抱歉地说，“病人现在住在重症病房，生命随时有危险，非直系亲属，不能探视。”

“可是医生……”

“对不起，爱莫能助！”

“医生！”陈青远哀求，“重症病房里不是有监护室吗？我隔着监护室的玻璃看她一眼行么？”

他的眼神哀切，他的请求情真意切又带着无人舍得拒绝的哀求。

医生似乎被打动了，她有些为难，却也不忍心拒绝，于是点了点头，说：“就在监护室里看她一眼！”

他隔着那层玻璃看着她时，只看到远远的床上，那戴着白色帽子的洛离。

隔得有些远，有些看不清她的样子，但能看到有医生穿着隔离服给她做例行检查。

他的气息喷在面前的玻璃窗上，蒙上一层乳白色的雾气，很薄很薄，像一层轻烟，他视线里的洛离更加遥远与飘渺。

他的双手按在玻璃板上，感觉她离他那么近又那么远。

“小离子！”他的眼底积满了酸楚的眼泪。

“小离……子！”他的泪终于不由自主地滑落下来。

洛离已经睡着了。为她做检查的张医生看了看她床头的仪器，看着那仪器上的数据，再低声吩咐着身边的小护士将数据记录下来。此时此刻，张医生想给洛离掖掖被子，她弯身去拎被角的时候，发现被子下有什么方方硬硬的东西。

张医生奇怪极了，她轻轻拉下洛离的被子，只看到她的双手平抱着一个相框，睡得熟了，相框有些脱手，于是张医生将那相框拿出来。

那相框里的相片，是一张甜美的婚纱照。

相片上的洛离美极了，她身侧的新郎看上去也玉树临风、一表人才。他们相配到极点，那鼻那眼，竟如此神似，连笑的时候，两人的唇角都不约而同，极有默契地向右边斜起！

那应该是她的丈夫吧？

可是他为什么没来看她？

该不是因为她有病了，原本要结婚的两人，因为男方不想被拖累，才没有和她走到一起吧？

重症病房里的悲欢离合，这位医生看得已经足够多，多到她连感慨的词汇都没有了。

张医生暗自思忖，却不会真的好奇到打探人家的隐私，只是将手里的相框放到了洛离的枕头底下。随后转身的一刹那，她整个人惊了一下。

那身后的玻璃墙外，那双手按着玻璃，悲痛的眼神看着洛离的，不是刚才那相片里的男子又是谁？

看他悲伤的眼神，看他流泪的样子，好像刚刚知道她得病。

难道……

这个傻洛离的故事跟狗血剧一样？原来要和这个男人结婚的，可是因为得了癌症，执意要和他分手，然后这男的无意中得到了她生病的真相，跑来看她？

看他的眼神，看他只看着她的样子，应该是深深爱着她的。洛离也应该是爱着他的，所以才不告诉他她生病的事情吧。

张医生的眼底也湿润了起来。

任是对死亡多么麻木冷漠的医生，面对关系到爱情的生离死别，心中还是会生起酸涩而悲伤的情愫。

张医生走了出来，在监控室里看到悲伤的陈青远。

“医生！”陈青远哽咽着，“救活她，求求你救活她。”

张医生看了看陈青远衣服上的职务牌。

他是在工作的时候，听到辛小雨说到洛离的事情跑出来的，连制服都没来得及换，制服上别着的职务牌“陈青远：大堂经理”。

“陈先生……”

张医生对陈青远摊了摊手：“事情不乐观！洛离她……”

“花多少钱都没有关系！”

医生一脸无奈：“这不是钱的问题，虽然钱是前提条件，可是光有钱，没找到配对的骨髓，也是没有任何办法的！”

“她的家人没有来配对吗？”

医生一脸奇怪：“她不是说她只有一个人吗？”

难道她父母都在，只是她不想打搅他们，不想让他们救她，她一心想死？

现在……医生的眼前，就有一个活生生的骨髓捐赠体啊。

“医生！”陈青远猛然拉住了医生的手，含着眼泪激动地说，“救她，求你救她，如果找不到配对的骨髓，用我的，我是她哥哥，我是她同父异母的亲哥哥！”

医生吓到了！

这故事的版本，跟她最先设想的完全不一样啊！

他们不应该是夫妻吗？

怎么演变成他是她哥哥了？

骨髓吻合度的检验要一个星期才有结果。

那一个星期，陈青远每天都去看洛离，但他从来没在她面前出现过，他甚至没让别人告诉她他在关心她。眼见着辛小雨从洛离房间里出来，他便在门口迎上去问：“她怎么样了？”

辛小雨叹了一口气，不知道说什么才好。

“你这么关心她，为什么不亲自进去瞧她？”

“我们的事情，很复杂！”陈青远流着眼泪说，“我只要知道她有活下去的希望就好！”

“那我换一个话题问！”

陈青远起了手势打断了小雨的好奇：“最好什么都不要问！”

这天是骨髓检测结果出来的日子。

可是，结果出来了，他们的骨髓不相合，连相似的几率都很小……

由此推断，他似乎不是她哥哥。

他惊觉自己上当了。

这天，天有些阴沉。

陈青远出现在这个老妇人面前。那头发灰白的老妇人满脸皱纹，打开门，看到来人是他时，竟惊了一下。

“你……来干什么？”

“我来问清楚一件事情。”

“什么事情？”

“洛离她到底是不是我的亲妹妹？”

他红了眼睛，拼命地压抑着自己的情绪，胸脯剧烈起伏着，好像一只蓄势待发的狂暴狮子。

老妇人惊住了：“这个……你不是早就知道了吗？”

“那个时候你含糊其词，我现在想亲耳听你说，她是不是和我有血缘关系的妹妹，她是不是你和我爸一时情难自禁的产物？”

老妇人的脸一下红，一下白，又红又白，一脸难堪，她一把将陈青远拽了进来。

门在陈青远的身后关上了。这是一间极狭窄简陋的住房，高大的陈青远站在这里，让这里显得更加狭小。

“过去的事情，你重提有什么意思？”

“那么你再说一次，洛离是不是我亲妹妹啊？”

“是——”老妇人竟咬紧牙关，一口咬定洛离是她背着前夫感情出轨，与陈青远爸爸的“产物”。

陈青远笑了：“你还是不肯说实话呀，阿姨！你一定要我拿出证据来，你才肯承认你们两个人都在骗我是吧？”

他拿出 DNA 检验报告，一把拍在桌子上。

“洛离跟我根本没有血缘关系，你还要骗我骗到什么时候？”

“为什么要骗我们？为什么要拆散我们？”

洛离的母亲目光躲闪，别开脑袋不回答陈青远的问话。

“你知不知道你害了洛离，你知不知道洛离她……”

他硬生生地打住了口。

“陈先生，不管怎样，你都不要把洛离的病情告诉她的妈妈，这是她的心愿！”辛小雨是这样叮嘱的。

“可是不告诉她，她会死，她母亲的骨髓至少可以救她啊！”

“洛离不想她妈妈知道啊，关于骨髓的事情，我带阿姨体检的时候，有请医生抽过她的血做配对，可是并不符合。洛离是怕妈妈受不了打击，才不肯告诉她的吧！毕竟，看着自己的女儿要死了，却什么都做不了的感觉，是很残忍的！而且阿姨的心脏不好，怕她知道了会有什么闪失。”

“那就这么瞒着阿姨？”

“我也不想啊，可是，这是洛离的心愿，她是这么求我保密的，我是一时没忍住才去找你的，你……你要是真的对洛离还有感情，你就不要出卖她，不要让阿姨知道！”

陈青远硬生生地住了口，他痛苦地将真相咽了进去。

“阿姨！”他痛苦地唤了洛离的母亲，他哽咽着，“我轻信了你们的谎言，荒唐淫乱地生活，淫乱得我自己都恶心自己。洛离那个笨蛋，到现在还接受不了我背叛她的事实，她一直因为我而没有办法和别人在一起。洛离是你的亲生女儿，你怎么忍心编出这样的谎言，让她痛苦，让她被我伤害，你到底要洛离伤心到什么时候？你怎么忍心用这种谎言害你女儿一辈子？”

“陈青远，你不要太看得起你自己，这世上不是只有你这一个男人，我们家洛离才二十多岁，她那么好，别人排着队等着娶，我闺女的事情，不劳你费心。”

“她要是嫁的话，早嫁了，她会等到现在吗？你们撒下了弥天大谎，现在真相就摆在我们面前，你想她要是知道她亲爱的妈妈伙同她喜欢人的爸爸说出这样的谎话，她会怎么样？”

“你不要把这件事情告诉洛离！”

“那你就告诉我事情的真相！”

“没有，没有什么真相！”

“那我就对不起了。”

陈青远愤然转身，洛离的妈妈慌了，她越过他的身体，拦在了他的前面。

“你……你要干什么？”

陈青远心中涌上苍凉，这女人怎么这么狠心，她到底怎样当人母亲的？心里涌上难言的东西，他拼命地将那种感觉压抑住，却还是忍不住噙了眼泪冷笑：“你说我要干什么？”

“你不能把这件事情告诉洛离！”

“那你就告诉我真相！”

陈青远猛然大喝，目光凶狠，气势咄咄逼人。

“你……你去问你爸爸！”

“我现在就问你！”

“我……”

洛离妈妈的泪从眼里滑落下来，与其让陈青远的父亲乱讲，还不如从她嘴里道出真相。

“我能怎么办？”说这一句话时，她的五官都酸涩地皱到了一起。

“我一个死了前夫的女人，带着一个十八岁的女儿，没有姿色，没有文凭，一无是处、一无所长，我又要养洛离，还要供她念大学，那学费和生活费，我上哪里去要，我上哪里去借啊？你生活环境好，在外面借多少别人都会借，因为别人知道你还得起！可是别人不借我，有钱都不借，那是因为估量着我还不起。你喜欢上洛离，你爸偏偏又不喜欢。第一次，他找到我，对我说，只要配合他演一出戏，洛离四年的学费他包了！第二次，他让我哄你，说洛离是你妹妹！我自然是拒绝的，你知道你爸怎么说吗？你爸说，就算洛离嫁到你们家，他也不会给她好脸色看，因为那个时候，他就想让你和你老婆在一起，促成他的生意。你以为结婚娶老婆只是两个人的事啊？那是两个家族的事情。我家洛离和你的差距太大了，就算跟你在一起，就算嫁过去，也没有幸福可言。你……”

洛离的妈妈呛了一口眼泪：“你陈青远……你陈青远若是争气好学也就罢了！你从小到大，逃课打架不完成作业，就连工作也都是你靠父亲的关系！你什么都不懂，你什么都不会，你除了你爸爸这座靠山，你什么都没有！我怎么能想象我把女儿交给你后，你和她住在你父亲家，忍气吞声的样子？你爸根本不会给她好脸色。你爸把你的性格摸透了，不打你不骂你也不拦你，只让我配合演一场戏。你以为我贪你们家那点钱啊？我是舍不得我家洛离。我十月怀胎，养了她那么多年，我比谁都心疼我女儿，扯这样的谎言我也没有办法。我除了答应你爸的条件，我还能怎样？那么卑鄙的事情，他都能想得出来骗你，我家洛离……”

她哭得皱起了脸：“我家洛离真要跟了你……你爸再使暗招让她受委屈怎么办？那傻孩子，再苦都会笑着说是甜的，再累再委屈，也说没有关系，怕是真的到了那一天，为了不让你两面为难，再苦她也会忍，再大的罪她也受，我当妈的，怎么忍心看她往火坑里跳？我怎么忍心把她交给你？长痛不如短痛，不这样我能怎么办？”

她哭得捂住了心口：“谁会知道那傻孩子对你死心塌地啊？谁会知道她是真的被你伤透了心啊！”

洛离的母亲再也说不下去，撕心裂肺地哭起来。那哭声好像最悲凉的马头琴声声嘶鸣，哭得他整个人蒙了，好像被人硬生生地当头挥了一棒子。

如果……他打小就不那么调皮！

如果……他打小就很争气！

如果……他早一点有独立能力，洛离的妈妈一定会把洛离放心地交给他。

他被谎言蒙蔽了，这全是因为父亲的卑鄙，也是一位母亲的不得已。

洛离那个傻瓜……

那个只爱着他，什么委屈都受的傻瓜……

她一定不懂得圆滑，不懂得世故，不懂得心机，不晓得人心险恶，一定敌不过父亲的狡诈。

她的母亲是在保护她。

可她的母亲还是不了解她，还是不懂得她“痴”得很可怕。

说到底……竟还是他毁了她。

陈青远晃晃悠悠地回到家里，家里空无一人。这个家从几年前就开始冰冷。

如果娶的是洛离，她一定会把家布置得很温馨，一定会做好饭菜等着他回来，一定会等着接过他手里的公文包，一定会给他拿来鞋子，一定会让他忍不住拥住她，吻她，在她耳边轻语：“亲爱的，我回来了。”

而现在呢……

他的老婆……

他陈青远的老婆早就不知道在哪个男人家里过夜了。

他冷落她，她也没必要黏着他。

这个所谓的家，不过是一个空壳罢了。

如果这个家的女主人是洛离。

如果是洛离……

他很想笑，很想放声大笑，因为他所谓的婚姻无非是家里人安排给他的女人，没有爱情，没有什么激情，他娶她，全是因为父母的安排。只是几天就受不了她的咄咄逼人，更看不惯父母对她的低声下气。

而他老婆口口声声说爱他，说几年前，某次的商业聚餐，她看到随父亲一起来的陈青远时，她就深深地爱上了他。

她说她还弄到他的地址，到学校去找过他，甚至在公开课的时候，还跑到同一间教室里听过课。

她说，她看到他宠着洛离她就受不了，还说他幸好没有娶那个穷酸女人，不然，哪有现在的一切啊？说得兴起，还配以表情修饰，一脸鄙夷道："她那种家世也配得到你？她那种平民阶层的人，也配得到你的爱情？"

然后，他立马感到翻江倒海似的恶心。他偶尔走神时，她都会拿东西砸他，遇什么拿什么，有一次还一脚把他从床上踹了下来，在他吃痛不已的时候，她居然会先哭得委屈："你是不是又在想你那个什么离了？"

他略有微词，她便大哭不已，再甚者，跑回娘家。然后，她哥她妈冲上门来兴师问罪。然后，他的爸爸会冲上来甩他一耳光，骂他畜生，让他赔不是，生怕得罪了这有钱有势的儿媳妇。

那个时候，他们家还有很多事情需要依靠他老婆的娘家。

他们的父母，谁都不是天生的贵族，谁都不是家底雄厚的上流社会人物，所以所谓的富贵人家，不过是得到时机与运气还有金钱的暴发户。处于这个阶层的人，有永无止境的欲望，总觉得自己得到的不够，总想着法子算计着如何多弄一点。

在这几年里，陈青远成熟了，手腕高明也圆滑了，他作为股东和朋友经营了这家五星级酒店，还经营了健身中心。

他老婆娘家的煤矿倒塌，事故重大，她老爹一家畏罪潜逃，被捕，被判了重刑。

他老婆就变得敏感且有些神经质了，陈青远对她声音大一点，她就会哭着大嚷："是不是我没娘家了，你就要跟我离婚了？"

每每至此，都会闹得天翻地覆，让他摔门离去，再也不想回来。

他老爸看到儿媳家败落了，儿子有出息了，马上对儿媳妇冷淡了。而且，再也不看她的脸色，也不待见她了。

媳妇再向他哭诉说老公彻夜不归，已一个多月没见到人影的时候，他不再像以前那么袒护她了，只是说男人在外面总是得应酬的，做老婆的，要识大体，不然怎么做他们陈家的媳妇。

空闺难耐，他的老婆也红杏出墙了。他得知后也没有疼痛的感觉，他好像早就在传说中的第八号当铺里当掉了自己的感情。

他以为，自己会这样下去，一辈子这样下去。

现在，那渐渐麻木的疼，似连本带利席卷而来，痛得心口像撕裂了。

他拿出手机，给他老婆打电话。她老婆接电话后冲他不冷不热地说："您怎么会想到给我打电话？"

他的老婆在用"您"，"您"字咬得很重，语调拖得很长，有讽刺的味道。

他苦笑了一下，发现自己连苦笑都得忍住眼泪。

他整个人瘫在沙发里，声音低哑而痛苦地说："这么多年来，苦了你。我不想再彼此折磨下去，你想要的车子和几处房子我都给你，甚至我的股票和我所有的家产，只要你想要，我全部给你。"

他说："明珠，我们离婚吧！"

医院里，她躺在床上，他轻轻握住她的手。

他捧着她的手，给了她温度。

“傻瓜，你不会有事的，你一定不会有事的！”

他轻轻地吻着她的手说：“我们还有很多事情没做呢！我还没娶你呢，你还没跟我生孩子呢！”

话一出口，便是难以抑制的酸楚。

他曾对她许过承诺，他曾承诺给她幸福。

看着那浮肿的脸，握着她浮肿了的手，这就是他给她的幸福么？

这就是他给她的承诺么？

洛离醒时，只觉得自己的手心暖暖湿湿的，一滴，再一滴的液体往手上滴。她恍然惊醒，就看到陈青远坐在床边，执着她的手微笑。

“醒了？”

他的声音嘶哑，脸上还挂着泪珠。

她惊惶地想撑起身来，却撑不起来。她用粗哑的声音说：“你是谁？怎么会在我房里？”

他含着眼泪，红了鼻头和眼眶，笑着说：“我是青远啊，陈青远。小离子，你怎么能装做不认识我？”

她慌了：“我不是洛离，我……”

他笑了：“不打自招了不是？我只叫你小离子，你就说你不是洛离，那你说你不是洛离你是谁？”

她已病得没有力气，连睁眼都困难，吸着氧气，却不由自主地淌着眼泪，将脸转过去：“别看我，很丑！倒你的胃口！”

“哪有，你比我见过的女人都漂亮，比她们漂亮多了。”

她虚弱地笑了，有气无力地说：“撒谎！”

“没有！”他起身，用拇指轻轻摩挲着她的脸，盯着她失去神采的眼睛，微笑着说，“真的，不哄你。谁都没你漂亮，你最美。”

“睁着眼睛说瞎话么？”

“小离子，现在在你面前的陈青远说的全是实话啊！”

“我……不是一直是一脸蠢样吗？”

“那是我骗你的！因为你变得太漂亮了，所以，我想戏弄你啊！我以前老戏弄你的，你忘记了吗？”

“我的身体浮肿了！”

“你本来就瘦嘛，胖一点好看！”

“我的声音粗了！”

“没关系，我喜欢！”

“我的头发掉光了！”

“师太，老衲我也是还俗的！”

“我再也没有力气想你了！”

“没有关系！”他说，“你不用想我，因为我保证你每天都可以看到我！”

“你这是怎么了？”她抑制着心底的酸楚，强打笑容轻声问他，“受什么刺激了么？为什么跑来对我说这些话？”

“因为我想你，我很想你！我每分钟都在想你！想你想得都成了习惯。”

她微微用力，想抽回自己的手，他有了感觉，将她的手用力捧住。

“肉麻了吗？”

他突然转移了话题，问了一句不相干的话。她不懂，只是微微挑起了眉头，疑惑地“嗯”了一声。

他握着她的手，置于唇边轻轻地吻了一下：“如果这样就肉麻，那我接下来要说我爱你怎么办？”

她心底涌上悲凉：“你只是在同情我对吧？因为我要死了，所以，你在可怜我对吧？”

“小离子……”

“可是我现在对你的感情没有任何感觉，你说你爱我，我也没有任何感动，我真的没有感觉了，我真的觉得‘爱’字从你嘴里说出来太廉价了，你的爱多少钱一打呢，又对多少女人说过同样的话呢，又是为了骗女人上床吗？我现在这个样子，能勾起你的兴趣吗？我连接吻都会被细菌感染。”

她说这些话的时候，心底比谁都疼！能够得到他的爱情，能够与他夫妻般生活，能够在每天早上第一眼看到他的睡颜，她会比什么都安心。

他一直在玩一个谎话游戏，游戏的主题是“我不爱你”！

他似乎演得太真了，玩得太投入了，到他想说真话的时候，让人无法相信了。

“小离子，说谎的人鼻子会长长的。我爱你！你看我鼻子长了么？”

她笑了，笑得十分苦涩。

“你以为你是《木偶奇遇记》里的匹诺曹，还是你以为我还是那个什么都不懂的小姑娘？”

她心酸地摇了摇脑袋：“我们早过了相信童话的年纪，我们早就不是青涩的少男少女。你已是有妇之夫，而我却只是别人玩剩下的，我给人当过情妇，被人骂不要脸的第三者，我是被人唾弃的女人。像我这种又烂又贱的女人，不值得你费力讨取欢心。我很烂的……你懂么？”

她这般调侃无谓地说出来，他竟觉得那疼是一阵挖心搅肺的疼。

从一开始，就陷入伤害的误会里。从一开始，他完全可以离开她，去国外求学或者去别的地方，他却一直在她的眼皮底下，明知道是折磨她，却还是舍不得离开。明知道这是相互折磨，却还是这般地折磨下去。

一个接一个的谎言，让他离她远去。

再怎样烂的女人，也曾有个男人视她为珍宝；再怎样不堪的女人，也曾单纯与绝妙。

那个总是被他气得涨红脸的洛离啊！

那个和他初吻的时候，羞得红了脸的洛离啊！

可不可以让他真正地呵护她，可不可以让她永远纯纯的，笑得有些傻气，有些天真，让人觉得很有趣？

可不可以将那种沧桑认命的笑容从她脸上抹去？

可不可以不要这么残忍？

可不可以给他一次重来的机会？

可不可以让他好好地爱她，让她幸福，永远都不受委屈？

我们不是这样的！

我们的结局不应该是这样的！

怎么会偏移最初的轨道，挪位到如此变态的位置？

“小离子！”他笑着，却有一滴眼泪滴到她的脸上，她轻轻颤动一下身体，好像被泪给烫了一下。他忙拭去她脸上的泪。

“事实上，我在我新婚那晚把我老婆想象成你，那么这么说来，你是跟我进了洞房，你的第一次也是给了我，所以，你自始至终只是我陈青远一个人的。你是我一个人的。”

原本他们可以走到一块儿的，原本他们可以幸福的，原本她可以成为他的妻，原本……

他痛得双手攥住了床单，头低低地垂下去，对着她的，只有他浓密的头发。

整个房间里，渲染着一种灰色的基调，沉重得像画笔刻意涂上的黑色云块。好像无形的手在击打人的胸膛，一下，再一下，拳拳击心，次次要命。

她的心脏刺痛起来。初夜之时，疼痛悲伤还有那直侵人心的凉飕飕的绝望之感此时加倍地狂涌而来。

她说过……不再为他疼了！

她说过……永远永远都不要再为他伤心。

她每次对自己说，这是最后一次想你，却总是抑不住想念的冲动。

我真的很想自己的第一次是你，我真的很想当你的妻，我真的很想永远和你在一起。

如果再给我一次机会，我一定……

她的眼泪终于流淌下来。他们背道而驰已经很远很远，所谓的如果与假设，只是徒增酸楚。

永远没有如果，永远没有假设。

所谓的如果与假设，只是自欺欺人的自我安慰。

她笑着淌着泪。

“青远，不要为我的淫荡找借口，我确实是别人玩过的，我……”

“你住口，你是我老婆，谁敢污蔑我老婆，我会跟他拼命的。”他猛然抬起了头，红着眼睛冲她嚷。

“我不是你老婆！”她摇了摇头，眼泪顺着眼角滑进了发际。

“我说是就是！”

“可惜我不是！”

“呵，我老婆得失忆症了！连戒指都忘记戴了！老婆，我真的好爱你，我知道我做错了事情让你生气，你怎样罚我都可以，回去跪搓板都没有关系，可是，你不要赌气不戴戒指呀！”

他从怀里掏出一个红色的锦盒，打开来，是一枚非常名贵的钻戒。

她睁大了眼睛，没有了神采的眸子刹那间有了光彩。

“你看你啊，总是这样粗心大意，属于自己的东西都不戴在手上。怎么？是不是因为自己长得漂亮，所以想选一个比你老公我更好的人呀？”

“我不是，我不是你老婆！”

“老婆，我们是夫妻，我们拍过婚纱照的，你看……”

他从她的枕头底下抽出了那张 PS 过的相片。

“你看我们看上去多甜蜜，多恩爱啊！”

她淌着眼泪，看着那泛着白光的玻璃相框。

“假的，那是假的！”

“老婆，你真的失忆了！”

“我没有……”她笑得苦涩，“你大婚那天，我就在那幢楼的上面站着，我很想跳下去，可是我舍不得，不是舍不得死，是舍不得……让你害怕。我没有失忆，你娶的人不是我，你的老婆不是我，这婚纱照是我找人偷拍后 PS 的。我只是在意淫而已，你真正的老婆不是我。”

他的心像被人狠狠地捏了一把，浑身的细胞都传递着痛的信息。他吻了吻她的手，低沉而悲伤地说：“她同意跟我离婚了，现在的我只有你了！”

那么说，她可以名正言顺地和他在一起了？

她挣扎着想从床上坐起身。那一刹那，虚伪拒绝的情绪掩饰不了。

身边的心电仪走动的频率加快。

她的眼里，只有那枚戒指，用心等了几乎一辈子的戒指。

儿时就幻想着他能跪在自己面前，捧着戒指求婚，对自己说“我爱你”。

他拿起了她的手，就要往她的手上套戒指，她陡然惊醒般，竟紧握了拳头：“不……”

他惊然抬首，就见她淌着眼泪直摇头。

“别……别再给我……希望，又把我推入绝望，很难受，身体被锯子锯开似的难受。”

她真的无法再承受一次了。

他的牙关咬紧，眼泪像失控般往下涌。那钻戒上的钻石映入人的眼帘，竟有刺一般的十字光芒，刺进眼底，连心都刺疼了。他疼得将头低了下去，却还是忍住情绪，将戒指往她手指上套。无奈，她的手指浮肿了来，戒指套了一半，就再也套不进去了。

“别套了，不是我的……就不是我的。”

她苦笑着抽回了手，吃力地起手去摘。

他抢过她的手，握在了手心里。

“小离子，别取下来，小离子！”

“可是，太紧了，箍得我很痛。”

他用悲痛的眼神看着她，看她皱起了眉头说疼，纵使千般不愿万般不舍，他的手还是松开了。她的手抽了回来，他眼睁睁地看着她把戒指取下来，然后，拿在手里，向他递了过去。

他明明是在淌眼泪，却发着颤音笑着：“小离子，戴过我的戒指就是我的人了！”

她摇了摇脑袋：“我们不是小孩子了，青远。你说的，你说你不爱我，你说你从来没有爱过我，但是，你刚刚为我戴上戒指的感觉，真的，我感到一辈子的缺憾被人补足了。我知道你总是觉得我可怜，我知道你总是在同情我，但是……不管怎样，谢谢你！”

他觉得自己的心脏被她的话搅碎了。他觉得下面的话要说出口，需要很大的定力。

“我今生最大的谎言，就是说我不爱你。”他淌着眼泪微笑着说，“还好我现在有了重新来过的机会。”

他说：“小离子，给我最后一次机会，好不好？”

她说：“我真的没有力气再承受第三次了。”

他直起身，泪流满面。

“求求你，给我最后一次机会！”

她心碎地摇了摇头。

“洛离！”

他扑过来抱住了她的身体。

“你说过你会嫁给我，你说过的你还记得吗？你还记得我给我们的宝宝取了名字，不管男的女的都叫陈家洛，你还为此笑了好久，你记得吗你记得吗？”

心电仪走动的声音，又大了起来。

“活着也好，死了也罢，我都不会再让你孤零零一个人。我……”

她瞠目结舌的样子，好像听到什么可怕的事情。

“你走！”

她突然使出浑身的力气，狠狠地推开了他。

“我为什么要听你的话？我为什么还要信你？你害我害得还不够惨吗？你还有脸出现在我的面前，你还好意思说什么不会让我孤零零一个人？你想干什么？你想在我死后陪着我一起死啊？我活着的时候不能摆脱你，我死后，你还想纠缠我吗？别让我再见到你，永生永世都不想见到你。你给我滚出去！再不走，我拔氧气了！”她的手威胁似的拿住氧气管。

然后，他还想靠过来，她就开始向他扔东西，枕头、戒指还有那个玻璃相框，玻璃碎了，清脆一响，引来了医护人员。

“医生，让他滚，让他滚，你们让他滚出去。”

她激动地牵动了输液管，那透明的输液管里有了明显的回血。

他急疯了：“我走，我走！你别动！”

他转身就走，从病房出来，坐入自己的私家车，一个大男人趴在方向盘前，悲恸得大哭起来。

她像被人抽干了力气似的倒在床上。

医护人员在身边忙忙碌碌，她也只是木然地淌眼泪。

你说什么我都是相信的，我不想你有寻死的念头，我不想你真的与我生死相随。虽然活着很辛苦，可是，我还是希望我最爱的人可以健健康康地活下去。

如果有来世……

我乞求不要再让我见到你。

如果有来世……

我乞求上苍不要给我这么多的折磨。

如果有来世……

我想要一个幸福而美满的家庭。

我不贪心，我也不虚荣，我只是想要一些很平凡的幸福，下辈子我要去爱的人，是谁都行，只要不是你。

医生在为她急救，她的眼底都蒙上了一层光彩。

恍然间，看到十八岁的自己，看到二十岁的自己，看到她与青远的过去。

“我们念大学后，天天做这种‘缺氧’运动好不好？”

“等我们有了孩子，不管男生女生，都叫陈家洛！”

“等我来娶你的那天，你一定要做我最漂亮的新娘子啊！”

“洛离……”

那病房里，朦朦胧胧的意识里，那七彩光芒之下，陈青远在冲着他微笑，一手拿着鲜艳无比的玫瑰，一手捧着钻戒，璀璨生辉。

穿着正式礼服的他，对她笑道：“你愿意嫁给我吗？”

她微笑着，笑得医生们不解，笑得护士们不明白，他们只听到她说了一声：“我愿意！”

她沉浸在自己的幻想里，她看到自己在梳妆台上找口红。她想自己的唇更鲜艳一些，她想涂了唇彩能够让脸更加娇嫩如花。

“口红呢？”

她焦急起来。

“找不到口红了！我的口红在哪里？”

她的眼底是令人不解的慌乱，她竟想挣扎着从床上坐起来。

“我的口红呢？我的口红不见了！”

护士们急了，按住了她，她却焦急地叫嚷着：“我的口红呢，我的口红呢？”

想漂亮地去见青远，漂亮地去见他。

她的情绪似已失控，焦急地挣扎。

护士只好拿来拔了针头的一次性针管：“口红在这里，口红在这里！”

幻觉中的洛离，轻轻地涂着口红，少女情怀，羞涩而甜蜜，抿了抿嘴，扯唇微笑……

那抱着针管微笑的病人，带着微笑，虚脱般倒在了床上。

一刹那，心电仪尖锐地叫了一声，那心电图因心跳过弱，而报警似的尖鸣起来。

陈青远觉得自己在做梦，已分不清梦境与现实。

他记得他明明趴在驾驶盘上睡着了，为什么，突然听到谁大喝一声：“陈青远！”

他猛然抬起头，就看到十七岁那年，那胖胖的语文老师，拿着一个作文本，满脸不悦地问他：“这作文是你写的吗？”

这教室，这黑板，这老师，这同他一起站在教室里的洛离……

眼泪不由自主地滑落下来。

她低着头，不吭一声。

他激动得直淌眼泪，他不敢动，觉得这些都不是真实的，他所看到的洛离只是十七岁的洛离。他只是怔怔地看着她，无声地流着眼泪。

“陈青远同学，老师只是问你一下作文是不是你自己写的，你别哭成这样啊！”

下课铃响了，她气呼呼地来到他的面前：“你怎么又抄我的作业？这一次更好笑，连作文一起抄！连人名都不带改的，你真的很让我刮目相看哦！”

他紧紧地拥了她。

她惊惶失措地惊大了眼睛，而班上的同学竟都开心地拍手叫好。

第二天，他交了作业，第一次没有抄袭交了作业。

第三天，他把不懂的题目整理出来，不懂的就问。老师们惊讶，同学们觉得不可思议，洛离也奇怪了。

“咦，你变性了么？怎么这么努力？”

他冲着她笑了。

总觉得这一切不真实，但还是笑着告诉她：“因为，我希望我心爱女生的妈妈能放心地将她的宝贝女儿交给我！不努力怎么能行呢？”

接下来，高考的日子就这么到了。

“就算考不到同一所大学也没有关系，只要努力就好！”

他轻轻问她：“我考上了的话，你做我女朋友好不好？”

她红了脸，就像他第一次吻她一样，低下了头，他在她的脸上，吻了一下。

发榜的那天，她开心他们同时考上了。他与她在江畔甜蜜而浪漫地拥吻。

七夕那天，他捧着大捧的玫瑰，出现在她的面前，教笨笨的她吃西餐，就坐在她的身边，贴近着她的身后，下巴抵着她的发际，嗅着她自然的味道，教她切着牛排，她成功地切下一块后，叉在叉子上，开心而炫耀地扬起叉子说“是这样的吧”的时候，他忍不住在她的脸上香了一下，然后夸她：“亲爱的，你真聪明！”

他们考入了同一所大学。

他们是大学最令人艳羡的一对。

从小学开始，一直到初中、高中、大学，再一起大学毕业，再步入婚姻的礼堂。

没有第三者，没有人插足，更没有人破坏。

他们忠贞地爱着彼此，他们恩爱如初，好似神仙眷侣。

他们结婚六年了，还很相爱很相爱。他们的儿子陈家洛都已经四岁了。

“老公，起床了！”

他冲她调皮地笑：“就不起来！”

“醒了就起来，要迟到了！”

“还早嘛！”

“做强盗还早啦！”

“那我做一次采花大盗！”

“老公，你……”手腕被他扼住了，他的手不规矩起来，她扯都扯不下来。

“要迟到了！”

“傻老婆，今天我轮休！”

“啊？轮休啊？我都忘记了。”

他翻身压了上来。

她惊呼：“昨儿夜里折腾了大半宿，你不累啊？”

“老婆！我想再累一点！”

当太阳升得老高时，那厚厚的窗帘下，那屋子里，是他们缠绵过后温存地相拥。

她懒洋洋地躺在他的怀里，那挡住了阳光的厚重的白色纱帘，像一张发着荧光的幕布。

“老公？”

“嗯？”

“老公！”

“嗯！”

“老公……”

“嗯嗯嗯！”

她乐得呵呵地笑出声来。

“真想这样一直叫下去。”

“呵呵，等我们七老八十的时候，你一定会觉得叫老东西啊，老不正经的啊，还有老头子更动听一些。”

“老公我好幸福！”

“我也是！”

她微笑：“那……你要把这种幸福的感觉记住呀！因为……”

她的笑凝住，一种酸楚迎头赶上，爬上了她的脸。

“因为……这种幸福假得像做梦。”

“老婆？”他双手捧起了她的脸。

“嗯？”

“你想多了！”

她看着他的眼睛，略些酸楚地问：

“如果这真的是一场梦呢？”

“那我宁愿这样，一辈子都不要醒来！”

“可是……人总是要醒的！”

“你希望我醒过来吗？”

“人总是要醒的呀！”

“好，那我把自己敲晕了再睡。”

她沉默片刻，将脑袋轻轻地偎进了他的怀里，轻声问：

“青远，你爱我吗？”

“爱，爱极了。”

“那青远……”

“嗯？”

“如果……你睁开眼睛，发现这一切都是假的怎么办？”

“我会让它变成真的，因为这些就是真的。我是你的夫，你是我的妻，永远都是。我们还要相爱到老，恩爱到白头，看子孙承欢膝下，我们安享晚年。等我们老得走不动了，天天坐在葡萄藤下的绿荫里，坐在摇椅上，泡上一壶好茶，扇着蒲扇，慢慢地聊……”

她在微笑。

她的身体像水母般越来越透明。

他在说“我会让它变成真的”的时候，就发现了，他惊恐地发现，他越来越感觉不到她依附在身上的重量，越来越轻，越来越轻，轻到好像随时随风而散的蒲公英。他有些惊慌，他有些惶恐，他跟她描绘了从现在到老去的画面，只要她觉得幸福，她一定舍不得离开。

她微笑，好像在海里的浮游物，离他越来越远，他怎么都抓不住。

她无声地微笑，她的发丝扬起后如海藻般随浪漂浮。她快要透明的身体，快要透明的手，正向他轻轻挥别。

“谢谢你，给了我一个很美的梦境！”她的声音好像从每个角度传递过来，她轻轻地摇了摇手，轻轻地对他说，“再见。”

“你别走啊，洛离！”

他猛然坐起来，在强烈刺眼的光团下，追着她已透明得快成背景色的身体。

他狂涌着眼泪叫嚷：“我知道这一切都不是真的。因为这一切美好得太假，就算被刀割伤了我都不会疼，就算刀捅进身体也没有流下半滴血，所有的一切都没有真实的感觉。不管我干什么都觉得时间过得很快。我好像陷入了一场人为的剧本里。有我们被改写的小时候，有你与我的相恋，有你成为我的妻，我知道，我一直知道。可是，你能不能陪我将这剧本演下去，演到七老八十，演到我们的儿子长大，演到他结婚生子，演到我们抱着自己的孙子，这样演下去，一直演下去，演到我停止呼吸，真正地和你在一起？”

追不上！

怎样都追不上，明明那么近，明明几步之遥……甚至触手可及，可他们就像平移的坐标轴，他再也无法接近她。

她已透明到完全看不见了，好像从来没有存在过。

他好似处在浩瀚的星空，惊慌无措，四下环顾，一片荒芜。

“洛离啊……”

如此一喊，他惊醒了，抬起脑袋，突然发现，他就坐在自己车子的驾驶室里。

泪已打湿了他撑着脸睡觉的手，他感到一阵不祥，抽身跑到她的病房，只见她停止了呼吸的身体正被医生慢慢地盖上白色的床单。她的死相，并不痛苦，反而带着微笑，还很幸福。

医生不会忘记：在断气的那一刹那，她右手紧紧地握着，而左手微微扬起，好似在对谁道别，用尽最后一丝力气将软软的手掌挥了挥，在过去前，依稀听到她说了一声：“再见！”

终卷

世情薄，人情恶，雨送黄昏花易落。晓风干，
泪痕残。欲笺心事，独语斜阑。难，难，难！
人成各，今非昨，病魂常似秋千索。角声寒，
夜阑珊。怕人寻问，咽泪装欢。瞒，瞒，瞒！

洛离死了！

医院里的人说洛离死了！

他不信，推开那些医生来到他的身边，淌着抑制不住的眼泪，却将唇角弯了起来。他边笑着，边走近她，将她的身体扶起。

“小离子，你又在吓我吗？嗯？又像那年冬天一样吓我吗？”

他抱住了她的身体，牵扯了那宣告她死亡的白单。

白单翩翩落地，像一只受伤伏地的蝴蝶。

轻盈飘落的感觉，很像那年，他从雪地里将她抱起来时落下的雪。

那男子抱着那女子的身体，一步一步地向远处走去。

“小离子，你先别睡啊，我们要去公证处结婚呢！这种时候了，你怎么这么贪睡呢？”

他抱着她，边走边说："怎么这么贪睡呢？"

他继续走着，继续说着，脸上带着无奈却妥协的笑："是不是太累了？好吧，太累的话，我允许你多睡一会儿，一会儿，我们去公证处的时候，你一定要醒过来，知道么？"

他稍停了一下，看着洛离失去生命特征的脸。

他的泪从脸上滑落下来，集于下巴，两边的泪珠集在一点，迅速翻滚着，再大颗大颗往下淌。

"老婆……记不记得我们小时候啊？记不记得小时候，我老是戏弄你啊？记不记得我老说很二的话让你气得发抖啊？记不记得我们念书时躲在被窝里打电话，我说我特想你，你羞得跟我说讨厌啊？你还记不记得你我的初吻啊？你还记不记得你说做我女朋友，说要嫁给我啊？你赞同我们的孩子叫陈家洛啊！你……"

强烈的酸楚如破堤之洪涌上心头，他疼得浑身都在颤抖，即使拼命咬住自己的唇，也没有办法克制那种颤动。

身体里的力气好似被抽气机抽走，身体里的部件似失去了支撑，他崩溃地跌倒在地上，摔倒的一瞬间，他紧紧地抱住她的身体。

她不会挣扎，她再也不会痛，她不会告诉他她就是记得这所有的一切，所以才这么痛苦。

她死了！

她解脱了！

她再也不会痛苦，再也不会受到精神上的折磨。

她向着天堂，永生了！

他不肯承认这一点，一直都不肯。

在摔倒的时候，他护住她的身体，抱住她时，脸挨上了她冷冰冰的脸。

她没有呼吸了！

她再也不会叫他臭青远了。

再也不会说："我最讨厌你了。"

再也不会因为他而哭，再也不会因为爱而恨到没有了眼泪。

他的洛离再也不在这个世上了！

他再也没有机会重来了！

意识到这一点时他哭了！

很绝望地哭！

哭出心中最强烈的悲苦。

他再也没有弥补的机会。他再也没有机会拾起他这一生中最真最纯的爱情。

他放声大哭时，医生们呆了，护士们傻了！

走廊里的那些人也集体失语了！

洛离的骨灰盒是陈青远亲手葬在公墓里的。

那奢华的大理石碑上，刻着"爱妻洛离之墓"。

他亲手将她葬在那里。

有一个故事说：

从前有个书生，和未婚妻约好在某年某月某日结婚。到那一天，未婚妻却嫁给了别人。书生受此打击，一病不起。这时，路过一游方僧人，从怀里摸出一面镜子叫书生看……书生看到茫茫大海，一名遇害的女子一丝不挂地躺在海滩上。路过一人，看一眼，摇摇头，走了。又路过一人，将衣服脱下，给女尸盖上，也走了。再路过一人，走过去，挖个坑，小心翼翼地把尸体掩埋了。僧人解释道，那具海滩上的女尸，就是你未婚妻的前世。你是第二个路过的人，曾给过她一件衣服。她今生和你相恋，只为还你一个情。但是她最终要报答一生一世的人，是最后那个把她掩埋的人，那人就是他现在的丈夫。

“我一定是那第二个过路的人，我一定是只为你披了一件衣服，没有葬你的人。小离子，今生我亲手葬了你，你不要等得太久，我马上陪你过我们的来世……”

“小离子……”

刀片划过手腕时，他只感到皮肤割裂后一疼，像火灸了一下，那痛蔓延开来。

伴着淅沥沥的水声，他只觉得意识越来越模糊。

黑色的奥迪停在了那独门独院的别墅前。驾驶室里的男人戴着 DFE 的水晶石墨镜，一套 GE 条纹西装，他泊好车的时候，侧身对着身边的女人笑了。

他微斜唇角的笑，像洞悉人心又慵懒的豹子，捏握着方向盘的手转移到下面，直到女人交叉放到膝盖上的手。

“是不想面对他？还是舍不得？”

那看上去极丰满，又画着浓妆的女人口中支吾，说“没有”的时候，显得极忐忑不安。

“那为什么紧张呢？”

那男人的声音低沉有磁性，令人神情一爽。

“我……我只是没有想到他这么爽快，愿意把房子和车子还有股票都给我！”

“那有什么不对呢？和你结婚这些年来，他一直冷落你。”

“可是我觉得陈青远不可能良心发现，你要知道，和你在一起的时候，我提出离婚，提出平分家产，他总是不屑一顾。我是很恨他，我们的婚姻也确实是父母安排，他从结婚前就和别的女人在一起，每天晚上我都不知道他在哪里过夜。可是，他也用不着这样拖着我，甚至还告诉我，你只是玩玩我，根本不会真的和我在一起，他还说……只有我不跟他离婚，你才会继续和我在一起。关鹏，你晓不晓得，他说，只要我和他离婚，你会马上对我失去兴趣。我……”

“他是不是还跟你说，我和他抢过一个女的，所以，现在用你报复他？”

她惊大了眼睛：“你怎么知道？”

关鹏马上伸出胳膊揽住了叶明珠：“我确实是跟他抢过一个女人，那个女人就是你。他怕我抢走你，所以，才编出这些谎话来，现在……我们终于熬出头了，你应该感到高兴，别再想东想西了，懂了吗？”

他的语调里带着安慰，他说谎还有演戏，都已是信手拈来了。

叶明珠身子骨一软，就窝在他的怀里。

关鹏用手拍了拍她说：“你和他办好手续，我们就去公证结婚，我会好好待你，还有你的，不，是我们的儿子！”

他将叶明珠和陈青远的儿子说成“我们的儿子”，这无疑令叶明珠心口一暖。

她红了眼眶，嗫嚅着应了一声“嗯”。

感觉到了她被洗脑般的信任，关鹏的脸上闪过阴森森的笑。

“陈青远，戴绿帽子的感觉很不错吧？”

他私下，把他和叶明珠亲热且不堪入目的照片发给陈青远，幸灾乐祸地在他面前嘲讽，而陈青远居然无视他，居然从他身边一晃而过。他的快感顿时消失。

这根本不是他预期的反应。

他一转身，超到陈青远前面，揪住了他的衣服，对他喊：“我睡了你老婆，你听到没？我说我睡了你老婆！”

陈青远一把撸开了他的手，给他一句话，仅仅四个字——“我没意见”！

他居然说，他没意见！

哈！

你听，他居然说，没意见！

这是不是这世间最搞笑的答复？！

“陈青远，你这只王八！”

他还是头也不回地走掉。

无论他用什么粗鲁的言辞激怒他，他还是不搭不理。

他似乎根本不爱他老婆，无论他如何冷血，可他还是爱着他的儿子。

关鹏的目标转向了陈青远的儿子。

他真的很想看看陈青远暴跳如雷、火冒三丈的样子。

这些年来，他想尽法子报复陈青远，无论是生活上 还是事业上，他都斗不过他，因为陈青远的老爸太会做人，太有手腕，太懂得左右逢源，无论他使什么小手段，都能被那只老狐狸逢凶化吉。

只有从他身边抢走这个女人，才让他有快感。

而那女人激不出他任何反应，他就让他尝尝失去儿子、相见不能的痛苦。

关鹏和叶明珠用钥匙打开了门。屋子里没开灯，叶明珠便伸手在门边的开关上按了一下，那华丽的屋子，在水晶吊灯下，金碧辉煌。

洗浴间里是淅沥的水声，好像水从浴缸里溢出来。

关鹏与叶明珠走了进来，走近沙发，就要双双入座时，就看到那法式茶几上，一封白色信封正正方方地摆在了上面。

上面写着非常恐怖的两个字，那两个字足以令人的心脏猝停。

“遗书”。

那信封上居然写着“遗书”。

原本表情是不紧不慢，仅仅以为陈青远是在浴室里洗澡的关鹏惊得瞪大了眼睛，满脸惊骇。

洗浴间的水还在淅淅沥沥，而溢出的水流，是褐红的血色。

被水稀释的血，竟不是鲜红鲜红的。

他躺在浴盆里，搁置在池盆边的手正汩汩流血。鲜血像一管管注入水里的朱红颜料，一落入水里，便被稀释成褐红色。

陈青远已经晕死过去，他离死神不远了，面容没有什么痛苦，好像睡着了，美梦中，嘴角还带着微甜的笑意。

他梦到了什么?

梦到了洛离来接他么?

梦到了和洛离终于在一起了么?

为什么他的脸上看不到一丝痛苦，为什么没有一丝难过?

“陈青远，你别做傻事!”

关鹏在门外大声叫喊着。回应他的，只是那淅淅沥沥的水声。

“陈青远，你给我开门，听到没有!”

他自然不会听到，他连意识也没有了。

恐惧的感觉强烈地袭上心头，那让人感到可怕，可怕到连身体都在微微颤抖，头皮发麻，毛孔似乎也战栗起来。

万分危急时刻，叶明珠还在楼上翻找着浴室的钥匙。

关鹏等不及，到卫生间的门口，焦急地拧了拧把手，试图拧开，可是这根本不可能!

他放弃了，后退一步，运气到丹田，屈起腿来，对着门就是一脚。

门板闷响了一声，咚——

再狠狠地踹了一脚，嘎——

木板似已松动。

关鹏不顾脚疼，一腿又一腿向门板踢去，直到门板有了木头撕裂的声音并有了明显的裂痕。

最后一下，他狠狠地吸了一口气，抬起腿，狠狠向门踹去。

叶明珠慌张地从二楼跑下来，拿着一把备用钥匙，却看到门已被关鹏踹开。

门被踹开，门与门框“骨肉相离”，轰然倒塌的那一瞬间，关鹏焦急的脸，是无比的惊愕。

“陈青远……”

那汪血水极刺人眼目，那搁在浴池上的手，割开了一个深深的血口，血源源不断地向下淌。

“陈青远！陈青远！”

冰冷潮湿的浴室里，除了那淅沥沥的水声，别无应答。

哗啦啦，哗啦啦……

拿着镰刀的死神似在一边迎接欢舞。

关鹏踩着沿着池边流淌下来的血水，惊恐地拿起毛巾架上的毛巾，将毛巾紧紧地缠住了陈青远割破的手腕。

不是很想陈青远死掉吗？

不是一直都恨他入骨吗？

为什么还要救他？为什么要如此惊恐？为什么害怕他就这样死去？

他不懂！

他也没有办法解释！

他更不明白自己为什么这么紧张！

只是突然很恐惧陈青远的死亡，他很怕他真的死去，在他弄不清自己这恐惧从何而来时，他不顾一切地冲向象牙色的洗浴盆，将穿戴整齐，却已然湿透的陈青远从血水里拉了出来。

他将他打横抱住，顾不得呆怔的叶明珠，与她擦身而过，一路走来，陈青远身上的滴水，在身后滴成一串，连成一片。

“你不能死！”他失神地喃喃自语，“我好不容易想到报复你的法子，你怎么能死？”

仇恨的力量可以支撑着人活下去，那种力量强大得恐怖，突然看到他的死与自己无关，突然有了铆足了劲，却一拳打入空气的感觉。复杂而失落的感觉夹杂着焦急与恐慌，他自己都无法解释自己为什么要救他。

我为什么要救他呢？

是不是因为我根本不爱洛离，只想为自己出一口气？

是不是因为我发现一向聪明的自己做了一次彻头彻尾的傻瓜？

想要报复陈青远的心情就像同伴与同伴间的玩耍……

你打我一下，我也想打你一下，这样才能扯平，这样心里就会舒服，就会觉得公平。

而仅仅只是想出这口气，仅仅想让你知道我真的被你激怒了，却从来没有想到要你的命。

洛离死了！

关鹏读了陈青远的遗书后，才知道洛离已经死了！

而后，陈青远也想殉情了。

恐怖感冲淡了仇恨的感觉。

都死掉了的话，他关鹏会活得多么孤独啊！

那青青绿坪之上，关鹏自我解嘲似的笑着自言自语。

“我真是奇怪极了，之前不是想尽法子报复陈青远吗？不是恨他恨得入骨吗？为什么他差一点离开人世的时候，我又这么害怕？难道我这么多年的耿耿于怀、放不下，是因为我爱的其实是男人？因为我爱的人其实是陈青远？哈哈哈哈！”

关鹏仰头大笑。

哥们儿，你太搞笑了，忒幽默会吓死人的。

他突然想到了洛离！

大学时的洛离！

白色的T恤，碎花的小裙子，细长的脖子，温柔的眼睛，总是很温柔地看着你，眼底总盛满着莫名的忧郁。

他喜欢看她静静而坐的样子。

似应情应景的："美人卷珠帘，深坐蹙娥眉。但见泪痕湿，不知心恨谁。"

烟雨朦胧，诗情画意。

他似乎无法具体形容洛离的长相。

时间模糊了人的记忆，他连与她的合影都烧光了。

唉！冲动是魔鬼。

好多年……都不曾知晓她的消息。只是在五年前，听胡蒂说过她的事情，说她在给谁当情妇，他当时只感到一阵痛快，冷笑着回应胡蒂说："那个婊子，罪有应得！"

"唉……"

关鹏长长叹了一口气，似对着天空与人交谈。

"我说你啊，我对你这么好，你却不选我！如果你选了我，我们早就结婚生子了，过得不知道多幸福，你却不选我。你啊，你要选我，多好啊！你要选我，我也不用干这么多荒唐的事情了。你啊，你这么早就走了，那我和陈青远继续斗下去，还有什么意思！"

关鹏站起身来，融进柳絮飞舞的场景。被漫天飞舞的柳絮呛到了鼻子，他啊啾一声后，揉了揉鼻子说："走吧走吧，各回各的家，各瞅各的娘。"

突然间，他童趣地学起了一休哥。

"就到这里，结束吧！"

陈青远困难地睁开眼时，只感到身体像无支架的棉花，微动指尖，居然有刺痛席卷全身。他无力地放弃了抬手的动作，只感到浑身冰冷，而身侧的输液滴管里滴着血浆。

他的脑子一片空白，如盘古开天时的混沌，似乎记忆断层，好些事情想不起来了。

努力地去想，终于想起一些事情来。

洛离死了！

医院里的人说洛离死了！

他醒了过来。

“你醒了？”

阴沉的声音从左侧传来，那应该是窗子的位置。

陈青远虚弱得无法应出声来。

胡蒂笑了，她真的笑了，笑得如樱花，带着妖艳的色彩。

“你怎么舍得死呢？”她说。

“你怎么可以现在就死呢？”她再说。

她边说边一点点走近了陈青远，一步一步走来，好像阴影里走出一个魔鬼，步履悄然无息。

“你还有很多事情不知道，你怎么可以死呢？”

陈青远的目光直直的，盯着空无一物的天花板，沙哑着嗓音道：“我什么都不想知道，什么都不想！”

胡蒂冷笑着：“你知不知道洛离给人当了情妇？”

他的眼泪立马从眼眶里溢了出来，无力的手将拳头握紧了，骨节凸了出来，牙关咬紧了，想要说话，酸楚却堵住了嗓子，挣扎良久，竟笑了。

“知道！”

他竟给她如此平静的反应。

这完全出乎她的意料。

“她是个不要脸的小三！她还给那男的生了一个儿子，她……”

“她都死了……”

他的声音令人心碎地颤抖起来，转过脸去，眼泪打湿了枕头，他有气无力，却痛苦至极。

“她都已经死了……”

话到一半，便被酸楚淹没了，似在哀求说她都已经死了，有什么恩怨，请让她安息，好么？

“那你知道她是哪一天做那个老男人的情妇吗？”胡蒂并不打算放过陈青远，她似乎一定要给他最致命的打击。

“就是在你结婚的那一天……”

他背对着她，手紧紧攥着枕头的样子，她尽收眼底。

胡蒂笑了，很痛快地笑了，笑得连脸都扭曲起来。笑过后，她又快意地问他：“你知道喜帖是谁给她的吗？是我啊！如果不是我，她怎么进得去你的婚礼现场？”

“我是怎样拿到喜帖的呢？我是因为我老公和你老爸是生意场上的朋友，所以，喜帖自然交到我手上了！生意场上的 Party 我们见过面了，不用我说你也知道了。”

“……”

“所以呢……”

胡蒂笑道：“我就做了一个顺水人情，把喜帖给了洛离！”

胡蒂笑了，哈哈大笑，笑得脸都仰了起来。

“她看到你喜帖的表情，真让人感到痛快啊，真是太有喜感了，我从来没有见过这么有意思的事情。你结婚那天，她还在你客房部的大厅里摔倒了，你离她那么近，居然没有过去看看她，哈哈！你们这对狗男女……”

胡蒂的快意做戏般收住，那笑得快活的脸上，突然被一种仇恨扭曲。

“上天实在是太不公平了！既然能让姓洛的不得善终，为什么不让她断子绝孙、死得干脆？”

“你闭嘴！你闭嘴！”

陈青远突然从床上弹起身来，又无力地弹了回去，手腕上的伤已然震开了，缠在手腕上的纱布浸出点点红斑。

胡蒂单膝跪上了床，双手按住了陈青远，阴冷地笑着，似失去了理智，所有的一切都为了令陈青远痛苦，她歇斯底里地狂笑起来。

“你心疼了吗？”她哈哈大笑着，投射到墙上的身影，她和他的姿势，像一只金毛狮子按着弱小的猎物。

他竟无力反抗，烫了头发的胡蒂，好像真是一只暴怒的狮子。

他身体毫无力气，被她按住，竟连拉扯的力气都没有。

陈青远的脸色乌紫，唇色惨白。

而胡蒂这个时候却出人意料地冷静了下来，按着他，柔声柔气道：“何必这么激动呢？在给你讲故事呢，好孩子要做的就是乖乖地听，乱动可不好哦……”

她的柔声柔气，竟令陈青远的背脊莫名发冷，额头更是在怡人室温的病房里，爬出密密麻麻的汗珠。

好像积在热水壶上方的蒸汽，那汗珠一层叠着一层，一层叠着一层，竟由小积大，几滴无法承重，由额际快速淌落。

“胡蒂……”

他想流泪，却又流不出来，眼泪只在眼眶里打转，晶莹又承载着无力的苦涩。

他注视着她时，她竟眉目妩媚地看向他，带着那丝蚀骨的妩媚，微挑了眉头，声音何其婉转地“嗯”了一声。

好似他在与她甜言蜜语，好似他在同她耳语温情。

眼波流转间，竟是说不清道不明的暧昧风情。

他则皱紧了眉头看着她。他无比心酸地说：“我知道我对不起你，当年是因为洛离，我才和你在一起。我承认我和你在一起的那几年都忘不了她，最后的分手也是因为控制不住自己，让你和关鹏难堪。你伤心难过冲到马路，被车撞到，身体受损，才失去生养孩子的能力，才嫁给大你那么多的男人，给他的孩子当后母。我知道我害了你，如果不是因为我……”

他竟抬起手将她脸边散落过来的发丝拂到了耳后，这一举动令胡蒂一惊。

“你干什么？”

“我……只想说对不起！你车祸当年打电话给我时，我真的不是故意不去看你，而是因为我和洛离正在因为非典被隔离。你一直不信我，可是是真的，当时我真的在隔离！”

“如果……你没有被隔离，你会来看我么？”

她的心好像软了下去，眼圈红了，冲着他问。

他点了点头：“会的！”

“你会因为愧疚跟我重新在一起么？”

他摇了摇脑袋：“对不起！”

那个时候，他决定娶的是洛离。

“对不起？”

胡蒂痛苦地笑了，笑得心酸又委屈，好像这些年来所有的委屈都涌上了心头，用此刻的眼泪作为发泄。

“你当年若是有这么坦诚该多好啊！如果你直白地告诉我，你喜欢的人是姓洛的，我也不会为了你，浪费四年的感情。”

“对不起！”

“对不起就可以了吗？浪费了我四年的时间，我上哪里再去找一个人培养感情？我上哪里去找一个不介意我没有生育能力的男人？这四年，你让我习惯了奢侈，你让我怎样适应平淡？我的虚荣是被你引起的，我嫁给那个男人，我被我继女轻视，我……”

她似乎有说不出口的苦楚，似乎全是因为陈青远，才有了她今天的痛苦。

如果当初没有认识他，如果没有认识的话……

胡蒂的眼泪又滑下一波来。

“你知不知道我为什么这么恨你？因为你是我真心喜欢的人。你很有风度，你懂得适可而止，你言谈风趣，你有很多朋友，你可以带我去很有意思的地方。很多无趣的事情，可以因为你而有趣起来，和你在一起的那些年，我每天都很开心，我每天都被你的体贴弄得极其幸福。可是你分明不爱我，你为什么要装出一副爱我的样子？你太会装了，你真的太会装了！”

“所以——”

胡蒂的目光突然一狠，那凶狠与仇恨的表情再一次扭曲了她的脸。

“所以，我接近洛离情夫的老婆，想唆使那男人的老婆教训洛离。怎会想到那个女人是只深藏不露的老狐狸，只要我提到这个话题，她一定会转移话题，让人弄不懂她到底在想什么！那个男人非常喜欢洛离，洛离居然还给他怀了孩子。那个男人和他老婆只有一个女儿，他很想要个儿子，那个女人……她居然帮洛离请了保姆，竟还把伺候她坐月子的月嫂都找好了。

“洛离那个时候，算得上心灰意冷，对那个男人只是逢场作戏！你会不会觉得奇怪？你会不会觉得女人很贱啊？明明不爱一个男人，却可以睡在他怀里，跟他做爱、生孩子啊？”

胡蒂笑着，满脸泪光：“她的心情我懂！都已经绝望了，还要什么感情啊？能吃饭能有地儿住，能保证最原始的生存，就别无所求了。”

“女人犯贱，是因为男人更贱！”

胡蒂轻问陈青远：“你明白我的意思么？”

“呵呵！”

胡蒂又笑道：“洛离把那孩子生下来，那女人把孩子要了过去。她要孩子的时候，我在医院门口听着呢，她真是高明，她说，为了这孩子着想，还是把孩子给她吧，可以上她家的户口，免得上学的时候，成为不尴不尬的私生子，这样的话对孩子的成长不好！

“洛离把孩子交给那女人时，脸上是没有表情的，可是，那女人抱走孩子后，洛离哭得很惨。你知道有多惨么？惨得我没有办法形容，呵呵，哈哈，真是痛快，我当时明明是笑得很痛快，可是为什么会隔着一道门板和她一起落泪啊！”

“因为你……很善良！”

陈青远吃力地说出这样一句话来。

胡蒂此时竟暴怒起来。

“谁说我善良？我只是把最痛苦的事情留在最后告诉你。你不心疼吗？你最爱的女人生的孩子，还没满月，就被人家抱走。而还没等孩子半岁，那个男人居然死了！你知道那男人怎么死的吗？

“那个男人的死法不大好看，和自己的秘书在自己家的车里裸体办公！多么体贴的上司，怕自己的女下属热着了，开了空调还脱了衣服。然后一氧化碳中毒，在地下停车场里都臭了，才被人发现。很恶心的事情，恶心得让人想吐。哼，哼……”

胡蒂阴冷地笑道：“这个时候，那女人的阴毒才显现出来，那男人尸骨未寒，她便急于转移他所有的财产，一切都合法到手后，她马上把洛离生的孩子丢到了孤儿院。洛离得知消息后，跑去找儿子，却得知儿子被人领走了！你知道领走那孩子的人是谁吗，你知道吗？呵呵，就是我啊！我领养了那孩子，我天天折磨他，只要他敢哭，我就打他，他大一点，我不许他吃饭，我让他跪着跟我说话，你都不知道我后来把这些录像带拿给洛离看的时候，洛离痛苦的样子，我多么痛快。”

陈青远顿时泪流满面。

“错的是我！你为什么要那么恨她？”

“是啊，我为什么恨她？这都是拜你陈青远所赐！如果不是因为她，你陈青远就不会和我在一起，你陈青远就不会打我的主意，我们大学四年的恋情，居然全是假的。我的男朋友居然爱着我的室友，把我当成寄托相思的垫脚石，我算什么？我是用完就丢的废品吗？你陈青远什么都没有错，错就错在招惹了我胡蒂，你让我痛苦一分，我就让你痛苦万倍，玉石俱焚又如何？只要你们痛苦，我就感到快乐。每次折磨那孩子时，我就会告诉他，这全是你亲妈的错，全是因为她不要你，她是个不要脸的女人，你只是个没人要的野种！”

“胡蒂！你怎么能这样对待一个孩子？”他痛苦地嚷道，“那只是一个孩子！”

“可是，却是洛离的贱种！”

“你这个女人，你这个……狠毒的女人！”

“然后呢？然后我干了什么？”

胡蒂大笑，无视陈青远的痛苦，自顾自地说道：“然后我把那孩子又送回了孤儿院，那孩子都五岁了，我把他送了回去。你知道他在后面怎样拉着我的衣服哭着求我吗？他说，好妈妈，我听话，我不惹你生气，你别不要我！”

胡蒂竟哭了，脑海里竟有了这样的影像。那小小的孩子哭得伤心，拉着他的手，不停地叫着：“好妈妈，好妈妈……”

她动容地抱了一下那孩子，哭着对他说：“亮，妈妈精神不稳定，不正常时，会控制不住自己打你！”

那可怜的孩子搂住她的脖子直哭：“妈妈呀，你打我吧，我不哭，我不告诉别人，你别丢下我呀！妈妈呀……”

她一开始收养这孩子，确实有报复的想法，可是那孩子生得太讨人喜欢，她便喜爱得不得了。

可是她发现自己的精神状态越来越不稳定，越来越抑郁，越来越有自虐，还有虐待人的状况时，她只有把孩子送回孤儿院，她不想在她神志不清楚时，在那孩子身上留下不该有的烙印。

没有一个女人变态到对一个孩子下手。

而她只是为了激怒陈青远，她只是控制不住自己，编织话语激怒他。

他知道她过的是什么日子吗？

她嫁的那个男人，根本当她是“公共浴场”，居然让她陪他的客户睡觉。

这男人还有虐待人的倾向，还使手段威胁她，让她脱离不了他的魔掌。

她的继女，明目张胆地骂她婊子。

她是入了魔穴，有苦说不出。

她因此得了抑郁症。

还好有那个孩子，还好有他在边上，不然，她早就死掉一百回一千回了。

送走他的时候，他哭得撕心裂肺，隔着孤儿院的铁栅栏，歇斯底里地叫她妈妈。

她强忍着不回头，急步离开这里时，痛心疾首。

后来她将那孩子的下落告诉了洛离！

做出这样的选择，是因为知道洛离在当编剧，知道她生活相对稳定，她想如果把孩子的消息告诉她，她一定会领回自己的孩子。

只是，孩子归孩子，那种恨意是难消的。

所以，她又把孩子送进了孤儿院，编织了一堆“虐待”的谎言，让洛离心疼。

她只想到这是对洛离最后的报复，从此不再计较。

怎么会想到她得了绝症，怎么会想到她只是去看了看自己的儿子，却没有把他领回来。

动物界里，有一项很重要的认母关系。就是说，小鸟会把睁开眼睛看到的第一个鸟类认做父母。哺乳动物更明显，更有意思的一条是，幼崽出生后，母兽都会不停地在幼崽身边嗅来嗅去，如果这个时候没有记住彼此的味道，或者把小幼崽抱出来沾上别的味道，母兽也会认不出这是自己的孩子。

所以……小幼崽也是这样。

所以……人类的母子关系也如此，一旦错过了这最佳时机，母子关系就会变得疏远。

而育儿专家强调以母乳育儿，就是想让母子关系在拥抱轻语还有抚拍的时候，记住彼此的感觉和味道。

所以错过了最佳接触时期的亮——洛离的儿子，对洛离似乎没有多大的热情，他成天想的是胡蒂，那才是他记事以来认准的妈妈。

而洛离此时已病入膏肓，也没有办法将亮领回去，因为她的母亲并不知道她生过一个孩子，也不知道她曾给别人当过情妇的事情。更何况，洛离想到妈妈有严重的心脏病，住在医院，把孩子带回去，一定会给母亲打击，后果会不堪设想。而就算妈妈能接受这个孩子，因为心脏的关系，她的身体无力，行走都要坐轮椅，她怎么可能抚养得了亮?

洛离出现在亮的面前时，亮沉默无言，完全没有一个五岁小男孩该有的活力。

洛离以爱心志愿者的身份将他接回住处，为他洗澡时，看到他身体上的伤，她抱着儿子忍不住放声大哭。

那不是胡蒂故意虐待的，只是她精神失常难以自控。

而这些伤无论是怎样弄的，伤在儿身，痛在母心的效果却是几千亿倍。

洛离哭得声嘶力竭。

哭她的委屈，哭她当时的不得已，哭她把儿子交给他亲生父亲，却是这样的下场。

亮这个时候，好像才意识到这个人的存在，好像这个时候才知道她是真的关心他，于是……亮伸出了手，在洛离的脸上揩了一把。

他说：“姨，你别哭了，我不疼了！”

她的泪更加狂肆。

因为她的儿子，竟叫她姨。

想到那可怜的孩子，胡蒂又情绪失控了。

“陈青远，该知道的你全都知道了，你怎么不死，你怎么还不死！我现在让你去死，你马上去死！”

她从隔壁的床上捞起一个枕头，狠狠地按住了陈青远的脑袋。

她将全身的重量都压在了上面，以此堵住陈青远的脸，塞住他的鼻子。

陈青远竟只是在事情发生的时候，痛苦地挣扎两下，随后，他竟不反抗了，也不动了，只是手紧紧地攥住了被单，手臂和脖子处的青筋蚯蚓似的暴了出来。

感觉他不动了，不挣扎了，她竟迅速地将枕头从他的脑袋上移开。

“青……青远……”

她哆嗦着叫着他的名字，哆嗦着用手指探了探他的鼻息。

没有呼吸了，他似乎已经缺氧死亡了。

胡蒂颤抖着从床上坐起身来，颤颤巍巍地向门边移去。

护士正端着托盘来查房，只看到那女人木讷地向她移来，颤抖着说：“我……我杀了他！我……我把他杀死了！”

她急忙按了警铃，医生和护士长神速赶来。护士顿感不妙，奔到陈青远面前，只看到他仰面而躺，浑身乌青。医院里的警卫看住了胡蒂后，她失神木讷的神情突然被什么惊醒。

她惊叫着，想要冲进陈青远的病房，却被警卫拦住。

那一刻，这栋楼这条走廊上所有的病号都听到那凄惨的女声。

她大哭不止道："我杀死了他！我杀死了他——"

陈青远活了下来。

他只是短暂性的窒息，紧急抢救后，他好好地活了下来。

而胡蒂被证明有轻微的精神分裂症，留院治疗。

叶明珠一直都没有出现在医院里。

因为她正遇到棘手的事情。

面对离婚时的财产问题，陈青远的老爸出面干涉，他拿出聘请的私家侦探偷拍的照片，证明叶明珠婚内出轨。

在《婚姻法》里，造成过失的一方，是没有权利平分婚内财产的，这些照片无疑使叶珠得不到这些财产了。

何况，陈青远的老爸是一只不折不扣的老狐狸，世故圆滑，有手腕有人脉，哪里是初出茅庐的关鹏匹敌得上的。

最后叶明珠发狠了。

不让离婚是吧？

说什么离了婚也分不到财产是吧？

行！

我不离了，我把这些都卖掉，反正我现在还是陈青远的老婆，这些都是我们的共同财产。

等分居三年，管他是不是过错方，都能让这段婚姻自动失效。

当她带着细软，还有变卖的财产去找关鹏时，他却早已人去楼空。

陈青远只是两眼空洞地躺在病床上，听着他们家小保姆在耳边絮絮叨叨，说那是他们家女主人的报应，谁让她不守妇道，谁让她变卖家产啊？现在落到无脸回家，到外面租房子的地步。

因为她根本没有经济来源，又没有谋生的技能，所以，拿着一大笔钱，又不敢乱买房子，就租着房子得过且过了。

这些对陈青远来讲，没有丝毫意义。

他的目光只是空洞得要死，所有的一切，跟他没有一点关系。

他的样子曾激怒了他的父亲，他父亲气得甩袖就走，说："你要死就死吧，我没有儿子我还有孙子，我们陈家不缺人传根延脉了！"

陈青远活死人一般躺在床上，几乎连眼睛都忘记了眨动。

似乎悲伤到连眼泪都流淌不出来了。

在所有的人都以为陈青远会在这里过完残生的时候，病房的门被人推开了。

那女士纤细的手推开了白色的门板。

门虚了一个角度，刚好可以探头看到房间里面。

她看到床上的陈青远后，并没有立马进去，而是转过头去，弯腰冲着身后的小男孩低语了什么。

小男孩四五岁的样子。

她牵着孩子的手，来到陈青远的床边。

陈青远空洞的眼神只是注视着白色的天花板。

那孩子的眉眼像极了洛离。

儿子都是像母亲的，难道他是……

"陈先生，你好，我叫沈若榛！"

陈青远毫无反应。

沈若榛弯下身，与孩子视线平齐时，对着那孩子微微一笑，笑着抚了抚他的脑袋。

"亮，去晒台玩一下好吗？妈妈要跟叔叔说些事情！"

那沉默的孩子自始至终没说一句话，听了沈若榛的话，更是沉默着转身就向阳台走去。

那孩子沉默得让人心疼。隔着阳台的玻璃门看着他时，只觉得那种沉默不该属于一个本应满是活力的小孩子。

沈若榛隔着玻璃板看着那孩子盯着阳台上一株小植物的身影。他似乎可以看那小片叶子，看上整整一个下午。

事实上，他就是可以一动不动地看着某个东西，呆呆地看上一整天。

小孩子该有的活力，完全不存在于这个孩子的身上。想起心底就泛酸，看到胸口就犯堵。

“知道吗？”

沈若榛注视着那孩子的身影，对着毫无情绪起伏的陈青远说：“他是亮，是洛离姐的儿子！”

陈青远无神的眼睛陡然间恢复了焦距。

他的耳畔回响着沈若榛最后一句话。

“洛离姐的儿子”，“洛离姐的儿子”，“洛离姐的儿子”！

他转过头来看向那个孩子。

隔着一道玻璃，他竟泪使语凝。

“是……她的儿子？”

“是！”

“他叫……什么名字？”

“叫亮！”

“亮？”

他的唇角浮出一丝苦笑，竟然不是叫家洛。

“是的，是冉亮！”

“冉……亮？”

他不懂，为什么这孩子姓冉，即使曾被胡蒂收养过，胡蒂的老公也不姓冉！

沈若榛微微一笑。

“亮现在是我法定上的儿子，我和我的丈夫是他的合法监护人。我的丈夫姓冉，就是这个医院的外科医生冉焰。”

他闭合了眼睛。再睁开时，虚弱地说："沈小姐，我想……"

沈若榛摇了摇头打断了他："陈先生，孩子太小了，经不起折腾了。我和我丈夫会好好爱他，请不要再对我提出收养的请求！"

"你为什么会知道，我有收养的意思？"他觉得不可思议，微微地震惊。

若榛淡然一笑道："因为……你正在为洛离姐的死消耗自己的生命力，因为……你得知亮是洛离姐的儿子后，眼里有光在闪，那种感觉，好像看到孩子就像看到洛离姐。你想收养他，想让他当你的儿子。但是……亮现在太小，刚刚稳定下来，再生变化，会让他留下心理阴影。"

"再说，你现在的情况，也不适合去收养这个孩子！"

若榛说："我不知道你和洛离姐发生了什么，但是我知道，你们一定是因为什么误会，彼此错过了！"

"为什么这样肯定？"

"若不是这样，她最后清醒的时候，也不会让我带她去看你！"

"……"

"若不是这样，你现也不会这样躺在床上，不死不活。"

"……"

"洛离姐给你写了一封信，她交代我，如果你因为她的死而消沉的话，就把它交给你！"

绝食几天，靠注射营养液的陈青远陡然从床上坐了起来。那一刹那间，脑袋好像陷入黑暗，眼前也冒出了些许星星，昏眩的感觉令他感到恶心。但顾不得那些了，他迫不及待地用无力的手哆嗦着去拆那封信。

信纸上，是洛离的不大娟秀的字体，似乎是在她病得很重的时候写的。

青远见信好^o^：

从你的酒店回来，伤心得连眼泪都流不出来了。嗯，连恨你的感觉都没有了。也没有时间恨你，因为医院打电话来，说我妈心脏病复发，需要做搭桥手术，病得很严重，不能再拖了。手术很成功，只是麻醉的后遗症太厉害，我妈从手术台下来后，陷入胡言乱语的失常中。医生说这是正常现象，麻醉后的病人，会在短时间内陷入幻听。我妈无意识中，嚷出了你守口如瓶的秘密。

挺震惊的，原来你是怕我受不了打击一直瞒我！

是不是觉得我写得轻描淡写，没什么可惊可喜的感叹和修饰啊？

呵！

大喜大悲后，那些修饰反倒让人腻味了。

我想……我们今生是无缘了。

可是，我还是很开心！

很开心三岁的时候认识你，四岁的时候天天黏着你，七岁的时候开始假装讨厌你，十三岁的时候心仪你，十七岁十八岁的时候依恋你。

真好！

最纯最美的年华，关于你和我的记忆都是美好的。

人生大起大落，实在太惊心动魄。

人活着，就是为了体验人生百味吧？

不然，“活”字干吗要三点水加一个舌头的舌呢？

就是告诉你，活着，就是这种感受尝一点、那种感受尝一点嘛！

就是因为知道真相，所以才托好友带我去看你，PS了你与我的照片。

唉！

命运啊……

真的不靠谱。

生活啊……

真的味道苦。

少年不识愁滋味，爱上层楼。爱上层楼，为赋新词强说愁。

而今识尽愁滋味，欲说还休。欲说还休，却道天凉好个秋。

真是好个秋啊！

好个大皮球！

我想，你看到这封信的时候，我已经死掉了吧？

那我一定活在你心里了吧？

这样的话，你就不必伤心了吧？！

所以，亲爱的！

我没死呢！

我只是先你一步到了天堂，布置咱们的家。

你忘记了吗？

天上一天，地上一年呢！

我最多等你一百天，你就会来了，对吗？

你可千万别干自杀的蠢事啊！

你要真想不开，跑地狱去了，我可等不到你了！

你不会忍心我一个人再在天上过一辈子吧？

月亮上有个嫦娥了，咱不想抢她的位置不是？

所以……

你与其为我消沉，还不如为我打起精神，帮我孝顺一下我妈，孝顺你爸爸，还要带好你儿子。

亲爱的！

这些年，我一直在写剧本，我总结出一个规律，凡是有家庭悲剧发生的爱情故事，都是父母的原因，最悲的是没有父亲的孩子。

写小说和剧本的时候，总得讲究一个“滴水不漏”。

写的时候，总得揣摩人的心理，所以读一大堆心理方面的书，自己都快成半个心理专家了。

所以我发现，父亲给孩子造成的心理阴影是最浓重的。

因为男人给人的感觉就是支柱，给老婆的感觉就是避风港，给孩子的感觉，就是保护伞。

没有男人的家庭，母亲和孩子都比较怕事和懦弱，因为他们从心底缺乏安全感。

而父亲不忠的家庭，孩子会很极端和叛逆。

这两点，咱们两个分别占了一个，所以不加赘述。

所以，咱俩如今的样子，还得归“功”于咱的家庭。

咱们都明白了这个道理，就不要再让咱们的孩子重复这样的悲剧。

因为，我们的不幸是父母造成的，那我们孩子的不幸该怪谁呢？

既然有了孩子，就不要再任性下去了。

乖！

虽然我们没有在一起，可是，都明白，没有人比我更爱你。

So……

亲爱的！

我先你一步到天堂了！

我布置好咱们的家，等你哦！

你可不要叫我失望！

别忘记了我可是最喜欢厨房和菜刀的，你不希望我拎着一把菜刀追着你满街跑吧？

等你！

一直等你哦！

你可别叫我失望了！

不然，我不让你进门，让你在走道里跪搓板。

你对我哭爹喊娘都没用！

哼哼！

我就是传说中的母老虎。

凶得很！

怕了吧？

呵呵！

总之，你要是敢再失约，我就跟你躲猫猫，再也不见你了！

你哭都没地儿哭的哦！

所以，要乖，知道吗？

好好地活下去，等你我重逢的那一天！

么么！

喜欢远远的离离

亲笔！

那信纸蒙着一层薄薄的光，像风中凌乱的叶子，陈青远的手微微地颤抖着。

他看着，竟笑了，笑着，竟落泪了。

“这家伙，怎么还肉麻得像个小姑娘？‘喜欢远远的离离’？酸不酸啊？我起鸡皮疙瘩了呀。”

这般念叨着，泪流成河。

当爱已成过去，辗转回首才明白这世间最感人肺腑的不是“我爱你”，而是我们可以永远在一起。

唉——

红酥手，黄縢酒，满城春色宫墙柳。东风恶，欢情薄。一怀愁绪，几年离索。错，错，错！

春如旧，人空瘦，泪痕红浥鲛绡透。桃花落，闲池阁。山盟虽在，锦书难托。莫，莫，莫！

世情薄，人情恶，雨送黄昏花易落。晓风干，泪痕残。欲笺心事，独语斜阑。难，难，难！

人成各，今非昨，病魂常似秋千索。角声寒，夜阑珊。怕人寻问，咽泪装欢。瞒，瞒，瞒！

少年不识愁滋味，爱上层楼。爱上层楼，为赋新词强说愁。

而今识尽愁滋味，欲说还休。欲说还休，却道天凉好个秋。

陈青远哆嗦着身体下了床，趿拉着拖鞋，向前迈了一小步，只觉得脑袋晕沉得厉害。

沈若榛上前一步，搀扶住了他的胳膊。

陈青远微微笑，说了声“谢谢”。

若榛说：“不客气，你要去哪儿？”

青远没有应声，只是向前迈着步，走过那两排床，经过那排打点滴的架子，来到晒台的门边，伸了手，将门拉开。

亮还在看窗台上的那盆文竹，盯着那盆里黑色的土壤，看着里面钻进钻出的甲壳虫，正看得出神，也不理会身后渐近的脚步声。

直到那宽厚的手轻轻地抚上他的脑袋。那抚摸着他的人，弯下身来，在那和煦的阳光下，带着温暖的笑容看着他，一句话不说，只是像温暖的阳光一样，用有着阳光下波光粼粼质感的眼睛望着他。

而后，他轻唤了一声……“亮”。

他轻轻地环住了那孩子的身体，像久别的父亲，慈爱地拥住自己的儿子……

一片光团下……

她说：“人为什么要长大呢？我一点都不想长大！长大的感觉一点都不好！”

“行！”他一口承诺道，“我以后就把你当孩子宠，等我们有了孩子，我让他管你叫姐！”

她吭哧一声笑出声来。

“青远你……”

她笑得说不出话来，只是别开了脸，再转回来时，望着他笑啊笑。

一片光团下……

老师的老花眼已看不到远处，只依稀看到一对模糊的人影，根据衣着，她分得清性别，就是看不清那衣物主人的样貌。依稀看得那男子和那女子相拥，而后，那男子兴奋地扬起手来，对他们挥手大喊，“她同意给我一次机会了。兄弟姐妹们，等我们结婚那天，大家都去喝喜酒啊——”

大家兴奋地叫嚷着：“加油啊，陈青远，你和洛离可是我们班上第一对啊！祝你们早日修成正果，生一堆小娃娃！”

陈青远哈哈大笑：“生多了不好养，就生一个好，是男是女都叫陈家洛！”

一片光团下……

细雪纷飞的日子，那个男孩子喜欢着那个女孩子，只要她开心，他也开心，只要她快乐，他也快乐。连牵她的手，都怕吓着他。那个细雪纷飞的日子里，他与她的爱情很纯很真，若细雪落衣，化雪成水，无息悄然。

这细雪纷飞的场景，带走了这丝沉重。细细的雪在他们相视而笑时，飘落在他们的脸上，细细碎碎，轻轻盈盈，冰冰凉凉，竟有了甜甜的味道。

番外：绝密金牛座

◎牛牛的个性

首先，站在你面前这位女孩子是金牛座。

给你的感觉是：

害羞？

腼腆？

木讷？

还是看上去很呆？

全错！

害羞是跟你不熟！

腼腆是因为正值芳华的她为人保守，属于防守型，不会主动跟你打招呼。

特别是在跟亲朋好友在一起时，她显得特别害羞，几乎不说话。

朋友们对外人的解释，也总是以“她比较怕羞”来为她解围。

似乎也是“她比较内向”！

“内向”两字，好像咒语，套在了金牛座的身上。

金牛座的女孩子，似乎也接受了这样的心理暗示，越是与熟人同行，越是显得与人生分。

事实上呢?

事实上，金牛座的少女是极其独立的。

这独立的因素取决于她独自一人在外漂泊。

她会变得很现实，她也有很迷人的交际手腕。

成熟的金牛座女士，会有很迷人的交际风范，特别是事业型的，跟她交往中，你总会被她无意中显露出来的魅力迷住。一句“Hi”，会令你感到眼前一亮，风情万种。

从上至下，不需要名牌，却能穿出庄重古典的美来。

她不需要刻意装扮自己。

她很爱自己。

她所有的选择都是以“舒服自在”为主。

她可能不需要“流行”，因为她本身就很小资，无意中领导了流行。

金牛座的女生在静下来时，或者独处时，有种慵懒的气质。

她可以光着脚，独自品着香茶或者咖啡，什么都不想，却似乎陷入沉思，坐上一刻半晌。

这种若有似无的感觉，给人以享受还有小资的感觉。

对她们来说，却是很好的放松选择。

有人说金牛座木讷!

木讷?

你确定你是金牛座的挚友吗?

你确定你没听过金牛座女子开怀地大笑么?

OK！

让我们来细看看金牛座的性格！

金牛座的性格：害羞腼腆，像细细流淌的溪水，有很纯的眼神，似乎可以一眼看到底！

注意！

这是绝对的假相！

即使是一眼望到底的小溪，你不亲自涉足，你也不会弄清它的深浅。

因为小溪在光线折射下，会给你一种“一眼看到底”的错觉。

而金牛座给人的感觉，就是一眼可以看透的。

但事实上，她就像一杯透明的液体，你不亲自品尝，就根本不知道那是水还是酒还是别的东西。

她看上去就是毫不在意，极其简单的。

让人觉得她过得很好，这正是金牛座最大的面具。

她最擅长的是观察。

你谈笑风生的时候，她似乎无动于衷，却在暗暗地观察你。

对于别人的主动接近，她显得害羞，又似乎不懂得怎样躲闪与拒绝，这无形中令人紧张到喘不上气来，就像面对一只小白兔。小心一点，再小心一点，生怕吓到了她。

她的朋友是很少的！但能被她称为好友的，都是“精益求精”的。

因为她要经过很长一段时间，确定这段友谊的纯正度，确认你是不是她今生的挚友。

这不是因为她对友情或者爱情有多挑剔。

而是因为她对任何感情都异常认真。

她不会做假，也不懂得做假。

所以，不管是友情还是爱情，她都像揣着无价的水晶。

纯纯真真的，确定是你后，会将最真最纯的部分给你。

所以……她们的朋友都是经过三年，或者三年以上的交往与磨合。

所以，她是极其慢热的。

非常柏拉图的。

会让性子急的人发狂的！

其次，所有的星座解析都说金牛座是拜金的、现实的、自我的、有些自私的。

而这里要添加一些。

她们非常坚强、软弱、善良、冷酷、专一、滥情。

啊？

你说我说错了？

没错！

绝对是正确的！

因为金牛座根本就是一个两极化的矛盾体。

坚强，是因为她们生来就很独立，这源于她们的自立性很强，从小就有了独立的性格。很悲观地想象着未来，但凡有一点转机，就会很惊喜。

她们的精神世界，就像《圣斗士星矢》里打不死的小强。

纵使悲观绝望，都不会被打倒。

就像不倒翁。

怎样摇摆晃动，就是不会彻底倒下去。

金牛座的名言是："我以绝望的姿态前行，还怕什么绝望？"

在她认定你是她朋友之前，她会对你观察好一阵子。

在她认定你是朋友后，你对她好一分，她会以十分回报给你。

她非常善良。

总会在心底涌上惆怅。

似乎能为一片落叶伤感。

似乎不需要任何理由，便有了泪水夺眶的冲动。

金牛座的女生眼底总是湿润的，看上去水汪汪的、泪盈盈的，总有一种让人想多宠爱一点的感觉。

她的绝情是她有时候很冷酷。

她遇到痛苦的事情，无法排解时，不忍心伤害别人，会一而再再而三地自己伤感。

直到这种伤感积压到自己无法忍受的地步，她会彻底地崩溃，做出令人想象不到的极端事情。

那个时候的她是很可怕的，就像一头被人惹红眼的牛，扒去了温顺的皮，给你的是残忍的蹄子。

更像一只被人激怒的蜜蜂。

你侵犯了她，她以命相拼，也会跟你玉石俱焚。

这也决定了牛牛的感情。

她不轻易付出感情。

付出的感情，一定是经过三年以上的。

而决定喜欢上的人，像选的丈夫一样，是决定一生的伴侣。

如果有了变故，如果这段感情没有从一而终，对方中途跑掉的话……

她会陷入一种疯狂的迷乱里。

这种迷乱像被人剪断了脑袋的苍蝇。

她不知道自己要干什么！

也不晓得自己该怎么办！

又不愿意向人透露她的痛苦。

更舍不得伤害自己爱过的人。

那段感情，是极认真的。

她万般无奈下，只会伤害自己。

感情世界会变得麻木。

绝望得似乎再也不存在希望。

这个时候，她似乎变成了另外一种人。

她似乎绝望到……跟谁上床都无所谓了。

即使面对曾经的爱人，她也会很骄傲地转身，留给对方一个很美丽的背影。

而后，泪流满面。

而无论心底多爱，她的唇角也带着冷漠的笑意。

OK！

金牛座的爱情就是这样！

她爱着一个人！

这个人和她没有结果！

她痛苦地分手。

她不再与那个人有交集！

她可以将“我爱着你，却与你没关系”做到最好。

她注重现实和精神。

现实让她明白，纠缠下去没有意思。

精神里，却仍陷入无法自拔的爱恋情怀。

她总是喜欢自己折磨自己。

善良的人，总会跟自己过不去。

说她现实？

这完全是因为她生来就没有安全感。

她生性喜欢漂泊，但喜欢漂泊的人，更喜欢可以靠岸的港湾。

没有安全感，没有经济能力的男人，是会被她排除在择偶范围之外的。

这不是世俗，这是因为她们完全懂得，没有面包的爱情，是完全不靠谱的！

说句很现实的话，没有面包的爱情，是不安全的爱情。

所以，牛牛很在意对方的经济条件。

这是很现实的问题！

而且，牛牛喜欢的男生，一定是一表人才的。

因为，她们对外表很在意。

不帅又没有米的男生，是进不了她的感情世界的。

你什么都没有，就追求她，她是绝对不会搭理你的。

可是，有一件极有趣的事情，就是……

金牛座的女生居然也会玩暧昧！

没错！

你看的是千百万分之千百万的准确！

“暧昧”这词居然用在了牛牛的身上？

可这确实是千真万确的。

对于你的表白，她好像非常害羞地回避了。

不给你确切的答复！

不给你！

不给你！

就是不给你！

急死你！

让你像锅上的蚂蚁，急得不知所措的时候，她就是不给你“同意”的讯息。

可是，她却在暗暗观察你！

哼！

别小瞧了咱牛牛的魅力！

喜欢她的人，可多了去了！

她都在暗中观察，看哪个最适合她！

有句话是怎么说来着？

不选贵的，只选对的！

自爱的牛牛，她怎么会委屈自己，做不适合的选择？

理智啊！

很合理的理智！

不像水瓶，理智得令人发指。

牛牛的理智是有分寸，有选择的。

所以，牛牛也是极识实务的人。

感情方面，除非绝对的绝望，不然，她还是会退而求其次，选一个比较适合自己的人。

但这也要看她能不能从上段感情里走出来。

走不出来的话，就会自己折磨自己，让自己麻木滥情。

所谓性格决定命运，性格决定爱情，是绝对靠谱的！

忠告牛牛！

不要钻牛角尖！

记得要多爱自己一些！

不属于你的男人即使你折磨自己，他也是看不到的！

他看不到，也不会心疼你。

你做什么，他都不会有感觉的！

自己多爱自己一些！

别再让关心你的人心疼不已了！

最后，金牛座的女生不轻易给人承诺。

特别是不确定的事情，她绝对不会跟你说 OK。

她一定要等事情有了确定的感觉，才会说出来。

在公事上，她是很具有保密意识的。

在私下，却总是忍不住说出一些隐私而八卦的事情。

她太单纯了，根本经不住心怀不轨的人用计一套。

牛牛最怕欠人人情。

你对她好一分，她十分还你。

所谓的滴水之恩必涌泉相报，就是这个意思。

众所周知，金牛座是非常会理财，也极其懂得享受的小资女性。

穿着打扮上，适合仿古类的衣着。因为她们星座的特性，令她们有类似古代大家闺秀的风范。

金牛座生性保守现实，所以，除非自己力所能及，否则绝对不会轻易承诺任何事情。

如果承诺给了你，便是她可以办到的。

若是办不到的事情，她是不轻易许下诺言的。

所以，只有金牛座的朋友才能知道金牛座不善于同人打交道的另一面。

善良，豪爽，对认定的朋友极其慷慨与热情。

◎牛牛的爱情

牛牛的爱情取决于牛牛的性格。

牛牛是很慢热的，这是地球人都知道的。

牛牛的占有欲是很强的，大家也都是这么传的。

牛牛在结束一段感情前，会陷入疯狂的痛苦中。

这种痛苦，好像失去信号的雷达。

疯狂地打着电话，疯狂地想要知道那个人在哪里。

好像只要听到他的声音，就是一种安慰。

可怜的牛牛！

根本不知道自己做错了什么。

可这段感情就这么结束了！

怎么办呢？怎么办？

牛牛陷入痛苦中，极端一点的会伤害感情破裂的恋人，可是不那么极端的，就会伤害自己。

她总是这么善良。

总是在表面上忘记对方，狭路相逢，给对方一个骄傲的背影，毫无眷恋地转身而去。

她要么真的忘记了你，觉得你不过如此，不值一提。

要么她真的爱着你，不想让你难堪和尴尬，只在心底最深处给你留个位置，深到她们自己会忘记。

可是会触景生情，会无缘无故脆弱地哭泣。

感情没有依着的牛牛，最会折腾的人，就是自己。

而你若是娶了她，你真的是比买彩票中奖还幸运！

她会理财啊！

会把家整理得井井有条，会让你彻底感到家的温暖。

每天回家，她会温柔地冲着你笑，轻言细语："亲爱的，你回来了？"

每天起床，她也会叫醒你。

她的存在，让你舒服惬意。她偶尔会吃点小醋，增加生活情趣。

你要是娶了她，你真是太幸福了。

她总能做到你想象不到的效果。

这一点，她的上司完全同意，因为工作上，她也是做得如此出色，让人意外惊喜。

这是一个极其踏实的小女人。她给你的感觉，就是人间天堂。

她也极其浪漫，懂得享受生活，和心爱的人在一起，会过得比神仙还惬意。

总之，有牛牛做伴侣，会让你快乐一辈子。

◎**最后总结**

总之，金牛座的传说，大家耳熟能详。

传说，天神宙斯爱上了美丽的公主欧罗巴，他变成了一头漂亮的公牛去接近公主，公主靠近后，他便驮着公主去了想去的地方，干了想干的事情！

这事情自然是少儿不宜的。

而宙斯为什么要化身为牛牛去接近公主，而不化身为马啊，驴啊，猪啊，兔子还有狗去接近公主呢？

这足以证明，与“牛”扯上关系的事物，都能轻易得到人的信任。

所以，金牛座的男生或者女生给人的第一感觉是相当值得信任的，也是相当踏实的。

金牛座的女生在陌生人面前，是绝对腼腆害羞的，就像小小的含羞草，轻轻地触碰一下，就收起所有的叶子。

对于主动追求金牛座的人来说，她绝对不会一口拒绝你，除非她非常讨厌你。

如果是她心存好感的对象，她是会跟对方保持暧昧的。

金牛座的女生，就像一汪深潭，总有无尽的心思，深不及底，情愿自己疲惫，也不想告诉你。

告诉你有用吗？告诉你没用，所以我为什么要告诉你？你可以帮我解决什么？什么都解决不了，我告诉你也没有意义。

现实的金牛座就是这样。她觉得没有必要诉苦的事情，根本不会让你知道。

对于好朋友来说，她不喜欢平添沉重的气氛，对于不相识的人来说，她也没有必要给你知道的机会。

所谓的金牛座，深远而宁静，很少有人探悉到她们真正的意思。不想告诉你，没有必要告诉你，无从提起，也没有必要倾诉。

感情方面，作为金牛座的她是慢热的。慢热的悲哀就是，一旦升温，可能穷尽一生都难以“散热”。

亲爱的，金牛座的感情不像沙，不是聚热快、散热也快的廉价品，若是你没有和她在一起的打算，请不要触动她的感情按钮。

若是让她爱上了你，你又背弃了这段感情，她会很极端很极端。极端到像一头温顺的牛突然红眼发怒，是否会踢死你、顶死你、踩死你，对不起，这些后果，我无法预料。

没错，她是金牛座，是以温顺著称，最少发脾气的金牛座。

不发脾气不代表不会发脾气，牛儿温顺，不代表它气愤至极时具有攻击性的角是摆设。

金牛座沉默寡言？

你确定你是她愿意接近的朋友吗？

若不是，你便没有资格说出这样的话来。

她们的朋友都知道，金牛座是极乐观，极具幽默感的。只有在她们愿意接近的人面前，她们才像小孩子一样纯真。

但有一点你绝对不知道，金牛座的女生通常在微笑搞怪后，眼底会神速地闪现出一丝落寞，在你还没有捕捉到那丝情绪之前，她又对你展开舒心的笑容。她的内心苦楚，但她的精神力量如天平般给她平衡及安慰。那自我安慰的分寸拿捏几乎是一种本能，本能到连她们本尊都没有发现。

就像蜘蛛吐丝、壁虎续尾，那种平衡是与生俱来的。

金牛座的感情是具有占有性的，也会极端，面对一段失败的感情，她会陷入疯狂的自问里。

大部分金牛座的女子，都给人一种安安静静的感觉，就像仲夏天小巧而羞涩的茉莉，有种让人安宁的感觉。有时候给人的感觉会很闷，但绝对让人很安心。

OK！

牛儿天生就是哲学家，很是温顺，有些暧昧，可以轻而易举令人心魂相恋，短短数语，可以说进人的心里。

管它是不是演的，也不问是不是真心的。

总有些词句让人感动，总有些话语贴近人的心里。

世人都说，什么样的女人配什么样的男人。面对这样的女子，他只感到自己该做一个负责任的男人。

女人是水，柔情似水，是可以将一盘散沙聚合在一起的神水。

做人要知进退，处事要讲技巧，措辞要讲分寸，言语要讲婉转。而作为女人，能激起自己男人的责任心，让他感到自己可以为她遮风挡雨，可以为她化为栖身之地，那才是女人中的极品。

你知道金牛座生来都很孝顺吗？

你知道她们的天性是很善良的吗？

你知道她们前思后想，懂得衡量很多东西吗？

牛牛看待别人的事情，是很理智的，往往乱了分寸的，偏偏就是自己的事情。

深爱上一个人，明明分手，却还是无法自拔。

你爱上了谁，又和谁在一起，我只是冷眼旁观。历经了悲欢，已看淡了离合。

我只是习惯性地随着呼吸想念，这份想念会持续到生命的终结，但与你……没有任何关系。

我是金牛座。

孤傲又温顺的金牛；处于绝望，且能笑着活下去的金牛；毫无前兆，就会泪流满面的金牛。

我不哭了，因为没有什么好哭的。也不会真心笑了，因为没有什么可以触及心底。也不会感动了，因为该感动的，都已感动完了。也不会再抱怨与不满，因为一路踏遍荆棘的我已丧失了大悲大喜的能力。我也不会将我的苦一五一十地告诉你，因为向人诉苦就像胸口拔刀，除了溅别人一身血污，别无他用。

我很孤独!

孤独像硫酸。

我很寂寞。

寂寞如猛兽，在心的那头，隔门嘶吼，连同被孤独腐蚀的记忆，残章断简地回忆……

历经沧桑的金牛，会活得很孤傲很孤傲。